BASTEI
LÜBBE

Taschenbücher von JERRY POURNELLE
im BASTEI-LÜBBE-Programm:

DIE ABENTEUER DER ENTFÜHRTEN ARMEE
24 013 Die entführte Armee
23 068 Clan & Krone
23 086 Wer den Wind sät . . .

22 061 König Davids Raumschiff

Jerry Pournelle

Die entführte Armee

Illustrationen von Bermejo

BASTEI LÜBBE

BASTEI-LÜBBE-TASCHENBUCH
Science Fiction Special
Band 24 013

Erste Auflage: November 1980
Zweite Auflage: Mai 1989

Bastei-Verlag Gustav H. Lübbe GmbH & Co., Bergisch Gladbach
Originaltitel: Janissaries
Ins Deutsche übertragen von Petra Betzer
Titelillustration: Esteban Maroto
Umschlaggestaltung: Quadro Grafik, Bensberg
Druck und Verarbeitung:
Brodard & Taupin, La Flèche, Frankreich
Printed in France
ISBN 3-404-24013-8

Der Preis dieses Bandes versteht sich einschließlich der gesetzlichen Mehrwertsteuer.

INHALT

Für Tom Doherty

TEIL I

DIE SÖLDNER

1

Das Mörserfeuer näherte sich stetig.

Rick Galloway hörte den scharfen Knall von mindestens fünf Mörsern. Dann herrschte für einen Moment Stille. Es war gerade Dämmerung, und die dauerte in den Tropen nicht lange. Die Nacht kam schnell, und mit ihr kamen die Stimmen des tropischen, afrikanischen Hochlands: Vögel, Grillen und nicht identifizierbare Kreaturen riefen einander in der plötzlich einbrechenden Dunkelheit. Eine leichte Brise ließ das trockene Gras auf der Spitze des Hügels rascheln.

Man hörte das Rattern von entferntem Maschinengewehrfeuer. Es klang viel zu nah.

»Ich glaube, die Straßensperre ist hinüber«, sagte Lieutenant Parsons. Seine Stimme wirkte überraschend ruhig. »Sie werden innerhalb dieser Stunde hier sein.«

»Yeah.« Captain Galloway schwenkte seine Nachtgläser den südlichen Hang des Hügels entlang, hinunter zu der Querstraße, in der sie Major Hendrix mit den Verwundeten zurückgelassen hatten. Es gab nichts zu sehen. Er drehte sich vorsichtig um und ließ den Blick über den Hügel schweifen, der im Moment seine ganze Welt bedeutete. Er sah nichts außer dem winzigen Überrest seines Kommandos. Die Männer hatten sich eingegraben und gute Arbeit geleistet mit dem wenigen, das sie hatten.

»Wo, zur Hölle, sind diese Helicopter?« fragte Galloway. Trotz der kühlen Brise, die nach Sonnenuntergang aufgekommen war, fühlte er Schweißtropfen auf seiner Stirn. »Elliot!«

»Sir.« Sergeant Elliot erhob sich am anderen Ende des Grabens, an dem Galloway stand. Der Graben war nicht gebunkert, aber es war keine Zeit, um eine bessere Verteidigungsanlage für den Kommandoposten zu konstruieren.

»Können Sie nicht das Hauptquartier erreichen?« fragte Galloway.

»Nein, Sir. Warner versucht es immer noch.« Der große Sergeant drehte sich wieder dem Radio zu.

»Vielleicht sollten wir die Männer laufenlassen«, schlug Parsons vor. »Einige kommen vielleicht durch.«

Rick schüttelte den Kopf. »Wohin sollen sie laufen?« fragte er.

Parsons zuckte die Achseln. »Wir riskieren unser Leben praktisch für nichts und wieder nichts –«

»Wir schenken unseren Arbeitgebern noch eine Stunde«, sagte Galloway. Seine Stimme klang so bitter, wie er sich fühlte, obwohl er versuchte, seine Gefühle im Zaum zu halten. »Es gibt keine Gemeinsamkeiten, André«, sagte Galloway. »Wir sprechen nicht die Sprache, wir haben die falsche Hautfarbe, und wir sind umzingelt. Ich vermute, die Hälfte der Truppen ist weggelaufen. Sie wissen, was los ist, Elliot!«

»Sir.«

»Wie viele verfügbare Leute haben wir?«

»Vielleicht fünfzig, Captain.«

»Da hast du's«, sagte Rick. »Ungefähr die Hälfte von denen, die wir auf diesen blöden Berg gebracht haben. Der Rest ist davongelaufen.« Er wußte, daß er zuviel redete, zu viele Worte machte; aber er war jung und unerfahren, und er hatte Angst.

Parsons nickte in die Dunkelheit. Er nahm eine Plastikflasche von seinem Gürtel. »Wein?«

»Sicher.« Rick nahm die Literflasche und trank ein paar Schlucke des örtlichen Weins. Parsons trug immer eine Flasche mit sich rum. Rick war sicher, daß »Parsons« nicht der richtige Name des Lieutenants war. Parsons sprach Französisch und Deutsch, und manchmal deutete er an, daß er einmal in der Legion gedient hatte.

Es war auch unwichtig. Außerdem war Rick auch kein richtiger Captain. Die Operation ging vom CIA aus, und die Agentur borgte sich Leute, wo sie sie kriegen konnte.

Galloway gab Parsons die Flasche zurück, der sie mit einem spöttischen Toast an die Lippen setzte. »Auf uns, von denen verdammt wenige übriggeblieben sind.«

»Sie lassen sich Zeit mit dem Angriff«, sagte Rick.

»Sie haben Angst vor uns.« Parsons Stimme war ein höhnisches Trällern in der Dunkelheit.

»Sicher«, sagte Galloway. Aber sie sind übermächtig, dachte er. Wir haben mehr als eine kubanische Söldnertruppe erledigt. Trotz jeder Hilfe der Politiker, die uns hier in Sainte Marie absetzten, haben wir nicht gewonnen. Das lag nahe. Was war es noch, das Wellington über Waterloo sagte? Eine todsichere Sache – eine Sache, die so sicher ist, wie man es nie zu hoffen gewagt hatte. Ja, genauso war es, aber der Unterschied ist, daß wir es sind, die verlieren.

Offiziell waren sie Freiwillige, und sie erhielten von den Vereinigten Staaten keine Unterstützung; aber die meisten von ihnen waren ehemalige Soldaten der US-Armee, und der CIA brachte sie herein.Die Kubaner und Russen machten jedenfalls kein Geheimnis aus der Hilfe, die sie der anderen Seite gaben.

»Ich habe das Hauptquartier am Draht«, meldete Sergeant Elliot.

»Mirabile dictu«, murrte Parsons.

Rick kroch hinüber zum Radio. Vielleicht werden Gebete doch erhört, dachte er. Im Süden war heftiges Feuer automatischer Waffen zu hören, und eine Mörserbombe schlug fünfzig Yard unterhalb ihrer Stellung in den Berghang ein. Rick schätzte, daß der Feind weniger als eine Meile entfernt war. Es würde nun nicht mehr lange dauern.

»Galloway hier«, sagte er ins Mikrophon. »Könnt ihr uns zum Teufel nicht hier rausholen?«

»Negativ.«

Das einzelne Wort war das Todesurteil. Rick setzte an, um das auszusprechen, dann überlegte er es sich anders. Sie wußten das auch. »Warum nicht?«

»Es tut mir leid, Rick.« Galloway erkannte Colonel Blumfelds Stimme. Blumfeld war einer der Männer, die auf ihn eingeredet hatten, sich freiwillig für diesen Auftrag zu melden. »Ich hätte die Helicopter sonstwohin geschickt, und zur Hölle mit meiner Karriere, aber ich habe keine Maschine, die ich schicken kann. Sie kamen und schafften sie fort.«

»Sie?«

»Befehl von oben.«

Blumfeld klang unglücklich. Rick dachte, daß er verdammt genug Grund hatte, unglücklich zu sein.

»Ihr Befehl lautet zu kapitulieren«, sagte Blumfeld.

»Großer Gott. Die Kubaner werden uns in einem Schauprozeß als Söldner vorführen, und dann schießen sie uns ab.«

»Sie sagen, das täten sie nicht.«

»Sicher. Colonel, schicken Sie mir nun Unterstützung?«

»Nein.«

»Dann fahren Sie zur Hölle!« Galloway gab Sergeant Elliot das Mikro, dann ging er dorthin zurück, wo Parsons stand.

Parsons hörte mit einem halben Lächeln zu, das im Sternenlicht kaum zu sehen war. Dann nahm er seine Weinflasche hervor. »Wir haben ein gutes Rennen geliefert«, sagte er.

Rick streckte die Hand nach der Flasche aus. »Darauf werde ich trinken.«

»Und jetzt, was weiter?«

Rick zuckte die Achseln. Es gab wenig Auswahl. Sie waren weiße Männer in einem schwarzen Land. Rick war schon immer schnell beim Erlernen fremder Sprachen, aber selbst er kannte kaum genug von dem örtlichen Dialekt, um Lebensmittel zu kaufen. Sie würden sofort entdeckt werden, egal, wohin sie gingen.

Major Jefferson hatte alle schwarzen Truppen bei einem Infiltrationsangriff eingesetzt. Rick hoffte, daß sie durchgekommen waren, aber ohne die schwarzen Truppen existierte auch nicht mehr der Anspruch auf eine integrierte Armee. Keine Schwarzen, die für sie sprechen und sie tarnen konnten. Rick fragte sich, ob das etwas nützen würde. Es kam wahrscheinlich darauf an, wer sie gefangennehmen würde.

Es war sein erstes und sehr wahrscheinlich auch einziges Kommando, das er je hatte. Er hatte wenig Kampferfahrung. Er hatte als junger Lieutenant begonnen, als er aus dem ROTC der staatlichen Universität kam. Seine Beförderung zum Captain ohne Sold kam gerade zur rechten Zeit und am rechten Ort. Er war klug genug nicht zu denken, daß es mehr bedeutete.

Rick dachte, daß es überhaupt nicht viel bedeutete. Parsons war ein Karrieremensch, aber das Militär war nicht Galloways Karrieretraum. Das ROTC war ein einfacher Weg, die Collegeausbildung zu bezahlen, die er sich von Haus aus nicht leisten konnte.

Die andere Alternative war Football. Rick war schnell und drahtig. Wäre er zum Football gegangen, hätte er ein Stipendium mit allen Nebenverdiensten eines Stars bekommen. Aber er mochte das Spiel nicht. Es erforderte zu viele Verpflichtungen.

Statt dessen wechselte er zum Laufteam und errang so seine Urkunde. Der Wettlauf besaß nicht den Glanz des Footballs; die Football-Stars hatten die erste Wahl bei den Mädchen. Andererseits konnten sie ihre Chancen oft wegen Verletzungen oder den Trainingsvorschriften

nicht wahrnehmen. Ein Läufer zu sein, war aus Rick Galloways Sicht wesentlich angenehmer. Er sagte sich das selbst sehr oft. Aber das Laufen war für den Studenten nicht wichtig genug; es waren nicht immer solche leichten Jobs verfügbar. Die ROTC versorgte Rick mit dem nötigen Geld.

Als Rick seine Abschlußprüfung machte, stellte er fest, daß er sich nie zu irgend etwas besonders hingezogen gefühlt hatte. Er hatte nie eine Verbindung gesucht, noch hatte er ihr entgegengewirkt. Er hatte wenige festgefügte politische Ansichten. Er war ein professioneller Neutraler, und er war sich nicht sicher, ob ihm dieses Image gefiel.

Ein Klassenkamerad, John Henry Carter, war ein Karrieremensch beim Militär und hatte sich freiwillig für diese CIA-Operation in Afrika gemeldet. Er sprach Rick darauf an mitzumachen; ein Abenteuer, das er erleben konnte, während er noch jung war, und bevor er einen stumpfsinnigen Job und ein noch stumpfsinnigeres Leben annahm. Er wußte, daß es die Möglichkeit gab, getötet zu werden, aber er war in seinem Leben noch nie ernsthaft bedroht worden. Er konnte schneller laufen als jede Gefahr.

Carter war der einzige schwarze Mann, den Rick gut kannte, und der einzige Freund, den er in der Truppe hatte. Nun war Carter mit Major Jefferson unterwegs. Major Hendrix hatte ein Bein verloren, und war zurückgeblieben, um die Straßensperre südlich von ihnen zu halten. Parsons und Galloway waren die einzigen Offiziere, die übriggeblieben waren.

Der Plan sah vor, daß Galloway den Berg einnehmen und halten sollte, bis die Helicopter kamen; dann konnten sie zurückgehen, um nach den Verwundeten zu sehen. Rick gefiel diese Idee von Anfang an nicht, aber Hendrix machte sie zu einem Befehl. Jemand hatte die Straßensperre zu halten, und jemand anders hatte einen Landeplatz zu erobern; Hendrix konnte nicht gehen, wodurch die Bergspitze an Galloway hängenblieb.

Aber Hendrix hatte die Straßensperre nicht mehr lange

gehalten – und nun würden hier keine Helicopter landen.

Und das war's, dachte Rick. Er hatte überhaupt keine Wahl. Zum ersten Mal konnte er nicht einmal davonlaufen . . .

Etwas erregte seine Aufmerksamkeit. Rick sah hoch. »Was, zur Hölle?« Er rief in den schwarzen Himmel. Ein helles Licht bewegte sich zwischen den Sternen. Es schien näher zu kommen, und es verursachte kein Geräusch. »Woher bekommt Labon Flugzeuge?« fragte Rick.

Parsons zuckte die Achseln. »Von den Kubanern, vermute ich – aber Rick, das ist kein Flugzeug.«

Er hatte recht. Das Licht kam in einer solch fremdartigen Flugweise näher, wie Rick es noch bei keinem Flugzeug gesehen hatte. Man sah nur dieses eine Licht; es war unmöglich, die Form oder die Größe des Fluggerätes auszumachen, aber es ragte wie ein Fleck aus den Sternen heraus. Zu viele Sterne. Er bemerkte mit Schaudern, daß es *riesig* war. Es bewegte sich zu schnell vorwärts und rotierte seltsam, und das in absoluter Stille.

Es sank nach unten, und ein glänzender Lichtstrahl zuckte herab und erleuchtete den Bergkamm. Der Widerschein reichte aus, um zu enthüllen, was die tropische Nacht verbarg. »Eine gottverdammte fliegende Untertasse!« schrie einer aus der Truppe. Dann hörten sie einen Schuß.

»Nicht feuern!« schrie Rick.

Parsons sah ihn neugierig an.

»Das kommt nicht von Labon. Warum darauf schießen? Und – ich bin nicht sicher, ob wir ihm überhaupt etwas anhaben können . . .«

»Es landet«, sagte Parsons überflüssigerweise.

»Klar.« Rick verspürte den albernen Wunsch zu kichern. Warum nicht? dachte er. Wir sind besiegt, umzingelt, jeder von uns ist innerhalb dieser Woche fällig, also warum nicht auch noch fliegende Untertassen? Er fühlte sich wirr im Kopf, und das kam nicht allein vom Wein. Er war froh, daß er nicht den hier gebräuchlichen Pot versucht hatte.

Fliegende Untertassen gab es nicht wirklich. Aber sie waren auch keine Science Fiction. Das Mädchen, von dem er gerne als »seinem« Mädchen dachte – er wußte, daß sie sich über diese Bezeichnung geärgert hatte, und er sagte dies auch nie, wenn sie dabei war, aber er dachte gerne von sich selbst als von einem Mann, der einmal ein Mädchen hatte –, interessierte sich sehr für Science Fiction und hatte Rick dazu verleitet, ein paar von den Klassikern zu lesen; aber weder sie noch ihre Freunde »glaubten« an fliegende Untertassen.

Das Ding setzte auf der Bergspitze auf. Es war sehr groß, so groß wie eine 707, und es hatte nicht genau die Form einer Untertasse, obwohl, wenn man es aus einiger Entfernung betrachtete, es durchaus diesen Eindruck erweckte. Es sah mehr aus wie ein halber Football, der der Länge nach aufgeschlitzt war, am Boden war es nahezu platt. Für einen Moment tat es gar nichts. Dann öffnete sich in der Mitte der einen Seite ein glänzendes, orangefarbenes Rechteck.

Sergeant Elliot kam zu ihm hoch. Andere von der Truppe krochen in den Graben. »Was tun wir, Captain?« fragte Elliot.

»Die Männer sollen auf ihren Posten bleiben«, sagte Rick. Er beobachtete die glänzende Öffnung. Nichts tat sich. Die einzigen Geräusche waren das Murren seiner eigenen Truppe, und niemand – oder kein Ding – kam heraus. »Übernimm du«, sagte er zu Parsons. »Ich gehe hin und sehe nach.«

Parsons spreizte seine Hand in einer ratlosen Geste, ein typisch französisches Achselzucken. »Du bist verrückt. Aber ich werde mit dir gehen –«

»Nein.« Rick starrte wieder das Schiff an. Für einen Moment fühlte er Hoffnung in sich aufsteigen. Konnte dies ein Spezialflugzeug sein, dessen Existenz vom CIA geheimgehalten wurde, und das ihn nun hier herausholen sollte? Die Agentur hatte sie in diesen Schlamassel gebracht und würde sich in eine unangenehme Lage bringen, wenn sie gefangengenommen wurden. »Elliot, versuchen Sie das Hauptquartier zu erreichen.«

»Geht nicht, Sir. Das Radio funktioniert nicht mehr, seit wir dieses Ding gesichtet haben.«

»Fliegende Untertasse«, murmelte jemand.

Rick hatte diese Geschichten gehört. Wo immer fliegende Untertassen auftauchten, hörte sämtliches elektrische Gerät auf zu arbeiten, Autozündung, Radios, Fernsehen, alles.

Aber so was? Er redete sich ein, daß die Agentur dieses Schiff geschickt hatte, um ihn zu retten. Es konnte stimmen, sie könnten tatsächlich ein geheimes Schiff riskieren, um die schwerwiegenden politischen Folgen zu vermeiden, wenn sie gefangen wurden, und –

Es führte zu nichts, wenn er es nur anstarrte. Er wollte nicht alleine gehen, aber Parsons mußte hierbleiben und das Kommando übernehmen, und Elliot wurde gebraucht, um die Truppe zu kontrollieren. Er sah nach den anderen, die zu ihm in den Graben geklettert waren. »Mason, komm du mit mir.«

»Okay.« Mason war Korporal; ein kleiner, stämmiger Mann mit viel Selbstvertrauen und phlegmatischem Temperament. Er würde mitmachen.

Rick nahm sein Gewehr und setzte sich in Bewegung. Mason machte sein Gewehr schußbereit und ging direkt hinter Rick. »Ich habe nie an fliegende Untertassen geglaubt«, sagte Mason.

»Ich auch nicht. Ich bin nicht sicher, ob ich es jetzt tue«, verriet ihm Rick. »Es könnte die Agentur sein, die uns holen kommt.«

»Ja, sicher«, sagte Mason.

Rick konnte sich vorstellen, wie der Mann sich fühlte. Rick Galloway glaubte es nämlich auch nicht. Das hier war keine Illusion, keine Fata Morgana. Es war nicht die Venus und auch kein Wetterballon. Dies war ein echtes Schiff, das lautlos auf diesem Berg gelandet war, und es war verdammt zu modern und ungewöhnlich, eine »einfache« geheime Waffe zu sein. Jeder, der eine Flotte von Schiffen wie diesem besaß, konnte die ganze Welt beherrschen. So wie es hereingekommen war, lautlos, und seine Richtung aufs Geratewohl ändernd, war es für jede Rakete oder jeden Abfangjäger, von dem Rick je gehört hatte, nicht zu stoppen.

Er erreichte das erleuchtete Viereck. Er konnte die Blicke seiner Leute auf seinem Rücken spüren. Im Süden setzte wieder das Knattern von Gewehrfeuer ein, und ungefähr die Hälfte von seinen Leuten hatte ihre Posten verlassen, um das Schiff zu beobachten. Andere aber gruben sich ein, grimmig abwartend. Sie hatten die Kubaner für den Hügel bezahlen lassen. Aber wie lange konnten sie ihn noch halten? Rick sah in das Schiff hinein.

Das erleuchtete Viereck war ein Türeingang, zu einer kleinen Kammer, ungefähr drei Meter lang. Es war niemand darin, und man konnte an drei von den Wänden etwas erkennen, was man für Schiebetüren halten konnte, die aber geschlossen waren. Die Öffnung war etwas weniger als zwei Meter hoch, ein Stückchen zu niedrig für Ricks Athletenkörper. Er stand draußen, und schaute nach drinnen, bis er sich blöd vorkam. Schließlich rief er: »Jemand zu Hause?«

»Kommen Sie herein, Captain Galloway«, sagte eine Stimme. Es war eine ganz gewöhnliche männliche Stimme, nicht im mindesten unirdisch. »Sie haben sehr wenig Zeit, Captain. Kommen Sie an Bord.«

»Mein Gott, vielleicht ist es die Agentur«, murmelte Rick. Was immer er vermutet hatte, auf keinen Fall war es eine gewöhnliche, menschliche Stimme, mit einem Akzent, den er nirgends einordnen konnte.

Es sprach wieder. »Sie lassen vielleicht besser Ihre Waffen draußen. Sie werden Sie nicht brauchen, und sie veranlassen Sie wahrscheinlich nur zu voreiligen Reaktionen. Wenn wir Ihnen schaden wollten, wären Sie jetzt tot.«

Das, dachte Rick, war auf jeden Fall sicher. Dieses Ding – was immer es war – konnte nicht schlimmer sein als die Kubaner. Er nahm seine Waffe von der Schulter und ließ sie auf den Boden gleiten. Mason tat das gleiche, warf ihm aber einen bedeutsamen Blick zu. Rick nickte. Sie hatten beide Messer, und Rick hatte seine 45er Automatik unter seiner Jacke. Er war sicher, daß Mason auch eine hatte.

Die Öffnung lag unbequem hoch über dem Boden. »Keine Laufplanke für uns«, sagte Rick zu Mason. Er legte seine Hand auf die Schwelle. Es fühlte sich wie Metall an und war leicht erwärmt. »Hier geht's«, murmelte er und sprang hinein. Mason folgte dichtauf.

Er hatte halb vermutet, daß sich der Eingang schließen würde, sobald sie drinnen waren, aber es tat sich nichts. Die Tür zu seiner Linken glitt leise auf und gab den Blick auf einen kurzen Korridor frei. Rick gestikulierte Mason, ihm zu folgen und trat ein. Am entgegengesetzten Ende glitt eine andere Tür auf. Der Raum dahinter war sehr hell beleuchtet.

Er trat behutsam ein und fühlte sich auf einmal sehr allein. Corporal Mason hatte zwei Tage vorher nicht gezögert, eine Infanterie-Attacke auf einen kubanischen Tank anzuführen, und hatte sich dabei allein an ihn rangeschlichen und eine Mine hineingeworfen; er sah jetzt sehr viel nervöser aus als bei dem Angriff auf den Tank. Rick fragte sich, ob er genauso zittrig war wie der Corporal, und versuchte sich geradezuhalten und die Kontrolle über sein Gesicht nicht zu verlieren. Es ging nicht, daß die Truppe ihren Offizier zittern sah.

Seine Augen hatten sich an das grelle Licht gewöhnt. Es waren – Wesen – in dem Raum. Drei davon, und sie waren nicht menschlich.

2

Sie hatten menschenähnliche Gestalt. Sie hatten zwei Arme, zwei Beine und zwei Augen, aber die Proportionen stimmten nicht. Die Schultern waren zu hoch, fast als ob sie keine Nacken hätten, und ihre Köpfe saßen auf zu dicken Körpern. Sie trugen Kleider, Schutzanzüge von glänzendem, metallischem Aussehen, einer mattgrau, die anderen zwei hatten hellere Farben, die schimmerten, wenn sie sich bewegten.

Ihre Hände besaßen nur drei Finger, aber davon waren zwei Daumen – einer auf jeder Seite einer dicken Handfläche. Sie hatten keine Haare, soweit Rick es sehen konnte. Ihre Lippen waren dünn – zu dünn, um menschlich zu sein –, und ihre Münder saßen zu hoch in ihren fremden, flachen Gesichtern. Mund zu hoch, Augen zu niedrig, Nase – keine richtige Nase, stellte Rick fest. Statt dessen war da ein fleischiger, schnauzenartiger Schlitz wie ein vertikaler zweiter Mund. Er reichte hoch, bis er beinahe die Augenlinie erreichte.

Es kostete einige Anstrengungen, die Augen von ihnen zu lösen und den Raum zu inspizieren. Er war fast leer. Im oberen Bereich des Zimmers befanden sich Bildschirme, Fernsehern ähnlich, nur sehr dünn. Manche zeigten Bilder: Ricks Soldaten, die draußen standen; Lieutenant Parsons und Sergeant Elliot, die redeten

und mit den Fingern zeigten; die Maschinengewehr-Stellungen. Die Fremden schienen fast alle seiner Verteidigungsanlagen entdeckt zu haben, und ihre Fernseher zeigten helle Bilder, obwohl es draußen nahezu stockdunkel war.

Die Kreaturen saßen an einem langen Tisch, der der Tür, durch die sie hineingekommen waren, gegenüberstand. Er war zu hoch – wenigstens einen Fuß höher als ein Tisch, der für Menschen gewesen wäre –, und er war durchsichtig, schimmerte aber nicht wie Glas, und war beinahe unsichtbar. Ein kleiner Kasten mit Lichtern und farbigen Feldern ruhte auf dem Tisch.

Rick hatte den Eindruck, daß er zur Kontrolle von einigen der Bildschirme diente; schließlich waren da noch flache, rechteckige Platten, einen Inch lang, manche in hellen Farben leuchtend, andere farbig, jedoch dunkel. Es konnten Schalter oder Sensortasten, aber es konnte auch sonstwas sein. Der Raum war jedenfalls genauso fremd wie die Kreaturen.

Trotz dem starken Wunsch, sich in eine Ecke zu verkriechen und zu winseln, studierte Rick den Raum sehr sorgfältig und versuchte die neuen Informationen einzuordnen und in eine logische Folge zu bringen. Er versuchte weiter sich einzureden, daß dies ein Traum war, aber er wußte es besser. Endlich war er in der Lage, zu sprechen. »Hallo.«

Als die Fremden sprachen, bewegte sich beides, der Mund und der Nasenschlitz. »Sie haben sehr wenig Zeit, Captain Galloway«, sagte der graugekleidete Fremde. Die Stimme war sehr nüchtern. Sie klang männlich, aber Rick rief sich ins Bewußtsein, daß er das Geschlecht der Kreatur nicht kannte. Oder, dachte er, ob sie überhaupt Geschlechter besitzen? »Vielleicht sogar zuwenig. Wir haben wahrscheinlich zu lange gewartet. Wir sind hier, um Sie und Ihre Männer zu retten.«

»Wer, zur Hölle –«

»Später. Wir haben jetzt keine Zeit zu verlieren.«

Sicher, dachte Rick. Später. Aber der Fremde hatte recht. Die Kubaner rückten schnell vor. Er versuchte, seine Gedanken zu ordnen, aber es war schwierig, zu akzeptieren, was er tat, daß er mit Dingen sprach. Der Mann, der redete – Mann? Nein. Kein Mann. Kein Mann, der redete, beides, in seinem Kopf lief alles durcheinander. Er hatte keinen Anhaltspunkt, von dem er ausgehen konnte. Schließlich fand er seine Stimme wieder. »Was wollen Sie mit uns tun?«

»Sie sollen zuerst Ihre Männer an Bord holen. Schnell, bevor keiner mehr übrig ist.« Der Fremde spreizte seine Hand, mit der Handfläche nach unten, eine Geste, die Rick nichts besagte. Der Tonfall seiner Stimme hatte sich nicht geändert, aber es war nicht schwierig zu erkennen, daß der Fremde ungeduldig war. »Wie wir schon sagten, und wie wir zweifellos noch öfter sagen müssen – wenn wir Ihnen schaden wollten, wären Sie längst tot. Was können wir Ihnen schon tun, was die Kubaner in ein paar Stunden ganz bestimmt tun werden?«

Der Fremde hatte offensichtlich recht, aber dadurch fühlte sich Rick auch nicht besser. Diese »Rettung« wirkte nicht besonders reizvoll.

»Wieso kennen Sie meinen Namen?« fragte er.

»Von Ihrem Radio. Sie haben keine Zeit mehr für Fragen.« Das kam von einer der Kreaturen in den hellen Schutzanzügen. »Sie müssen handeln, jetzt.«

»Was ist mit unseren Waffen?«

»Bringen Sie sie mit. Bringen Sie Ihre ganze Ausrüstung mit«, sagte der graue Schutzanzug. »Aber schnell. Wenn die Kubaner uns sehen können, müssen wir verschwinden. Mit oder ohne Sie und ihre Männer.«

»Es gibt keine andere Wahl, Capt'n«, sagte Corporal Mason. »Besser sie als die Kubaner.« Die Stimme des Kavalleristen war klar und ohne Gefühl.

»Das denke ich auch«, sagte Rick. Er stand noch einen Moment unentschlossen da, aber er wußte nun, was er wollte. »Okay.«

»Schnell«, trieb der Fremde zur Eile.

»Sicher. Komm, Mason –«

»Sie werden ihn hierlassen«, sagte der graue Schutzanzug. »Als einen Beweis Ihrer guten Absichten.«

»Nun, so warten Sie noch eine verdammte Minute –«

»Es ist okay, Captain«, sagte Mason. »Ich bin hier genauso sicher wie draußen.«

»Gut.« Rick ging zurück durch den Korridor. Die Tür öffnete sich für ihn. Als er die Einlaßkammer erreichte, öffnete sich gegenüber dem Eingang, der zu dem Raum führte, in dem die Fremden saßen, eine andere Tür. Er sah einen großen, leeren Raum, mehr als fünfzig Fuß lang und vielleicht fünfzehn Fuß breit.

»Veranlassen Sie die Männer, mit ihren Waffen hier hineinzugehen«, sagte eine Stimme. Sie schien von den Wänden zu sprechen, aber man konnte keinen Lautsprecher entdecken.

Rick sprang aus dem Schiff und rannte zu seinem Kommandoposten. Die Hälfte der Soldaten – vielleicht auch mehr – hatte sich dort versammelt, um auf das Schiff zu starren. Sie standen auf Gewehre und Granaten gestützt und nutzten jeden Komfort, den Waffen so bieten können, aus.

»Ich hatte nicht mehr daran geglaubt, dich wiederzusehen«, sagte Lieutenant Parsons. »Willkommen.«

»Danke. Wir haben aber keine Zeit mehr. Bring die Männer an Bord. Männer, Waffen, Verpflegung, Ausrüstung, alles. Schnell.«

»Aber –« stammelte Sergeant Elliot. Rick hatte den großen Sergeant nie vorher so durcheinander gesehen.

»Das ist ein CIA-Schiff«, sagte Rick. Er sprach laut, so daß ihn möglichst viele seiner Männer hören konnten. »Streng geheim. Sie sind gekommen, um uns herauszuholen, aber sie wollen nicht, daß die Kubaner das Schiff sehen, wir müssen also schnell einladen. Nun bewegt euch!«

»Sir!« Elliot rannte zu dem Mörserstandort hinüber, und einige von den anderen Soldaten sammelten ihr Gepäck ein und rannten zum Schiff. Rick war sich nicht sicher, ob er sie zum Narren gehalten hatte oder nicht, aber die »CIA-Schiff«-Erklärung schien der leichteste und schnellste Weg, die Situation in die Hand zu bekommen.

Parsons sah ihn mit hochgezogenen Augenbrauen an.

Sein Gesichtsausdruck zeigte deutlich, daß er wußte, daß Rick ein Lügner war. Dann zuckte er die Achseln und begann die Männer in das Schiff zu treiben. Sergeant Elliot trieb weitere zusammen.

Gute Soldaten, dachte Rick. Und jeder hätte wahrscheinlich die gleiche Entscheidung getroffen: Sie *wußten,* was die Kubaner tun konnten. Dies war schließlich eine Chance.

Die Mörsergruppe rannte mit ihrer Röhre vorbei, gefolgt von anderen, die das Zubehör für die Mörserbomben hinterhertrugen. Männer schnappten sich Kästen und Gurte mit Munition und stopften sich die Taschen mit Granaten voll. Sie gingen jedenfalls gut bewaffnet an Bord.

Nicht, dachte Rick, daß das unsere Lage wesentlich verbessern würde. Waffen machen uns nicht sicherer. Aber wir *fühlen* uns durch sie sicherer, und das ist wichtig.

»Was soll dieser Unsinn?« fragte Parsons mit leiser Stimme. »Du weißt, daß das nicht –«

»Kann's nicht ändern. Laß die Fragerei jetzt.« Rick hielt die Hand hoch und zeigte nach Süden. Von dort war verstreut Gewehrfeuer zu hören, manchmal klang es näher, als Hendrix möglicherweise sein konnte. Die Kubaner räumten die letzten Widerstände beiseite, bevor sie den Berg heraufkamen. »Hendrix war mal«, sagte Rick. »Seine letzten Befehle lauteten, so viele Männer hier herauszuholen, wie wir können. Weißt du einen besseren Weg?«

»Nein. Aber –«

»Aber nichts. Dieses Schiff wartet nicht, und wir können für Hendrix und seine Leute nichts tun.« Durch die Angst und ein bißchen Schuldgefühl gegenüber ihren Verwundeten, die sie nun im Stich ließen, sprach Rick schärfer, als er beabsichtigte.

André Parsons zuckte die Achseln. »Wie du meinst. Aber es gibt Fragen, die du beantworten mußt.«

»Ich weiß selbst nichts. Jesus, André, sei nicht böse. Tu es einfach. Bitte.«

»Gut.« Er ging hinaus und half dabei das leichte Maschinengewehr auseinanderzubauen.

Immer mehr Männer rannten vorbei. Sie trugen Pakete, Schlafsäcke, Helme, Aluminiumkästen, Meßgeräte; das übliche Gepäck einer Armee im Einsatz. Sie machten nicht viel Lärm, und es gab überraschend wenig Verwirrung.

Gute Leute, dachte Rick. Wir haben verdammt gut gearbeitet, wenn man bedenkt, wie wenig Ausrüstung wir hatten. Nicht unser Fehler, daß wir geschlagen wurden. Für einen Haufen von Soldaten, die noch nie vorher zusammen gedient hatten, waren wir verdammt gut.

»Das ist der letzte!« schrie Elliot.

Rick hatte mitgezählt. »Es sind nur fünfunddreißig Männer an Bord gegangen.«

Elliot sah beschämt aus. »Ich kann nicht mehr finden. Captain.«

Sie sind davongelaufen, dachte Rick. Gut, ich kann sie verstehen. Ich hab' ja selbst daran gedacht. »Gut, geh an Bord«, befahl er. Nachdem Elliot hineingeklettert war, folgte Rick. Sie waren die letzten.

Sobald Rick den Eingang frei gemacht hatte, glitt die äußere Tür zu. Als er weiter in den Raum ging, in dem sich die Truppe befand, schloß sich diese Tür ebenfalls. Sie waren von der Außenwelt und dem Kontrollraum abgeschnitten – oder was dieser Raum auch immer war, dachte Rick. Mason befand sich immer noch mit den Fremden darin.

Plötzlich hörten sie einen lauten musikalischen Ton, und eine Stimme sagte: »Bitte setzen Sie sich alle auf den Boden. Schnell.«

»Hinunter!« schrie Rick. »Seht euch vor!« Er selbst sackte schwerfällig nach unten, gerade noch zur rechten Zeit. Sie hatten das Gefühl, viel zu schwer zu sein, und einige der Truppe, die nicht schnell genug auf den Befehl reagiert hatten, fielen hin. Loses Gepäck fiel herunter und rollte in dem Raum herum.

Es erfolgten seitwärts gerichtete Beschleunigungen. Das Gefühl der Bewegung hielt lange an. Dann stoppte es, und sie hatten wieder ihr normales Gewicht.

74-AH

»Sanitäter?« schrie jemand. Einer der Männer hielt sein Handgelenk, das durch einen Sturz auf den Boden gebrochen war. Sergeant McCleve ging zu dem Mann, der auf dem Boden lag. McCleve war ein älterer Kavallerist, ein Karriere-Soldat, von dem das Gerücht umging, daß er an einer mexikanischen Universität ein Medizinstudium absolviert hatte und in den Vereinigten Staaten keine Lizenz bekam, weil er ein schwerer Trinker war. Rick wußte nichts Genaues, aber McCleve erschien ihm immer sehr fachkundig.

Die Männer sprachen auf einmal alle gleichzeitig. Manche fluchten, und einer oder zwei beteten. Andere standen auf und wanderten in dem Raum herum. Da gab es aber nichts zu sehen.

Sie befanden sich in einem großen, rechteckigen metallischen Gefängnis, und viel mehr konnte wirklich nicht darüber gesagt werden. Rick konnte sich immer noch nicht erklären, woher das Licht kam, es war einfach da, und obschon es viele Schatten gab, waren sie sehr schwach.

»Ich denke, wir sind weg«, schrie Rick. »Sollen sich dieses Mal die Kubaner den Kopf zerbrechen!«

Plötzlich kam eine Stimmung auf, die aber gekünstelt fröhlich wirkte. Rick lächelte grimmig. Er fühlte sich nicht gerade danach, sich in euphorische Stimmung zu bringen.

»Spielen wir fair, Sir!« sagte Corporal Gengrich. »Wie konnte der CIA ein Ding wie dieses bekommen? Und warum, zur Hölle, brauchen sie uns, wenn sie« – er machte eine umfassende Geste – »dies haben können?«

Es war eine gute Frage, und Rick hatte keine Idee, was er darauf antworten sollte.

»Alles zu seiner Zeit«, sagte Lieutenant Parsons. »Alles zu seiner Zeit. Dankt lieber eurem Schicksal.«

»Aber« – begann Gengrich.

»Hör auf.« Sergeant Elliot war nervös und fiel in die militärische Tradition zurück, die ihm vertrauter war und verstanden wurde. Ein Offizier hatte gesprochen, und dabei blieb es.

Letztendlich nützt es doch nichts, dachte Rick. Elliot hatte strenge Ansichten, was einen Offizier anging: Er setzte voraus, daß sie fähig waren, er wollte, daß sie es waren, er *verlangte*, daß sie es waren. Er wußte, daß es genug Unfähige gab, die ihre Orden hatten, und dabei blieb es, aber er war stolz genug auf seine Armee, daß er sich selbst geopfert hätte, um sie zu schützen. Aber Rick vermutete, daß Elliot nicht zögern würde, einen schlechten Offizier zu Ehren des Corps abzusägen.

Die Beschleunigung setzte wieder ein, aber dieses Mal nicht so heftig. Das Schiff drehte sich. Rick fühlte sich in der Falle, aber er versuchte, sich ruhig und unbesorgt zu verhalten. Er wußte nicht, ob ihm das gelang, aber er dachte, daß es wichtig war, wenn die Truppe ihn zufrieden sah.

Wir sind, dachte er, sechsunddreißig bewaffnete Männer mit einigen schweren Waffen und sitzen in einem Schiff, das von Fremden kontrolliert wird – von *Fremden*! Ich habe nicht die leiseste Ahnung, wo wir sind, wohin wir fahren, noch was diese Kreaturen mit uns vorhaben.

Es war sicher, daß sie sich im Weltraum befanden. Das führte zu dem Schluß: Sie brauchten ganz sicher nicht zu schießen. Nicht, daß es hier nichts gab, worauf man schießen konnte, es standen jede Menge Waffen zur Verfügung, und manche konnten bestimmt Löcher in das Schiff bohren. Die Metallwand schien nicht zu dick zu sein, und Rick hatte keine Ahnung, wie stark sie sein mochte. Selbst wenn man annahm, daß sie eine Tür aufbrechen konnten und Luft dahinter fanden und daß sie durch das Schiff gehen und jeden Fremden töten oder gefangennehmen konnten – was dann? Sie konnten das Ding nicht steuern; sie konnten es auch nicht landen; sie konnten nicht einmal das Lebensmittel-, Wasser- und Luftsystem bedienen.

Und bisher hatte sie noch niemand bedroht.

Zwei Stunden später waren sich alle sicher, daß sie sich im Weltraum befanden. Sie hörten einen knappen, warnenden Ton, und eine Stimme sagte: »Es kommt gleich eine Periode der Schwerelosigkeit. Bitte sichern Sie das Gepäck und sich selbst.«

Das einzige Ding, an dem sie sich irgendwie festhalten konnten, war eine niedrige Stange, die an zwei Seiten des Raumes entlanglief, wie die Stangen, die die Balletttänzer für ihre Übungen benutzen. Rick gab entsprechende Befehle, um alle Männer an diese Wände zu bringen. Sie zogen durch soviel Gepäckstücke wie möglich Schnüre. Sie waren gerade fertig, als ein anderer musikalischer Ton erklang.

Sie hatten wirklich gar kein Gewicht mehr. Lose Objekte trieben langsam herum. Verschiedene Männer sahen krank aus, und einem wurde schlecht. Das Erbrochene schwebte in großen Pfützen umher. Andere Männer wurden grün.

»Jesus, wir müssen hier *raus*!« schrie ein Soldat.

»Halt die Klappe!« Elliot sah auch nicht gerade gut aus. »Captain –«

Er beendete die Frage nicht. Das Schiff vollführte mehrere Kreisbewegungen, aber keine war zu heftig. Dann, langsam, begann alles, was in der Luft geschwebt hatte, sich auf den Boden zu senken. Sie fühlten sich zunehmend schwerer, bis sie sich wieder fast – aber nicht ganz – normal fühlten.

Dieses Mal war es sehr viel schwieriger, die Truppe wieder zu beruhigen. Sie umklammerten ihre Waffen und starrten in dem Raum umher, ob sie nicht etwas fanden, gegen das sie kämpfen konnten, oder was sie sonst tun konnten. Rick dachte, daß er die Angst im Raum buchstäblich riechen konnte, und sie war anstekkend. Er fühlte sich wie ein Tier im Käfig.

»Um Gottes willen, wohin fliegen wir?« fragte Gengrich.

»Die Reise dauert noch zwei Stunden«, sagte die Stimme. Sie sprach immer noch wie aus dem Nichts.

»Also können sie uns zuhören«, stellte Parsons fest. Er senkte seine Stimme. »Bist du sicher, daß es nichts weiter gibt, das du mir erzählen willst?«

»Nicht jetzt.«

Parsons zuckte die Achseln. »Wie du willst. Aber ich hoffe, daß du mich nicht länger als ein paar Stunden warten läßt. Es wird schwierig, die Männer unter Kontrolle zu halten, wenn es noch lange so weitergeht.« Sein Gesicht verzerrte sich. »Es wird auch schwierig, mich zu kontrollieren.«

»Yeah«, sagte Rick. Er wußte genau, wie sich André Parsons fühlte.

Die Zeitschätzung der Stimme war exakt. Ricks Uhr sagte, daß sie sich seit vier Stunden und fünf Minuten an Bord befanden, als der warnende Ton wieder erklang und sie ermahnt wurden, sich zu sichern.

Dieses Mal gab es keine Periode der Schwerelosigkeit, aber die Beschleunigungen waren kurz und scharf, in kleinen Abständen. Zwischen den Abständen gab es Perioden von wechselnder Gravitation. Schließlich fühlten sie einen leichten Aufprall, nicht stärker als ein Sprung von einem Stuhl auf den Boden. Die Beschleunigungen hörten auf.

Sie hatten nicht genug Gewicht. Bei weitem nicht genug, und das blieb so. Rick sah sich überrascht um, eine wilde Vermutung kam ihm in den Sinn. Einige der Soldaten murrten. Corporal Gengrich nahm nachdenklich eine Patrone aus seiner Tasche und ließ sie fallen, er beobachtete, wie sie langsam auf den Boden sank.

Ungefähr ein Sechstel Gravitation, dachte Rick. Diese Tatsache ließ sich nicht verdrängen und auch nicht die Schlußfolgerung, die sich daraus ergab.

Gengrich schrie als erster. »Gott, Allmächtiger, wir sind auf dem verdammten Mond!«

3

Die Truppe hatte wenig Zeit, um auf Gengrich zu reagieren. Die Tür öffnete sich, und Corporal Mason kam herein. Sein Gesicht sah aschfahl aus, und seinen rechten Arm hielt er an die Brust gepreßt. Die Tür blieb zum Eingangsraum hin offen, aber alle anderen Türen waren geschlossen.

»Mason –«

»Wo zur Hölle hast du gesteckt?«

»Stimmt was nicht, Art? Was, zum Teufel, haben sie mit dir gemacht?«

Die Männer redeten alle auf einmal. Sergeant McCleve kam mit seiner Medizintasche herüber.

»Ruhe!« brüllte Ricks Sergeant Elliot und wiederholte den Befehl noch etwas lauter. Es wurde noch etwas gemurrt, aber das Geschrei hörte auf.

Rick kam zu Mason und McCleve. »Was ist passiert?«

»Jesus, Captain, wir sind auf dem Mond!« sagte Mason. »Diese Bastarde haben uns auf den Mond gebracht!«

»Ja«, sagte Rick.

»Ich habe alles gesehen«, sagte Mason. Die Männer versammelten sich um sie herum, um alles zu verstehen.

Rick nickte sich selbst zu. Es war Zeit, daß die Männer erfuhren, was geschehen war. Er dachte, daß er es ihnen schon früher hätte sagen sollen.

»Diese Bildschirm-Dinger«, sagte Mason. »Es war wie Fernsehen. Wir hoben ab, es schien kerzengerade hoch zu gehen, und die Erde war weiter und immer weiter weg, bis ich sie ganz sehen konnte, genau wie im Fernsehen, während einer Übertragung über eine Weltraumfahrt.«

»Was ist mit deinem Arm passiert?« fragte McCleve. Er schlitzte den Ärmel von Masons Tarnjacke auf und untersuchte die Wunde. Es sah aus wie ein sauberes rundes Loch, dünner als ein Bleistift, und es ging durch die Jacke, den Arm und kam auf der anderen Seite des Ärmels wieder heraus. Es war aber kein Blut zu sehen.

»Sie wollten mir nichts erzählen«, sagte Mason.

»Wer?« – »Wer wollte nichts erzählen?« fragten die Männer. Elliot blickte sie scharf an, aber er versuchte nicht, sie ruhigzubekommen. Er wollte auch wissen, was lief.

»Diese Kreaturen«, sagte Mason. »Der – Captain, Sie haben sie gesehen. Ich weiß nicht, wer sie sind. Keine Menschen. Sehen ein bißchen aus wie Menschen, aber es sind keine.«

Nun gab es jede Menge aufgeregtes Gebrabbel. »Haltet die Klappe«, knurrte Rick, »laßt Mason seine Geschichte erzählen.«

»Sie wollten nicht mit mir reden. Wir entfernten uns weiter und weiter von der Erde, bis ich sie sah – ganz –, bis ich das Tageslicht und die Wolken über dem Ozean erkennen konnte, genau wie auf dem Fernseher von Skylab. Und sie wollten nicht reden. Da zog ich meine Pistole und richtete sie auf einen von ihnen – den im grauen Anzug –, und ich sagte ihm, wenn er mir nicht sagte, wohin wir fliegen, würde ich ihn erschießen.«

»Bescheuert«, murrte Lieutenant Parsons.

»Ja, Sir, es war bescheuert«, sagte Mason. »Die Kreatur tat nichts. Sie winkte nur mit ihrer Hand, und etwas, etwas wie ein Strahl, wie ein Laserstrahl, kam aus der Wand. Ich sah überhaupt keine Öffnung vorher. Nur dieses grüne Licht, und es bohrte ein Loch hier durch. Ich ließ die Pistole fallen, und die Kreatur kam herüber und hob sie auf, und sie sagte, ich solle mich da hinsetzen und mich melden, wenn ich medizinische Hilfe bräuchte – er sprach in einer Art wie ein Professor. Dann gab er mir eine Tablette. Ich dachte darüber nach, und dann nahm ich sie, danach tat es nicht mehr weh. Und dann flogen wir direkt auf den Mond zu. Ich sah uns landen. Wir sind auf der Rückseite, Captain. Auf der Rückseite des Mondes. Da ist eine große Höhle, und zwei andere Schiffe wie dieses hier.«

Als Mason zu reden aufhörte, fingen die Männer wieder an. »Sie sagten uns nicht, daß dies eine gottverdammte fliegende Untertasse ist!« schrie Gengrich. Seine

Stimme klang feindlich und anklagend. »Sie sagten, es sei ein CIA-Schiff!«

»Sie waren in Eile«, sagte Rick. »Würdest du lieber wieder auf dem Berg sein und auf die Kubaner warten? Wollt ihr das?«

Sie wußten nicht, was sie darauf antworten sollten. Niemand sprach davon, zurückzugehen.

»Sterben können wir immer«, sagte Rick. »Aber, wir können auch herausfinden, was diese – Leute – von uns wollen.«

»Der Rat war gut.« Die Stimme kam von überall und nirgends. »Sie werden es bald wissen. Die Außentür wird sich öffnen, und Sie nehmen bitte Ihr Gepäck und Ihre Ausrüstung mit aus dem Schiff. Es wird Ihnen gesagt, was Sie danach tun sollen. Bitte seien Sie vorsichtig. Sie befinden sich, wie Sie schon sagten, auf dem Mond Ihres Planeten. Der Luftdruck wird niedriger sein, als Sie es gewöhnt sind, aber es gibt genug Luft und Sauerstoff für Ihre Art, wenn Sie sich nicht zu heftig bewegen. Nun sammeln Sie bitte Ihr Gepäck ein.«

Rick fühlte sich total gefühllos. »Laßt es uns anpakken«, sagte er.

Elliot stand einen Moment unentschlossen da, dann machte er seine Meinung ganz unmißverständlich klar. »Nehmt das Gepäck zusammen. Bewegt euch!« brüllte er.

Hinter der Tür befand sich eine Höhle. Schweres Material, das wie dickes Gummi aussah, verschloß die Tür zu der Höhle. Die Sperre, die Rick an das Material erinnerte, aus dem Regenmäntel gemacht werden, erstreckte sich zwanzig Meter oder so in die Höhle. Die Tunnelwände waren aus Fels, glänzten aber, als ob sie lackiert wären. Rick fühlte es; das Zeug war ziemlich hart, und er dachte, daß es aufgesprüht worden war – möglicherweise, damit die Luft nicht durch die Felswände entwich.

Als sie das Schiff entladen hatten, schloß sich die Eingangsluke, und sie hatten keine andere Wahl, als hinunter in den Tunnel zu gehen. Er führte hinab in den Fels. Mit dem Gepäck hatten sie keine Schwierigkeiten;

alles wog nur ein Sechstel von dem, was es auf der Erde gewogen hätte, und ein Mann konnte ohne große Anstrengung zehn Mörserbomben tragen.

Der Tunnel war beleuchtet, nicht mit strahlenden Wänden wie das Schiff, sondern mit gewöhnlichen Leuchtstofflampen. Rick untersuchte eine der Beschriftungen; es stand »Westinghouse« darauf. Gewöhnlicher Draht wanderte von Lampe zu Lampe.

Während sie tiefer in die Höhle eindrangen, schlossen sich hinter ihnen Türen. Sie schienen aus dem gleichen Regenmantel-Material zu sein wie die Passage vom Schiff zu der Höhle, und sie schlossen so dicht mit den Wänden ab, daß es schwierig war zu sehen, ob sie solide waren oder nicht.

Sie erreichten das Ende des Ganges. Rick schätzte, daß sie ungefähr einen Kilometer gegangen waren. Am Ende des Ganges waren eine große Höhle, so groß wie eine Basketball-Halle, und Möbel. Rick sah Tische, Stühle, Bücherregale mit Büchern und Magazinen. An einem Ende des Raumes standen Betten mit Armeedecken auf einem Haufen. Auf einem Tisch standen eine Kaffeemaschine und Stapel von Plastiktassen, und neben der Kaffeemaschine stand eine Dose Yuban-Kaffee. Auf einem anderen Tisch sah Rick Brotlaibe von verschiedenen amerikanischen Marken; Gläser mit Jiffy-Erdnußbutter; Büchsen mit Campbells-Suppe. Papierteller und billige Plastikgabeln. Kondensmilch. Käseecken; Wiener Würstchen – Sardinenbüchsen. Es gab keine Anzeichen von frischen Lebensmitteln, Fleisch oder Gemüse, aber Rick war sicher, daß sie nicht verhungern würden.

Am anderen Ende der Höhle war ein Fernsehschirm. Er sah fremd aus. Rick sah keine Herstelleraufschrift, es sei denn, daß die komischen Dinger auf einer Platte am Boden etwas bedeuteten. Es hatte jedenfalls keine Schalter. Das Gesicht eines Mannes schaute heraus, und aus der Art, wie sich seine Augen und sein Kopf bewegten, schloß Rick, daß der Mann ihn beobachtete.

Rick stand da und starrte auf den Fernseher. Das Gesicht auf dem Schirm war menschlich.

»Sind Sie gut versorgt?« Die Figur auf dem Bildschirm sprach ohne Warnung. Die Phrase war nicht unbedingt eine Frage, dadurch wurde sie aber auch nicht positiver. Die Stimme hatte einen leichten Akzent, aber Rick war sicher, daß er nie vorher etwas Derartiges gehört hatte.

»So gut wie jeder andere«, sagte Rick.

»Dann sind Sie Captain Galloway. Ich brauche Informationen. Erstens: Stimmt es, daß Sie das Schiff, das Sie hierherbrachte, freiwillig betraten? Die *Shalnuksis* zwangen Sie nicht dazu?«

»Shalnuksis?«

»Die Wesen, die Sie hierherbrachten. Wurden Sie gezwungen, an Bord ihres Schiffes zu kommen?«

»Nicht durch sie. Es gab da ein paar Kubaner, die uns keine große Wahl ließen.«

»Das ist meine zweite Frage.« Der Ausdruck des Mannes änderte sich überhaupt nicht. Rick ging näher an den Bildschirm heran und untersuchte sehr sorgfältig das Bild.

Er sah einen Mann, der die Vierziger erreicht hatte. Er trug ein rostfarbenes Übergewand, das einer Tunika ähnelte, keine Knöpfe, ein V-Ausschnitt, der blau umrandet und mit Verzierungen bestickt war: ein stilisierter Komet und eine aufflammende Sonne. Das Haar des Mannes war kurz, und seine Hautfarbe war dunkler als die von Rick; sie hatte ungefähr die Farbe eines amerikanischen Indianers, aber nicht ganz so dunkel.

»Ist es wahr, daß Sie jetzt tot wären, wenn Sie die Shalnuksis nicht an Bord genommen hätten?« fragte der Mann.

»So ist es ungefähr«, antwortete Rick.

»Einer Ihrer Männer wurde durch die Shalnuksis verletzt. Sie sagten, sie verteidigten sich nur selbst, und verletzten den Mann so gering wie nur möglich. Stimmt das?«

»Ja –«

»Danke. Wir bedauern, daß wir Ihnen nicht mehr entgegenkommen können. Alles, was Sie hier finden, steht Ihnen zur Verfügung. Sie dürfen nun essen, wenn

Sie wollen. Wir werden später mehr zu erzählen haben.«

»Hey – verdammt, was geht vor?« fragte Rick. Aber er sprach zu einem leeren Schirm.

Sie untersuchten ihr Gefängnis. Es gab eine Kochplatte und eine Steckdose mit einem langen Kabel. Das Kabel lief in die Wand, und das Loch, wo es herauskam, war mit dem Regenmantelmaterial isoliert. Die Kochplatte stammte von General Electric. Die Kaffeekanne war japanisch mit japanischer Beschriftung. Alles in dem Raum kam von der Erde. Das meiste aus den Vereinigten Staaten, aber es gab auch Artikel von vielen anderen Orten. Einige Teile der Einrichtung waren neu, viele noch in der ursprünglichen Verpackung. Andere Gegenstände waren schon benutzt. Es gab Radios und Fernseher, aber es kam nichts außer Zischen und Heulen heraus.

Nach einer halben Stunde beschlossen sie, ein Abendessen zu kochen. Es gab viel zu essen: Suppe und eingemachten Speck und Schinken, eingemachtes Gemüse und Pudding zum Nachtisch. André Parsons fand neben der Kaffeemaschine einen Wasserhahn. Darunter befand sich ein Abfluß. Andere Männer fanden Behälter mit warmem Bier und verschiedene Krüge mit Wein, so viel, daß jeder ein Bier und eine volle Tasse mit kalifornischem Rotwein hatte. Kaffee gab es jede Menge.

Nachdem sie gegessen hatten, fühlten sie sich besser. Die Männer streiften noch etwas ruhelos umher, aber möglicherweise, um es sich bequem zu machen, indem sie alles benutzten, was sie in ihrem Gepäck fanden. Elliot schaffte es, zwei der einzelnen Betten für Parsons und Rick Galloway zur Seite zu stellen. Niemand hatte seit vierundzwanzig Stunden weder gegessen noch geschlafen, und bald streckten sich die Männer auf Betten und Feldbetten oder auf Hängematten oder dem Boden lang.

Der Boden, fand Rick, war an den Ecken zu den

Wänden hin uneben, aber von den Wänden weg war er künstlich glatt und flach. Wenn man ihn berührte, fühlte er sich warm an.

Rick saß mit Parsons an einem Tisch in der Nähe des Bildschirmes. Sie aßen schweigend. Schließlich sagte Parsons: »Ich sehe jetzt ein, warum du es nicht früher erklärt hast.«

»Yeah. Nicht, daß ich es nicht gekonnt hätte«, sagte Rick nur.

Parsons zuckte die Achseln. »Fünf Stunden früher war ich darauf vorbereitet, auf diesem Berg getötet zu werden. Nun habe ich gegessen, ich habe noch eine Tasse Wein und Kaffee, um nachzuspülen, und es ist warm. Niemand schießt auf mich, und ich habe ein komfortables Bett. Wir haben Glück gehabt.«

»Vielleicht.«

»Denkst du an die Fortsetzung deiner Fernseh-Konversation?« fragte André. »Ein Mensch. Ein Mensch, der interessante Fragen stellt. Sind wir Freiwillige? Wie wurde Corporal Mason verletzt? Wären wir noch am Leben, wenn wir nicht an Bord des fremden Schiffes gegangen wären? All das wurde von einem Menschen mit autoritärer Stimme gefragt, als ob er jedes Recht auf die Antworten habe.«

Rick nickte. »Ich dachte auch schon darüber nach. Es heißt, es paßt jemand auf, was mit uns geschieht. Vielleicht nur ein bißchen, aber es paßt jemand auf. Ich hoffe, das ist ein gutes Zeichen.«

»Es kann nicht schlecht sein«, sagte André.

»Du bist so verdammt ruhig –«

Parsons lachte. »Ich wollte das gleiche von dir behaupten. Rick, ich bin ziemlich durcheinander, aber es wäre nicht sehr gut, es die Männer merken zu lassen. Offensichtlich geht es dir genauso.«

»Yeah. Aber ich wünschte, sie würden uns sagen, was sie mit uns vorhaben.«

»Vielleicht gar nichts«, meinte Parsons. Er zuckte die Achseln wieder auf seine vielsagende französische Art. »Vielleicht haben sie uns aus humanitären Gründen

gerettet. Oder sind wir dessen nicht würdig?« Er lächelte breit.

»Captain! Capt'n, dieses Fernsehen läuft wieder. Sie wollen Sie sprechen.«

Rick kämpfte mit sich, um wieder wach zu werden. Ein Blick auf seine Uhr sagte ihm, daß er fünf Stunden geschlafen hatte. Es war ihm länger vorgekommen, und er fühlte sich weit besser erholt, als er es von fünf Stunden Schlaf erwartet hatte.

Um den Fernseher waren ungefähr ein Dutzend Männer versammelt. Sie versuchten, mit dem Mann zu sprechen – soweit Rick sehen konnte, war es der gleiche, der schon einmal mit ihm geredet hatte –, aber sie hatten keinen Erfolg. Erst als Rick vor dem Bildschirm stand, fing der Mann an zu reden.

»Es ist Zeit, über Ihre Situation zu sprechen«, sagte die Fernsehfigur. »Sie werden keine Waffen brauchen. Lassen Sie die Waffen und andere große metallische Objekte hier, und kommen Sie durch die Tür, die sich hinter diesem Bildschirm in der Wand öffnet.«

Während er sprach, schwang eine Stahlplatte, die in die Wand eingelassen war, auf. Dahinter erschien eine gummiartige, luftdichte Tür. »Bitte allein«, sagte der Bildschirm. »Sie sind nicht in Gefahr.«

»Vielleicht sollten ein paar von uns mitkommen«, schlug Sergeant Elliot vor.

»Danke, Sarge, aber ich werde Sie nicht brauchen«, wehrte Rick ab. »Wenn sie uns wirklich töten wollen, dann lassen sie die Luft aus diesem Zimmer. Und vergessen Sie eines nicht, Elliot. Lassen Sie die Truppe um Gottes willen nichts Blödsinniges unternehmen, während ich weg bin.«

»Ja, Sir, aber wann werden Sie zurück sein?«

»Weiß ich nicht.«

»Capt'n, wenn Sie in vier Stunden nicht wieder da sind, können wir diese Tür aufsprengen –«

»Nein. Wecken Sie Lieutenant Parsons, und übergeben Sie ihm das Kommando. Ich werde zurückkommen.« Während er durch die Tür ging, gab sich Rick sehr viel zuversichtlicher, als er sich wirklich fühlte. Die Tür schloß sich hinter ihm, noch bevor sich die luftdichte Barriere vor ihm auftat.

Er sah einen weiteren Korridor, aber kein Mensch war in Sicht. Rick folgte ihm ungefähr hundert Meter, bis er scharf rechts abbog, dann wurde der durch zwei weitere gummiartige Türen geschleust. Er tauchte in einer anderen Kammer wieder auf, die sehr viel kleiner war als die, die er gerade verlassen hatte. Sie war sehr gut beleuchtet, und er sah mindestens ein Dutzend von den Bildschirmen, wie er sie auf dem Schiff und in der Höhle gesehen hatte.

In der Höhle waren Menschen und Fremde, vielleicht von beidem ein Dutzend. Manche studierten die fernsehähnlichen Schirme. Ein Fremder in einem grauen Anzug, möglicherweise der, der schon in dem Schiff zu ihm gesprochen hatte, kam auf ihn zu.

Der Fremde war sechs Inches größer als Rick, aber dieses Stück schien allein in den Beinen zu stecken. Sein Körper war nicht viel länger als der von Rick. Die Arme waren länger als die eines Menschen, aber nicht so lang wie die Beine. »Da«, sagte der Fremde. Er zeigte auf eine Tür. »Sie werden – gut daran tun – vorsichtig zu sein – was Sie sagen.«

Rick nickte. »Ich verstehe.« Wenn dies der gleiche Fremde war wie der im Schiff, und Rick dachte, daß es der gleiche war, so sprach er nicht mehr so leicht und zuversichtlich, wie er es im Schiff getan hatte. Warum wohl? wunderte er sich.

Die Tür mündete in ein Büro. Ein Schreibtisch stand gegenüber der Tür. Auf dem Tisch lagen Papiere und zwei Tastaturen, die zu einem Computer gehören mußten, dachte Rick. Zwei von den flachen Bildschirmen waren in den Tisch eingelassen, und andere Schirme waren höher an der Wand angebracht. Sie waren alle leer. Die Wände des Büros waren viereckig und wie der Boden und die Decke metallisch, der Raum war in die Höhle gebaut. Auf dem Boden lag ein Teppich, von dem Rick dachte, daß es ein Persianer war; er sah jedenfalls

genauso aus. Es gab noch andere Kunstgegenstände, die von der Erde zu kommen schienen: Seebilder, eine Farbphotographie der Golden-Gate-Brücke, ein Kalliroskop mit seinen wirbelnden Schockwellen-Mustern.

Der Mann, den er auf dem Bildschirm gesehen hatte, saß hinter dem Schreibtisch. Der Schreibtisch selbst sah modern dänisch aus und stammte wahrscheinlich auch von der Erde. Als Rick eintrat, stand der Mann auf, aber er machte keine Anstalten, Rick die Hand zu schütteln.

Er war vielleicht fünf Fuß zehn groß, zwei Inches kleiner als Rick, und sah verhältnismäßig menschlich aus. Er war ein bißchen dunkler als Rick, sein Gesicht war runder, aber er hätte auf keiner Straße der Vereinigten Staaten oder Europas Aufmerksamkeit erregt. Sein Ausdruck war nicht unfreundlich, aber er sah gequält, sehr beschäftigt und gedankenverloren aus.

Der Mann sprach. In Ricks Ohren klang es mehr wie das Zwitschern eines Vogels denn eine menschliche Sprache. »Wie ein Papagei in einem Käfig voller Katzen«,

erzählte Rick später André Parsons. Der Fremde antwortete in der gleichen Sprache; und der Mann nickte.

»Entschuldigen Sie, Captain«, sagte er. »Bitte setzen Sie sich.« Er zeigte auf zwei Stühle, beide aus Aluminium und Plastik, einer in Normalhöhe, der andere ein gutes Stück höher – wie für einen Riesen. »Zweifellos haben Sie viele Fragen zu stellen.«

Nun, das ist eine Untertreibung, dachte Rick. »Ja, beginnen wir, wer sind Sie?«

Der Mann nickte, die Lippen fest zusammengepreßt; wieder war sein Ausdruck eher ungeduldig und leicht ärgerlich als etwas anderes. »Sie werden meinen Namen schwer aussprechen können. Versuchen Sie's mit ›Agzaral‹ das klingt ähnlich und wird mich nicht ärgern. Ich bin – diese Bezeichnung gibt es bei Ihnen nicht. Halten Sie mich für einen Polizei-Inspektor. Für unsere Zwecke trifft es ungefähr zu. Und setzen Sie sich.«

Rick nahm den normalen Stuhl. Der Fremde ging zu dem hohen Stuhl. Er paßte genau. »Und meine – Retter?« fragte Rick. Es war schwierig zu entscheiden, wie er reden sollte. Es gab keine Regeln, und Rick hatte keine Ahnung, was den Menschen oder die Fremden beleidigen konnte. Offensichtlich sollte er Ausdrücke wie »diese Kreaturen« oder »ganz schön seltsam hier« lieber vermeiden, aber wie sollte er den Fremden nennen?

»Sein Name bedeutet übersetzt ›Goldsmith‹«, sagte Agzaral. »Viele Namen der Shalnuksis werden von alten Bedeutungen abgeleitet. Das scheint ein nahezu universeller kultureller Zug unter zivilisierten Leuten zu sein. Falls Sie seine eigene Sprache vorziehen, so lautet sein Name ›Karreeel‹.« Das letzte Wort intonierte er mit einem Zwitscherlaut, den Rick unmöglich aussprechen konnte.

»Ich bin erfreut, Sie kennenzulernen«, sagte Rick. »Eine Phrase, die wir oft genug nicht so meinen, aber bei den Umständen, unter denen wir uns trafen, meine ich das aufrichtig. Nur –«

»Nur, Sie möchten gerne wissen, warum wir diese Anstrengung auf uns nahmen«, sagte Agzaral. »Ich hörte einen Teil der Unterhaltung, die Sie mit einem anderen Offizier hatten.« Er wechselte wieder zu der Zwitscher- und Knurrsprache und faßte sich kurz.

»Wir brauchen Sie«, erklärte Karreeel. Seine Gesichtsschlitze erweiterten sich kurz. »Wir brauchen menschliche Soldaten, und wir hatten große Kosten und Schwierigkeiten, Sie zu finden.«

»Aber warum uns?« fragte Rick.

»Nun, weil Sie nicht vermißt werden«, sagte Agzaral. »Außerdem konnten sie an Bord seines Schiffes kommen, ohne gesehen zu werden. Es gibt strenge Regeln, die nicht erlauben, daß die Schiffe von jemandem beobachtet werden.«

»Fliegende Untertassen«, sagte Rick. »Aber sie wurden gesehen –«

»Manche haben sie gesehen«, korrigierte Agzaral.

»Aber nicht Karreeel. Die Schiffe, die gesehen wurden, wurden von Studenten entdeckt. Glücklicherweise konnte keine dieser Entdeckungen bewiesen werden.« Er seufzte. Rick schien es ein sehr menschlicher Seufzer zu sein. »Meine unangenehme Aufgabe ist es, jeden Fall zu untersuchen, bei dem ein Schiff gesehen und darüber berichtet wurde.«

»Ich verstehe«, sagte Rick. »Und was dann?«

»Wir haben auf der Erde Agenten«, sagte Agzaral. »Sie machen die ›Untertassen‹-Berichte unglaubwürdig.«

»Sie haben gute Arbeit geleistet«, sagte Rick. Er erinnerte sich, was er immer schon von den UFO-Geschichten gehalten hatte, und an die Leute, die an »fliegende Untertassen« glaubten. Total vernagelte Idioten. »Die« – er zögerte bei dem ungewohnten Wort – »Shalnuksis – studieren sie uns?«

Agzarals Lippen kräuselten sich zu etwas, das Rick für ein dünnes Lächeln hielt. »Nein. Andere studieren die Erde. Darunter auch Menschen. Aber die« – er hielt inne – »in Zukunft werde ich nicht unterbrechen, wenn ich einen Ausdruck gebrauchen muß, den Sie nicht sofort verstehen werden. Ich werde einfach den am nächsten liegenden Begriff nehmen. Es gibt eine Hohe Kommission, die den Handel mit primitiven Welten steuert, besonders mit der Erde, und die primitive Völker vor roher Ausbeutung schützt. Diese Kommission verbietet den Handel oder anderen Verkehr mit Ihrem Planeten.«

»Aber warum?« fragte Rick. Er war überrascht, wie ruhig er sich fühlte. Ein Teil von ihm wollte schreien und die glatten Wände hochrennen und mit den Armen um sich schlagen, aber statt dessen fiel es ihm leicht genug, hier zu sitzen und sich höflich mit einem Menschen zu unterhalten, der nicht von der Erde kam, und einem Fremden, der einem gestreckten Schimpansen mit einem einzelnen Nasenloch und ohne Hals ähnelte.

»Ihr Planet befindet sich in einer interessanten Entwicklungsphase«, sagte Agzaral. »Der Handel wird nicht erlaubt, bis beschlossen ist, was – bis die Studien beendet sind.«

»Aber, zur Hölle, was wollen Sie dann mit *mir*?« fragte Rick.

»Ich will nichts«, sagte Agzaral. »Für mich sind Sie ein großes Ärgernis. Karreeel hat Ihnen ein Angebot zu machen, das Sie, wie ich glaube, erwägen sollten.«

»Schießen – uh, machen Sie weiter. Wie lautet das Angebot?«

»Meine – Kollegen – und ich sind Kaufleute. Besser zutreffen würde allerdings ›Handelsabenteurer‹«, sagte Karreeel. Während er sprach, hielt er häufig inne, und Rick fragte sich, ob er eine Art Übersetzungsmaschine benutzte. Er sah kein Anzeichen von einem Kabel oder einem Hörgerät, aber das war nicht ausschlaggebend.

»Handelsabenteurer«, wiederholte Rick. Er konnte sich nicht helfen, aber er dachte an die Gentleman-Abenteurer der Ehrenwerten Ost-Indien-Kompanie, die ausgezogen waren und Indien für England erobert hatten, und er fragte sich, ob die Fremden ähnliche Absichten mit der Erde hatten.

»Ja«, sagte Karreeel. »Nun brauchen wir menschliche Soldaten. Der Preis für Söldner wurde – übermäßig hoch. Wir hatten Glück, daß wir hier Soldaten fanden und – Inspektor Agzarals Vorschrift dabei nicht verletzt wurde. Sicher werden Sie uns in einem zustimmen – wir waren erfolgreich.«

»Wenn wir einverstanden sind«, sagte Rick.

Agzaral wog seinen Kopf in einer Art, die Rick befremdete; als er Ricks Reaktion sah, kontrollierte er sich und nickte. »Sie stehen nicht unter dem Zwang, akzeptieren zu müssen«, sagte er. »Wenn er sein Angebot gemacht hat, werde ich Ihnen darlegen, welche Alternativen Ihnen offenstehen.«

»Es gibt einen Planeten, er ist sehr weit von hier«, ergriff Karreeel das Wort. »Er hat eine primitive Gesellschaftsform, weit primitiver als die Ihre. Der Planet kann uns mit einer sehr wertvollen Pflanze versorgen, die irgendwoanders nicht zufriedenstellend gedeiht. Wir brauchen Hilfe, um diese Pflanze dort anzubauen und zu ernten.«

Rick schüttelte den Kopf. Das ergab keinen Sinn. »Warum pflanzen Sie nicht selbst an?«

Der Fremde gestikulierte mit seiner Linken, und beide Gesichtsschlitze dehnten sich weit auseinander. »Warum sollte einer von uns dazu verdammt werden, auf einem primitiven Planeten zu leben?«

»Aber wir sind keine Bauern –«

»Wir schlagen Ihnen nicht vor, sie selbst anzupflanzen. Es existiert eine örtliche Bevölkerung. Unglücklicherweise ist der Planet sehr primitiv, in einem Stadium des – Feudalismus. Wir brauchen keine Bauern, sondern Soldaten, die die dortige Regierung anhalten, unseren Bedarf an Pflanzen anzubauen, zu ernten und uns abzuliefern.«

»Und warum glauben Sie, daß wir daran interessiert sind, auf einem primitiven Planeten zu leben?« fragte Rick.

»Ihre Belohnung sollte klar sein. Sie können herrschen, wie sie wollen, ohne Beschränkung. Sie werden wohlhabend und mächtig sein und müssen lediglich sehen, daß unsere Pflanzen wachsen. Wir werden Sie dafür mit jeglichem Luxus und Komfort versorgen.«

»Das hört sich ja wie ein Langzeitprojekt an«, sagte Rick.

»Natürlich«, sagte Karreeel.

Noch bevor Agzaral etwas sagte, wußte Rick, was kommen würde.

»Diese Aufgabe wird Ihre Lebenszeit beanspruchen«, sagte Agzaral. »Captain Galloway, es muß Ihnen natürlich klarwerden, daß Sie und Ihre Männer nie wieder zur Erde zurückkehren werden.«

4

»Nur noch eine verdammte Minute!« explodierte Rick. »Erst kidnappen Sie uns, und dann –«

»Retteten«, berichtigte Agzaral. »Ich fragte Sie danach. Ich habe die Mühe auf mich genommen, die Geschichte

zu überprüfen. Für mich ist es offensichtlich, daß Sie jetzt tot wären, wenn Karreeel Sie nicht an Bord seines Schiffes genommen hätte. Bestreiten Sie das?«

Rick fühlte, wie sein Ärger durch Angst verdrängt wurde. »Nein. Ich kann es nicht bestreiten. Aber warum können wir nicht nach Hause gehen?«

»Weil Ihnen geglaubt würde!« sagte Agzaral. »Zu viele Zeugen. Karreeel stimmte seinen Plan natürlich darauf ab. Indem er eine so große Gruppe an Bord nahm, sorgte er dafür, daß man Ihnen glauben würde, wenn Sie zur Erde zurückkämen.«

»Sie erwähnten Alternativen«, sagte Rick.

Agzaral nickte. »Sie haben mehr als genug. Aber keine schließt die Rückkehr auf Ihren Heimatplaneten ein. Sie können hier in der Kammer bleiben, in der Sie sich gerade aufhalten, bis ein Transporter Sie auf einen anderen Planeten bringen kann. Einige von Ihnen können vielleicht eine Stelle als Versuchsperson in einer Universität bekommen. Die anderen finden vielleicht – andere Arbeit. Ich weiß aber nicht, was mit der Mehrheit von Ihnen passiert. Die Hohe Kommission hat das zu entscheiden. Ich habe zu berichten, daß Ihnen Arbeit angeboten und abgelehnt wurde. Menschen, die nicht gerne arbeiten, haben auf den meisten unserer Planeten kein angenehmes Leben. Und es wird vielleicht ein paar Jahre dauern, bis ein Transporter gefunden ist – für Sie alle jedenfalls.«

»Wir haben also keine große Auswahl.«

»Oder Sie begehen alle Selbstmord«, deutete Agzaral einen weiteren Weg an.

»Das ist die letzte Möglichkeit.« Rick fühlte die Handgranate durch seine Tasche. Es war eine neue Ausführung, eine kleine Granate, nicht viel größer als ein Golfball, und sie bestand hauptsächlich aus Plastik. Sie würde in Tausende kleine Fragmente explodieren, sicher reichte es aus, um jeden in diesem Raum zu töten – einschließlich ihn selbst. Es schien im Moment keine sehr nützliche Waffe zu sein. »Kann ich rauchen?« fragte er.

»Ich ziehe vor, wenn Sie es nicht tun«, sagte Agzaral.

»Okay. Sehen Sie, wie, zur Hölle, stellen Sie es sich vor, daß dreißig Männer einen ganzen Planeten übernehmen sollen?«

»Keinen ganzen Planeten. »Karreeels Stimme änderte sich nicht; sie blieb sachlich, ruhig, unbekümmert. »Der größte Teil des Planeten« – er zwitscherte etwas Unverständliches – »ist uninteressant und wertlos. Es ist nur eine bestimmte Region, die kontrolliert werden soll. Sicher werden Ihre Männer mit Feuerwaffen und anderer militärischer Ausrüstung keine Schwierigkeiten haben, Primitive mit Lanzen, Bögen und Schwertern zu beherrschen, oder?«

Das schien nicht schwer zu sein. Rick war trotzdem von dieser Idee nicht sehr eingenommen. Wenn der Planet schon so primitive Waffen besaß, dann sah es mit der Hygiene und der medizinischen Versorgung nicht viel anders aus. Dort zu leben, würde kein großes Vergnügen sein.

Er fragte sich, wie es wohl wäre, von der Wohlfahrt in einer von Agzarals Kulturen zu leben. Es hatte nicht sehr angenehm geklungen, aber Agzaral war zweifellos mehr Luxus als Rick gewohnt. Aber dann war da noch der

Ausdruck »Versuchsperson«, und das hatte sich wirklich nicht gut angehört.

Es gab noch ein anderes schwerwiegendes Problem. »Wir sind alle Männer«, sagte Rick. »Und Sie werden uns für den Rest unseres Lebens auf einen anderen Planeten schicken . . .«

»Ah«, sagte Karreeel. »Ich verstehe. Erlauben Sie mir zu erklären, daß es dort andere menschliche Frauen gibt.«

»Sie haben Frauen gekidnappt?« fragte Rick.

»Nein. Eine so große Anzahl zu beschaffen, ist – ohne die Regeln zu verletzen – sehr schwierig. Der Planet – nennen wir ihn Paradies. Das ist ein guter Name für einen Planeten. Paradies ist von Menschen bewohnt.«

»Großer Gott«, sagte Rick.

Einen Moment war es ganz still. Rick fragte sich, ob er den Fremden beleidigt hatte.

»Es ist wirklich wahr«, sagte Agzaral. »In vielen Teilen der Galaxis gibt es Menschen.«

»Wie?« fragte Rick.

Agzaral lächelte dünn. »Vermuten nicht Ihre eigenen Wissenschaftler, daß die Menschen sich nicht auf der Erde entwickelten?«

»Ich habe nie gehört, daß diese Theorie ernst genommen wurde. Wenn die Leute – Menschen – in der ganzen Galaxis verbreitet sind, wie kamen sie dorthin?«

»Ich bezweifle, daß Sie das je herausfinden werden«, sagte Agzaral. Seine Stimme klang nun sehr ernst. »Es gibt keine englische Übersetzung der galaktischen Geschichte, und ich habe keine Lust, Ihnen Unterricht zu geben. Glauben Sie es einfach.«

Rick runzelte die Stirn. Er fragte sich, ob es wahr sein konnte. Es gab Legenden von frühen Astronauten: Ezekiel und das Rad, Cherubim, die biblischen fliegenden viergesichtigen Kreaturen; die sogenannten Beweise der Sensationsschreiberlinge. Die Genesis konnte man als Verpflanzung einer sehr kleinen Gruppe von Menschen interpretieren – die Geschichte nannte nur zwei –, auf eine Welt, auf der sie sich nicht entwickelt hatten.

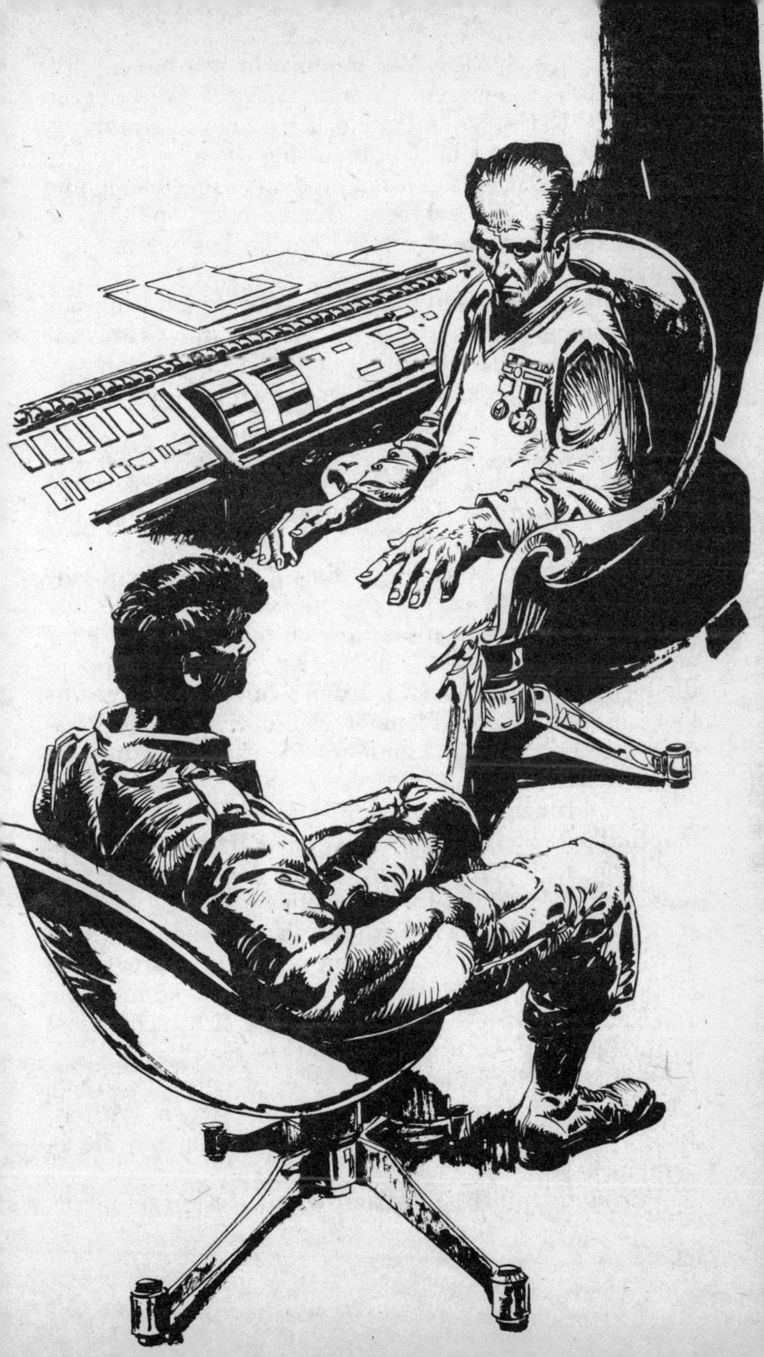

Es entzog sich Ricks Verständnis. Er war nie ein brillanter Student gewesen. Einer der Gründe, warum er in der ROTC-Klasse hart arbeitete, lag in seiner Vermutung, daß er die Armee vielleicht brauchte, um eine Arbeit zu bekommen. Das einzige Fach, in dem er regelmäßig und gute Leistungen gebracht hatte, war militärische Geschichte, und diese versprach kein besonders gutes Einkommen.

Paradies. Er lächelte schief, als er an einen Klumpen unbewohnbaren Eises dachte, den man »Grünland« getauft hatte, in der Hoffnung, daß sich ein paar Einfaltspinsel dort niederlassen würden. »Richtige Menschen«, sagte er. »*Homo sapiens*«

»Wie intelligent, darüber kann man streiten. Nicht nur in diesem Paradies, sondern überall«, sagte Agzaral. »Aber verlassen Sie sich darauf; eine Gemeinschaft mit den Frauen dort wird sehr fruchtbar sein.«

Etwas anderes beschäftigte Rick noch. »Sie sind eine Art Polizist«, sagte er. »Ich war im Glauben, daß Sie hier sind, um die Leute von der Erde zu schützen. Ich denke an all die Gesetze. Sie können keine Leute kidnappen, die nicht ohnehin sterben würden. Nun schicken Sie uns los, diesen primitiven Planeten zu erobern, den Sie Paradies nennen. Warum kümmern Sie sich nicht um die Menschen dort?«

Agzaral runzelte die Stirn. Rick fragte sich, ob er eine empfindliche Stelle getroffen hatte. »Paradies – Sie können ruhig auch den richtigen Namen des Planeten erfahren«, sagte Agzaral. »In der richtigen Sprache heißt er ›Tran‹. Tran ist nicht durch die gleichen Gesetze geschützt wie die Erde.« Er hielt inne und preßte die Lippen grimmig aufeinander. »Außerdem können Sie den Leuten dort nichts antun, was sie sich nicht selbst antun. Sie ersparen ihnen vielleicht viel Elend.«

Es gibt dort etwas Geheimnisvolles, dachte Rick. Agzarals Gesichtsausdruck paßte nicht zu seinen Worten. Aber was? »Wenn es so einfach ist, warum tun Sie es dann nicht selbst?«

»Wir können nicht.« Agzaral wies auf Karreeel. »Ent-

decker, Siedler und Entwickler haben auch ihre Rechte. Aber wenn Sie auf Tran ankommen, erinnern Sie sich vielleicht daran, daß die Leute dort genauso menschlich sind wie Sie und ich, Captain Galloway.«

»Wieviel Zeit habe ich noch?«

Agzaral blickte auf Karreeel.

»Wir haben es nicht besonders eilig«, sagte der Fremde. »Sagen wir vierundzwanzig Stunden?«

Rick unterbreitete den Vorschlag der Truppe. Er war nicht überrascht, als erst totale Stille herrschte und dann alle auf einmal redeten. Er wußte, was sie fühlten; er wollte ebenfalls reden, als das Interview mit Agzaral und Karreeel beendet war.

Dann durchschnitt eine laute Stimme das Geschnatter. »Ein anderer Planet? Das ist nicht möglich.«

Soldat Larry Warner, der von der Truppe »Professor« genannt wurde, verfügte über eine Stimme, die man auch mitten in einem Gefecht deutlich hören konnte. Er hatte ein College besucht, und Rick hatte keine Ahnung, warum sich der Mann freiwillig zur Armee gemeldet hatte, noch warum er zum zweitenmal an einer CIA-Operation teilnahm. Er diskutierte mit jedem, Offizieren, Unteroffizieren, einfach mit jedem, der zuhören wollte. Nur durch die Androhung schwerer Strafen bekam man ihn ruhig. Trotzdem war er ein gebildeter Mann, und Rick hatte in der Vergangenheit sein Wissen als sehr nützlich empfunden.

»Schneller als Lichtgeschwindigkeit zu fliegen ist unmöglich«, sagte Warner. »Wir können kein anderes Sternsystem erreichen, und in unserem Sonnensystem gibt es ganz sicher keinen bewohnbaren Planeten. Sie müssen Sie angelogen haben.«

»Das wäre eine unsinnige Täuschung«, sagte André Parsons.

Sergeant Elliot wußte einen einfacheren Weg. »Halt's Maul, Warner.«

»Woher kommen die Fremden?« schrie Jack Campbell. »Nicht aus diesem Sonnensystem. Sie sagten es selbst, Professor.« Campbell war im College durchgefallen und ging zur Armee, weil er nichts Besseres zu tun hatte. Er liebte es, Warner zu hänseln. »Hey, ich bin dafür! Captain, ich glaube, unser Status wird sich um einiges ändern. Die meisten von uns können auf etwas mehr als nur zwanzig Jahre Armee und dann die Pension hoffen –«

Rick zuckte die Achseln. »Ich hab' nicht viel darüber nachgedacht, aber ich glaube schon. Sie redeten so, als ob wir tun und lassen können, was wir wollen.«

»Ich wollte schon immer mal König sein«, sagte André Parsons. »Ich sehe keinen Grund, warum wir nicht alle Könige sein sollten – oder wenigstens Grafen und Barone. Vorausgesetzt natürlich, wir nehmen an.«

»Wir müssen auf jeden Fall hier raus!« schrie jemand.

Wieder ging das Geschwätz los.

»Wohin?«

»Ich habe eine Frau und zwei Kinder – ich muß wieder nach Hause!«

»Ruhe – verdammt!« Elliots Kommando brachte sie einen Moment zur Vernunft.

Bevor sie wieder loslegen konnten sagte Rick: »Wir kommen nicht mehr nach Hause. Das haben sie eindeutig klargestellt, und ich sehe keinen Weg, wie wir dorthin gelangen sollen. Sie können, wann immer sie wollen, den Druck hier bis auf Null absenken. Weiß jemand, wie man in einem Vakuum atmen soll?«

»Also was tun wir, Captain?« fragte Campbell.

»Zusammenhalten. Und tun, was sie wollen«, sagte Rick. »Lieutenant Parsons hat recht. Wenn wir hier raus sind, können wir alle reich werden. Wir können nicht nach Hause, aber wir können reich werden. Wenn wir zusammenhalten.«

»Gegen einen ganzen Planeten kämpfen?« fragte Campbell.

»Nicht ganz«, sagte Rick. »Aber wir können es schaffen. Wir sind wegen der Waffen und was die Taktik

betrifft im Vorteil. Obwohl es eine Menge Leute dort gibt. Eine Menge. Wenn wir nicht zusammenhalten – gut, wann schläft wer?«

»Zuerst brauchen wir einen neuen Vertrag«, sagte Warner. Seine Stimme hatte einen selbstzufriedenen Ton. »Ein neuer Vertrag. Wir können damit anfangen, indem wir einen Vorsitzenden wählen –«

Sergeant Elliot sah aus, als hätte ihn der Schlag getroffen. »Wählen! Wir haben Offiziere –«

»Die unter den gegebenen Umständen keine Autorität über uns haben«, beendete Warner den Satz. »Ihre Bevollmächtigungen stammen von den Vereinigten Staaten, und dort leben wir ja nicht mehr. Warum sollten wir Befehle von ihnen annehmen?«

»Warner, noch ein gottverdammtes Wort von dir, und ich breche dir dein Genick.« Elliot ging und stellte sich neben Soldat Warner.

»Er hat recht«, sagte André Parsons. »Die, die freiwillig mit uns gehen, haben auch freiwillig Captain Galloway und mich als Führer zu akzeptieren.« Er drehte sich zu Rick um und sagte sehr förmlich: »Sir, ich erkenne Sie hiermit als Führer und Captain dieses Auftrages an.« Dann salutierte er.

Parsons hatte sich von der Truppe weggedreht, so daß nur Rick sein Gesicht sehen konnte. Seine Augen lachten verschmitzt, und als Rick den Salut zurückgab, winkte ihm Parsons übertrieben zu.

Rick hatte Parsons erzählt, daß die Fremden – und der menschliche »Polizist«, der manchmal genauso fremd war wie die Shalnuksis – möglicherweise ihre ganze Unterhaltung abhörten; danach paßten sie auf und sagten nichts mehr, was ihre Auftraggeber nicht hören sollten. Es machte Rick noch einsamer als sonst. Er hatte die Erde und jeden, den er kannte, verloren, und er konnte nicht darüber reden, ohne das Risiko einzugehen, abgehört zu werden.

Und doch, dachte er, vielleicht wird es noch gut. Wie Parsons schon sagte, hatte jeder eine Zeit, in der er träumt, irgendwie ein Ritter, Baron oder Graf zu werden. Vielleicht sogar ein König. Das passierte einem auf der Erde nie, aber vielleicht passierte es mit Rick Galloway auf Paradies.

Er hatte noch andere Phantasievorstellungen. Er wußte genug von der Geschichte der Erde, um die Fehler zu erkennen, die seit dem Mittelalter bis in die industrielle Gesellschaft gemacht wurden. Er hatte Bilder von Bombay und Kalkutta gesehen. Vielleicht, sagte er sich selbst, konnte er dieser neuen Welt helfen, ein paar von diesen Fehlern zu vermeiden. Für Karreeel und seine Händler-Abenteurer war dies eine Routineangelegenheit, um etwas Geld zu machen – oder was immer als Geld in ihrer Kultur angesehen wurde –, aber für Rich war es eine Gelegenheit zum Abenteuer.

Es war aber auch unvermeidbar, und er war sich unangenehm bewußt, daß viele der Argumente, die er gegen die Männer und sich selbst benutzte, aus der Notwendigkeit geboren wurden. Sie hatten einfach keine andere Wahl.

Die erste Aufgabe bestand in den Vorbereitungen. Sie würden Verpflegung und Ausrüstung brauchen. Agzaral hatte ihm erzählt, daß sie einen angemessenen Teil der Ausrüstung von der Erde bekommen konnten. Er hatte nicht gesagt, was angemessen hieß.

Rick veranlaßte die Truppe, Listen anzufertigen. Waffen, Munition, Spezialausrüstung, Kommunikationsgeräte, Überlebensgepäck, medizinische Versorgung, Seife; Luxusartikel und Annehmlichkeiten, die auf Tran nicht hergestellt werden konnten, selbst nicht mit all der Hilfe, die Rick und seine Leute geben konnten. Die Liste wurde endlos, und sie begannen einiges wegzustreichen.

Sie hatten sehr wenige Informationen über Tran. Karreeel war sich sicher, daß es dort keine Petroleumindu-

strie gab, aber keiner wußte, ob es überhaupt Petroleum dort gab: somit also keine Verbrennungsmaschinen. Andere entscheidende Informationen waren genauso schleierhaft.

Rick bat den Fernseher um ein Interview. Kurz darauf erschien Karreeel auf dem Schirm.

»Wir brauchen mehr Daten«, sagte Rick. »Wie groß ist dieser Planet? Gibt es dort Hurrikane? Wie kann ich etwas vorbereiten, wenn ich nicht weiß, was ich vorbereiten soll?«

»Ihre Fragen sind vernünftig. Unglücklicherweise haben wir die Daten, die Sie brauchen, nicht übersetzt. Das wird aber später gemacht.«

»Können Sie die Ausrüstung, die ich brauche, zusammenstellen?«

»Einiges. Das meiste.«

»Wie?« fragte Rick.

»Wir können es kaufen. Oder stehlen«, sagte Karreeel. »Ich habe wenig Zeit für Sie. Sie werden später jemanden treffen, der Zeit für Sie hat. Bis dahin, belästigen Sie mich bitte nicht weiter.«

»Wer ist das –«

»Ein Mensch. Wenn Sie mir Ihre Liste geben, werde ich sehen, was besorgt werden kann.«

Der Schirm war wieder leer. Rick und André sahen einander an. »Sie müssen Agenten auf der Erde haben«, sagte Parsons. »Sie sprachen von Einkäufen –«

»Yeah.« Rick dachte einen Moment darüber nach, dann lachte er. »Fremde unter uns. Agenten der Galaktischen Konföderation studieren uns. Wir lesen es schon seit wer weiß wie vielen Jahren, und es ist alles wahr.«

André Parsons lachte auch, aber keiner von beiden hielt es wirklich für so lustig.

TEIL II

DAS SCHIFF

1

Gwen Tremaine war verliebt. Wenn man in Betracht zog, daß sie zwanzig Jahre alt und nicht gerade unattraktiv war, sollte einen das nicht erstaunen; aber tatsächlich war sie mehr als erstaunt. Sie konnte es gar nicht richtig glauben.

Sie hatte sich mit einem einsamen Leben abgefunden. Nicht einsam in dem Sinn, daß sie keine Freunde hatte, davon hatte sie mehr als genug; aber sie war überzeugt, daß sie sich nie verlieben würde, und bezweifelte immer, daß es überhaupt jemand konnte. Sie hatte den starken Verdacht, daß all die poetischen Ergüsse, all die lyrischen Beschreibungen, die erzählten, was einer fühlt, wenn er verliebt ist, von Dichtern und Schriftstellern geschrieben wurden, die diese Gefühle zwar gerne haben wollten, sie aber selbst nie erlebten.

Körperliche Anziehungskraft konnte sie verstehen. Sie hatte verschiedene Affären gehabt und sie alle genossen. Aber was sie in sich selbst und in anderen nie wecken konnte, war, was immer die Dichter fühlten, wenn sie von Liebe sprachen.

Sie hatte es versucht, und ein paarmal dachte sie schon, es wäre ihr geglückt, aber es hatte sich nie zu etwas mehr entwickelt. Die starke Gemütsbewegung, das Gefühl jemanden zu brauchen, das sie bei einigen Mädchen feststellte, mit denen sie zusammen war – manchmal bewegte es sie, aber es hielt nie länger an. Normalerweise hatte sie nach dem körperlichen Zusammensein verschiedene Gefühle, aber gewöhnlich überdauerten sie das kalte Licht des Morgens nicht. Eine Zeitlang schob sie die Schuld ihrer Unfähigkeit, sich zu verlieben, auf die Männer in ihrem Leben, und wirklich, es war etwas Wahres daran. Soweit sie es sich vorstellen konnte, hatte sie eine ansehnliche Kollektion von Zynikern, Großmäulern und auch ganz oberflächliche Charaktere angezogen. Sogar ihre Freunde sagten es. Nicht, daß es so offensichtlich war, wenn sie sie traf. Sie suchte sich nicht den begehrtesten Jungen in ihrer Hochschulklasse aus oder war hinter den Footballchampions her, die jedes Mädchen in der Schule haben konnten. Sie verabredete sich lieber mit den ruhigen, die Brillen trugen und eine Menge lasen. Einige hatten vor ihr noch nie eine Verabredung. Aber sie verließen sie ausnahmslos, sobald sie ihr Selbstvertrauen so weit aufgepäppelt hatte, bis sie sich trauten, jemand anders um eine Verabredung zu bitten.

In Wahrheit erschreckte sie jeden, der versuchte sie ernst zu nehmen. Sie war intelligent, sie redete viel, und sie war an allem interessiert. Sie schrieb für eine Schulzeitung. Sie machte so viel zusätzliche Klassenarbeiten, daß sie in jedem Fach eine Auszeichnung bekam, sogar, als sie das Schlußexamen machte. Sie verdiente gutes Geld durch so unweibliche Aktivitäten wie altes Brot aufzukaufen und an Hühnerfarmen wieder zu veräußern. Kurz, sie war für jeden Jungen, den sie traf, eine Konkurrenz, und die, die sie mochte, waren nicht selbstsicher genug, um diese Herausforderung zu überleben.

Als sie sechzehn und ein Senior in der John Marshall High School war, traf sie Fred Linker in der Schulbücherei. Fred hatte in seinem ganzen Leben noch keine Verabredung gehabt und hatte einen Horror vor Mädchen. Gwen war zu der Zeit ein bißchen zynisch gegenüber Männern, aber sie war genug Produkt ihrer Kultur, um zu wünschen, daß sich jemand mit ihr verabredete. Fred schien perfekt zu sein. Er sah nicht schlecht aus, er war nur ein wenig schüchtern. Er las gern und kannte Arbeiten wie »Silverlock«, die sie sich auslieh, sobald er ihr davon erzählt hatte. Er war ein guter Zuhörer, und sie teilten viele Ansichten. So arbeitete sie an ihm, bis er sie ausführte, und drei Tage später hatte er den Mut, ihr einen Gutenachtkuß zu geben. Er wußte nicht sehr gut, wie er das tun sollte, aber Gwen war eine gute Lehrerin. Sie hatte Bücher gefunden, in denen stand, wie man es tat.

Fred wollte Schriftsteller werden. Er schrieb andauernd. Eines Tages würde er eine Geschichte verkaufen. Dessen war er sich sicher. Er hatte einige an verschie-

dene Magazine geschickt und bisher nur Absagen erhalten.

Gwen las die Magazine, die Fred gerne mochte, und drei Wochen später erschien in einem der Magazine eine Kurzgeschichte von ihr. Sie dachte, daß er nun stolz auf sie wäre, und außerdem wußte sie nun, wie er seine Geschichten verkaufen konnte – man mußte nur die Vorlieben des Verlegers herausfinden –, aber eine Woche nach diesem Vorfall verabredete Fred sich mit einem anderen Mädchen. Später verkaufte er selbst drei Geschichten, aber er bat Gwen nicht mehr um eine Verabredung.

Das College war nicht viel anders. Gwens physischer Drang wurde stärker, und manchmal war sie so alleine, daß sie sich lieber in ein bis in die Nacht geöffnetes Lokal setzte und las, als in ihr Zimmer; sie war so allein, daß sie beschloß, dem nächsten Mann, den sie mochte, keine Konkurrenz zu machen. Sie versuchte immer, es durchzuführen, aber es war nicht gut. Selbst wenn sie nicht gerade das tat, von dem ihr gegenwärtiger Freund dachte, daß er besonders gut darin wäre, so würde es doch irgendwann herauskommen, daß sie es könnte, wenn sie wollte.

Oder vielleicht, sagte sie zu sich selbst, während sie sich in ihrem zwangsläufig nett eingerichtetem Ein-Zimmer-Appartement umzog, vielleicht ist alles falsch. Vielleicht mochten sie mich nur nicht auf dem ersten Platz. Weiß Gott, es muß mit mir *etwas* nicht stimmen.

Ich bin nicht häßlich. Sie betrachtete sich selbst aufmerksam im Spiegel. Zu klein, ja. Five foot two and eyes of blue klingt in Schlagern ganz gut, aber in Wirklichkeit ist das sehr klein, und meine Augen sind mehr grünbraun statt blau. Die Nase ist zu spitz, das Gesicht zu eckig, aber es gibt viele Mädchen mit spitzeren Nasen und eckigeren Gesichtern, und die sind auch nicht häßlich. Und ich habe eine gute Figur, nicht zuviel davon, aber gut proportioniert. Ich brauche keinen Büstenhalter, und meine Hüften sind auch nicht zu knochig. Ich kann nicht gut Kleider tragen, weil ich zu dünn bin, aber schlecht sehe ich nicht aus. Männer wenden sich nicht gerade ab, wenn ich komme.

Und jeder sagt mir, daß ich gut erzählen kann. Ich bin aufgeweckt und witzig. Sie sagen es immer kurz nachdem wir uns treffen und kurz bevor sie gehen.

Aber dieses Mal ist es anders.

Sie zog sich sorgfältig an. Dieses Mal wirklich, dachte sie. Heute nacht wird etwas passieren. Sie hatte ein angenehmes Gefühl der Erwartung. Vielleicht hält es dieses Mal an, dachte sie. Bitte. Laß es andauern.

Sie grinste ihr Spiegelbild an. Zu wem betete sie? In ihrem Weltbild war Platz für einen Gott, aber nicht für einen, der dieser Art von Gebet viel Aufmerksamkeit schenkte. Wenn Gebete wirkten, würde es eine Menge schlechterer Leute als Gwen Tremaine geben, die sich ihre Seele aus dem Leib beteten. Nun, sie bekamen nicht, was sie wollten, warum sollte also sie es bekommen?

Aber es gab eine Chance. Les war anders.

Sie hatte ihn in einem Nachtcafé in der Nähe der Universitätsbücherei getroffen. Es war sehr spät, und sie wollte gerade nach Hause gehen. Sie trug ein halbes Dutzend Bücher, und er hatte das Anthropologiebuch gesehen. »Das sieht aus, als ob es neu wäre«, sagte er. »Ich glaube, ich habe das noch nie gesehen, darf ich mal reinschauen?«

Und dann hatten sie angefangen zu reden. Er war hochbegabt. Sie konnte das aus den wenigen Dingen, die er sagte, schließen. Aber er wollte meistens, daß sie redete. Er mochte es, ihr zuzuhören – alles, sie konnte über *alles* reden, was ihr gerade einfiel.

Er veranlaßte sie, von ihrer Kindheit in Iowa zu erzählen, über den Umzug nach Kalifornien, als sie vierzehn war, über die High School und das College, und ihre erfolglosen Liebesaffären, über ihre Theorien über Geschichte und Physik und Mathematik und besonders Anthropologie und –

Er mochte sie. Er hörte zu, und er mochte sie, und für Gwen war das ungeheuerlich.

Und sie konnte nicht mit ihm konkurrieren. Zum Teil konnte sie es nicht, da sie nicht wußte, was er tat. Er sagte es nie direkt, aber sie hatte den Eindruck, daß er etwas mit Physik zu tun hatte. Einmal fragte er sie nach dem Ursprung des Universums. Sie hatte ihm erzählt, was sie dachte, und er kritzelte einige Gleichungen auf eine Serviette. Sie sagten ihr nichts. Er warf die Serviette weg. Am nächsten Morgen kam sie zurück und suchte den Fetzen Papier in dem Abfall hinter dem Restaurant und ging damit zur Bücherei. Nachdem sie einen ganzen Tag daran gearbeitet hatte, sagten ihr die Gleichungen immer noch nichts. Sie konnte nicht mal die meisten Symbole ausfindig machen.

Das hieß, er war ein Lügner – nur, es konnte nicht sein. Les brauchte nicht zu lügen. Sie sprachen nur über ihn, wenn sie ihn dazu drängte, und er sprach nie, um sie zu beeindrucken. Er hatte es bereits in der ersten Nacht getan, als sie herausgefunden hatte, daß er so ziemlich jedes Anthropologiebuch gelesen hatte, das je geschrieben wurde und alle Haupttheorien verstand. Wenn sie ihn zum Reden brachte, lernte sie in einer Stunde mit Les mehr als in einem Monat in ihrer Klasse.

Für drei Wochen sah sie ihn nur in dem Café. Er kam spät, immer nach Mitternacht, manchmal erst in der Dämmerung. Er fuhr einen LKW, um Geld zu verdienen, und er hatte keine festen Arbeitszeiten; aber er kam immer, und sie wartete immer. Sie hatten nie darüber gesprochen, aber sie wußte, er kam wegen ihr.

Drei Wochen unterhielten sie sich in dem Café. Er winkte ihr zum Abschied zu, wenn es so spät war, daß sie nach Hause (oder in die Schule) mußte.

Bis gestern. Gestern stand er auf, als sie aufstand, zahlte und ging mit ihr nach Hause. Es schien ganz natürlich, daß er mit ihr hineinging und daß sie zusammen ins Bett gingen und daß er in ihr eine Leidenschaft entfachte, die sie nie für möglich gehalten hatte.

Er blieb bis mittags.

Und jetzt wollte er zurückkommen und sie irgendwohin mitnehmen. Sie zog sich sehr sorgfältig an. Ein Rock, der nicht knitterte. Sie brauchten sich nicht in einem Auto zu verrenken. Er war in ihrem Bett willkommen, aber wer weiß? dachte sie. Sie grinste ihr Gesicht im Spiegel an. »Angemaltes Flittchen«, sagte sie zu ihm.

Das Bild grinste zurück. »Wir mögen es, oder nicht?«

»Verdammt noch mal«, sagte Gwen. »Verdammt noch mal. Ich hätte nie gedacht, daß ich –«

Sie lachte über sich selbst, studierte aber ihre kleine Kollektion Schmuck und Parfüm. Was würde er mögen?

»Unabhängig, frei. Ich werde meinen Hintern bewegen, damit er mich mag«, erzählte sie dem Spiegel.

»Halt ihn fest, dieses Mal«, riet der Spiegel.

»Richtig.« Wenn ich kann. Bitte. Laß es diesmal gut sein. Laß es andauern.

Als eine Stunde nach Mitternacht die Türklingel läutete, rannte sie, dann zügelte sie sich. Er wußte, daß sie ihn mochte, aber sie wollte nicht, daß er dachte, sie wäre so verrückt nach ihm. Trotzdem war sie ein bißchen atemlos, als sie die Tür öffnete. Würde er über sie herfallen? Sie ins Bett tragen? Sie würde verdammt keinen Widerstand leisten –

Er küßte sie, ließ aber schnell von ihr ab, bevor es weiterführte. Dann grinste er. »Später. Wir werden eine Menge Zeit haben.«

»Gut.«

»Wollen wir fahren?« fragte er.

»Sicher. Wohin? Brauche ich einen Mantel?«

»Ich habe einen Wochenend-Trip im Kopf. Kannst du schnell eine Tasche packen?«

Sie runzelte die Stirn. War er *so* selbstsicher? Aber er hatte allen Grund, es zu sein. Und warum nicht? »Ich kann für ein paar Tage weg«, sagte sie. »Aber ich müßte meine Vermieterin anrufen, und ihr sagen –«

»Schreib ihr einen Zettel. Es ist spät.«

AI-7

»Was soll ich einpacken? Schwimmsachen? Skianzug?«

»Magst du Boote? Segeln?«

»Ich war noch nie auf einem. Aber ich werde nicht seekrank – ich glaube, das habe ich dir schon erzählt.«

»Hast du.«

Da war es. Der leichte Akzent. »Wo bist du aufgewachsen?« fragte sie.

»Ich dachte, du wärst der Fachmann, der meinen Dialekt errät.« Er grinste.

Es ist ein liebes Grinsen, dachte sie. Ein liebes Grinsen in einem lieben Gesicht. Sie trat näher zu ihm.

Er zog sie an sich und hielt sie einen Moment fest.

»Du hast genau die richtige Größe«, sagte sie.

»Wie meinst du das?«

Sie zuckte die Achseln. »Groß genug, daß ich von dir als einem großen Mann denke, aber nicht so groß, daß du mich überragst. Und nicht so groß in anderen Dingen, wenn du weißt, was ich meine –«

Er lachte. »Wir passen anscheinend zusammen.«

»Ja, ich glaube schon. Ich packe meine Segelsachen«, sagte sie. »Ich brauche nicht lange.«

»Ich wußte nicht, daß es in den Bergen Boote gibt«, sagte Gwen. » Wohin bringst du mich also?«

Es schien eine berechtigte Frage zu sein. Die Straße wand sich ständig höher in die Angeles Mountains und entfernte sich vom Meer. Zuerst dachte sie, sie führen an die Küste entlang nach Santa Barbara, aber er war nach Osten abgebogen.

Der LKW brummte über die Straße. Es war ein schwerer Ford, und die Ladefläche war mit seltsamen Dingen vollgestopft, die durch eine Plane geschützt waren. Das war auch komisch. Warum ein vollgeladener Laster für eine Wochenendfahrt? »Wohin fahren wir, Les?«

»Vertraust du mir nicht?«

»Ich – ich weiß nicht. Ich weiß – Les, bitte. Spiel nicht mit mir.«

»Das will ich auch nicht, Gwen.« Seine Stimme klang sehr ernst. »Aber ich habe keine andere Wahl.« Er zögerte einen Moment. »Du sagtest mir, daß du lernen möchtest. Reisen, andere Völker sehen und lernen wie sie leben –«

»Ja –«

»Ich kann dir die Gelegenheit verschaffen, es zu tun. Jetzt gleich. Aber es ist ein langer Trip. Willst du mit mir kommen?«

»Jetzt direkt? Einfach so? Niemandem sagen –«

»Ja.«

»Lies, ich kann nicht –«

»Sicher kannst du. Du hast mir selbst gesagt, daß niemand danach fragt, was dir passiert. Deine Mutter ist tot, und von deinem Vater hast du seit Jahren nichts gehört. Sicher kannst du. Wer fragt schon nach dir? Die Leute an der Universität? Die Vermieterin? Nein, bestimmt nicht.«

»Aber – jetzt gleich? Einfach so? Wohin fahren wir?«

»Das ist der Teil, den ich dir nicht erzählen kann. Eine lange Reise in exotische und weite Länder. Das kann ich dir versprechen.«

»Mit dir.«

»Ja. Mit mir.« Er fuhr mit beiden Händen am Steuer, beide Augen auf die Straße gerichtet, fast, als hätte er Angst um den Laster. Nun ließ er das Lenkrad einen Moment los, um ihre Hand in die seine zu nehmen und zu drücken. »Mit mir. Das verspreche ich dir.«

Sie dachte darüber nach. Aber es war alles so fremd. »Was ist in dem LKW? Deine Reiseausrüstung? Was – wer bist du? CIA?«

»Was, wenn ich es wäre?«

»Ich – würde das nicht mögen.«

»Dann bin ich es nicht«, sagte er. »Wart's ab. Das ist eine andere Frage. Das Gepäck in dem Laster ist für die Reise, aber es ist nicht für mich. Ich habe Ausrüstung für andere geladen. Ich übernahm es und muß es abliefern.«

»Aber immer nachts?«

»Meistens«, sagte er.

»Les, wohin fahren wir? Ich dachte eine Weile an Mexico, aber wir fahren nach Nordosten. Wo –«

Er fuhr langsamer. »Ich kehre um und fahr' dich nach Hause.«

»Und dann?«

»Und dann gehe ich. Ich muß gehen, Gwen. Es tut mir leid, wenn ich dir fast nichts erzählen kann, aber ich darf nicht. Ich möchte gerne, daß du mit mir kommst, aber du hast nicht viel Zeit, es dir zu überlegen.«

»Wie lange, wie lange werden wir fort sein?«

»Eine lange Zeit. Jahre. Aber du wirst exotische Orte kennenlernen, weit weg, Orte, die du nie sehen wirst, wenn du nicht mit mir kommst.«

»Ich habe nicht sehr viel eingepackt«, sagte sie. »Nicht, um so lange wegzubleiben. Wirst du mir einen grasgrünen Rock kaufen?«

Der Laster rollte noch ein Stück. Dann hielt Les an, drehte sich um und küßte sie. »Ich bin glücklich«, sagte er. Dann startete er. »Wir haben nicht mehr viel Zeit. Sie werden nicht die ganze Nacht warten.«

»Wer wartet nicht?« wollte sie wissen.

Eine Stunde später erfuhr sie es.

2

Gwen war auf dem Mond. Sie mußte sich das immer wieder sagen. Sie war auf dem Mond und sprach mit einem Fernseher.

Das Gesicht auf dem Schirm war menschlich. Fremd, aber menschlich, und nach dem, was Gwen in dem Schiff gesehen hatte, war jedes menschliche Gesicht eine Erleichterung.

Der Mann sah neugierig aus. »Sie kamen freiwillig?« fragte er.

Gwen war nackt, bis auf ein Bettuch, das sie sich umgehängt hatte, als ihr bewußt wurde, daß der Fernseher in beide Richtungen übertrug. Sie saß auf einer Ecke des Bettes, um mit dem Mann in der rostfarbenen Tunika

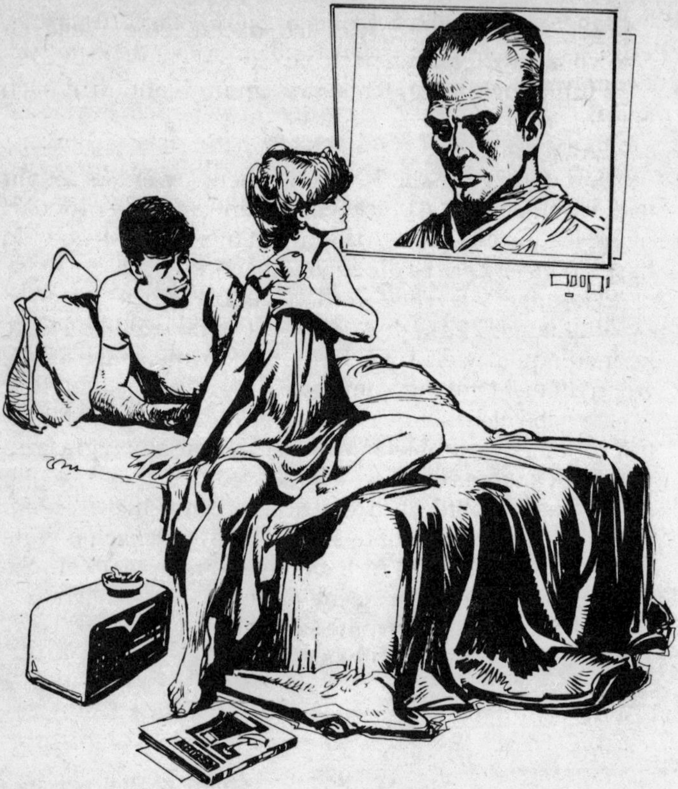

zu sprechen, der auf dem Schirm erschienen war. Les lag zugedeckt auf dem Bett, und sein Gesichtsausdruck war – verärgert? Warum ist er verärgert, fragte sie sich.

»Ja, ich kam freiwillig«, sagte sie. »Les fragte mich, ob ich mitkomme. Er sagte, ich könne fremde und exotische Länder besuchen, und –«

»Sie kamen freiwillig an Bord«, sagte der Mann. »Wird man Sie vermissen? Entstehen durch Ihre Abwesenheit Schwierigkeiten? Intensive Suche durch die Polizei?«

»Ich glaube nicht. Ich habe meiner Vermieterin einen Zettel zurückgelassen, daß ich für ein Wochenende weg bin. Sie macht sich vielleicht Sorgen, wenn ich nicht zurückkomme, und ruft die Polizei.«

»Man vermutet wahrscheinlich, daß Sie ermordet wurden. Das ist aber nicht mein Problem.« Der Schirm war wieder leer.

»Das läge hinter uns«, sagte Les. Er sah erleichtert aus.

Warum erleichtert? Und warum hatte er sich Sorgen gemacht? Es gab vieles, das Gwen nicht verstand. Aber ganz sicher war sie froh, daß sie mitgekommen war. Es gab viele Wunder, sogar hier in dem Zimmer. Es war verschwenderisch eingerichtet, vorwiegend mit Gegenständen von der Erde; aber einige der Möbel waren neu und fremd. Da war der Fernseher mit dem sonderbaren Kontrollkästchen, mit dem man Bücher und Landkarten und andere interessante Daten erscheinen lassen konnte – das einzige Problem war, daß sie kein Wort davon lesen konnte. Und es gab die Fremden und das Erlebnis, die Erde vom Weltraum aus zu sehen. Sie spürte nun die niedrige Gravitation des Mondes und konnte die Oberfläche von Luna auf dem Bildschirm erkennen. Es war alles erschreckend, aber auch erregend.

»Wer war dieser Mann?« fragte sie.

»Ein Typ von der Polizei«, sagte Les.

»Was wäre passiert, wenn ich gesagt hätte, daß du mich gekidnappt hast?«

»Vielleicht hätte er dir nicht geglaubt. Aber wenn du gesagt hättest, daß dich die Shalnuksis gekidnappt haben, dann hätte es Ärger gegeben.«

Gwen zitterte, aber nicht vor Angst. Es war alles so wunderbar. Fremde. Raumschiffe. Und sie waren so nett zu ihr. Les hatte ihr Kleider und Schmuck gegeben – nicht, daß die Geschenke etwas besagten, aber er hatte sie für sie besorgt. Er sorgte sich um sie. Sie wußte es. Er paßte auf sie auf.

»Und du kommst nicht von irgendwo auf der Erde?« fragte sie. »Ich kann es immer noch nicht glauben.«

»Es ist aber wahr«, sagte er. »Mein Zuhause ist zwanzig Lichtjahre von hier entfernt.«

»Wie lange warst du auf der Erde?«

»Vier Jahre. Ein bißchen mehr.«

»Aber du sprichst so gut Englisch! Kein Wunder, daß

ich nicht feststellen konnte, woher du kommst. Wie hast du in vier Jahren so gut Englisch gelernt?«

»Es ist eine Begabung«, sagte er. »Ich spreche ein paar menschliche Sprachen. Vier von deinem Planeten.«

»Viele menschliche Sprachen – Les, was tust du für diese – diese Fremden?«

»Du kannst mich als Zivilbeamten betrachten«, sagte er. »Ich fliege Schiffe, mache Studien über Primitive, kaufe Ausrüstungen und sehe, daß sie an Bord kommen – jede Art von Arbeit, die die Händler oder die Konföderation verlangen.«

»Ein Zivilbeamter.«

»So was Ähnliches«, sagte Les. »Meistens ist es menschliche Arbeit für die Konföderation, aber manchmal verleihen sie uns an Händler, wenn mehr Menschen für die Arbeit gebraucht werden. Im Moment erledige ich ein paar Botengänge für die Shalnuksis.«

»Aber warum gehst du nicht nach Washington und erzählst dort alles? Oder jemand anderem? Warum solch eine Geheimniskrämerei?«

»Für Fragen haben wir später noch genug Zeit«, sagte er. »Wir werden sehr viel Zeit haben. Im Moment sind wir zusammen und haben noch ein paar Stunden, bevor wir in das andere Schiff gehen.«

»Ein anderes Schiff?«

»Ja. Ich muß einige Leute – Menschen, Freiwillige, Soldaten – auf einen anderen Planeten bringen. Ich werde sie auf dem Weg dahin unterrichten müssen.«

»Soldaten. Freiwillige. Du meinst Söldner.« Sie machte keinen Versuch, die Verachtung in ihrer Stimme zu verbergen.

Er lachte. »Magst du keine Krieger? Sie sollten dir eigentlich ein bißchen leid tun. Sie haben mit ihrer Arbeit genug zu tun. Mehr als sie ahnen.«

»Gegen wen wollen sie kämpfen? Was werden sie tun?«

»Alles zu seiner Zeit. Du wirst mehr über sie wissen, als dir recht ist, wenn wir auf Tran sind. Im Moment –« Er zog sie an sich.

Einen Moment widerstand sie, aber sie konnte sein Drängen spüren.

Warum widerstehen? dachte sie. Warum sein Bedürfnis übelnehmen? Seine Sehnsucht nach mir.

Er hatte ihr Wunder gezeigt, die über ihre Vorstellungskraft gingen. Was konnte es sonst noch geben? Sie schauderte vor Erwartung.

In den Schirm kam Leben, während die Soldaten ihr Mittagessen kochten. Rick Galloway ging mit seinen neuen Ausrüstungslisten hinüber. Es gab eine Menge, was sie brauchten, und sie hatten nicht viel erhalten von dem, wonach sie gefragt hatten.

»Keine Zeit«, sagte Agzaral. »Wirklich, keine Zeit. Sammeln Sie Ihre Ausrüstung. Sie müssen diesen Bau sofort verlassen. Draußen steht ein Schiff, und Sie müssen mit allem, was Sie mitnehmen wollen, an Bord gehen. Sie haben noch zwei Stunden.«

Er schien sehr aufgeregt. »Sie müssen sich beeilen.«

»Warum? Wir können jetzt nicht gehen. Wir haben nichts von dem, wonach wir gefragt haben.«

»Einiges bendet sich an Bord des Schiffes. Der Rest wird wahrscheinlich später geliefert. Aber beeilen Sie sich. Diejenigen, die zurückbleiben, werden mit den Konsequenzen nicht glücklich sein.«

»Warum?«

»Sie werden es erfahren«, sagte Agzaral. »Aber Sie werden überhaupt nicht gehen, wenn Sie das Schiff jetzt nicht beladen. Erinnern Sie sich an die Alternativen, die ich Ihnen anbot. Sie haben sich nicht geändert.«

»Das ist lächerlich«, sagte Rick. »Es ergibt keinen Sinn.«

Es kam keine Antwort. Agzaral starrte weiter aus dem Fernseher.

Wenigstens sieht er nicht gelangweilt aus, dachte Rick. Ist das ein gutes Zeichen? Es konnte einen tatsächlich erschrecken.

»Ich kann nicht sagen, daß ich mir etwas daraus mache«, sagte André Parsons. »Aber ich denke an einige Alternativen.« Er drehte sich zum Bildschirm. »Warum sollten wir Ihnen trauen?«

»Sie wären überrascht, wenn sie wüßten, wie egal mir das ist«, sagte Agzaral. »Aber ich erinnere Sie, daß sie noch nicht an Bord des Schiffes sind.«

Parsons zuckte die Achseln, dann sah er zu Rick. »Ich denke, wir sollten es tun.«

»Einverstanden«, sagte Rick. »Laden wir ein. Elliot, bring sie auf Trab. Wir gehen ins Schiff.«

»Bringen Sie Ihr Gepäck auf den oberen Korridor«, sagte Agzaral. »Das Schiff wird in Kürze bestiegen werden können, und Sie sollten Ihre Habseligkeiten bis dahin zur Luftschleuse geschafft haben.«

Sie brachten schwitzend die Waffen und die Ausrüstung den Korridor hinauf. »Nun holt dieses Zeug noch«, befahl Rick. »Räumt die Höhle leer.«

»Warum«, fragte Warner. »Was sollen wir mit einem gasbetriebenen Rasenmäher?«

»Weiß ich nicht«, sagte Rick. »Aber wir bekommen nie wieder einen anderen. Und nun nimm ihn, Professor.«

»Ja, *Sir*«, sagte Warner. »Und den Toaster auch?«

»Alles«, sagte Rick. Er hob eine Kaffeedose auf.

Als sie die Höhle verlassen hatten, schloß sich der Eingang.

Das Schiff stank. Obwohl sie von dem Schiff nicht sehr viel sehen konnten, war es offensichtlich, daß es ein anderes war als das, mit dem sie gekommen waren. Der Anstrich war an einigen Stellen fleckig und abgebröckelt. Auch das Deck war von Flecken übersät.

Als sie das letzte Stück der Ausrüstung an Bord hatten, schloß sich die Eingangstür. Es gab überhaupt keine Vorwarnung. Ihr Gewicht nahm zu. Es war offensichtlich, das Schiff war in Bewegung. Rick schätzte die Beschleunigung ungefähr auf das Doppelte der Anziehungskraft des Mondes.

71-B3
A-17

Nach zwei Stunden begann er loszubrüllen. »Was, zum Teufel, geht hier vor?« fragte er. Aber es war niemand da, mit dem er reden konnte. Es schien kindisch, die leere Luft anzuschreien, aber es war noch blöder, überhaupt nichts zu tun.

Nichts passierte. Einige der Truppe durchstreiften die Bereiche, die sie erreichen konnten. Sie fanden Türen, die sich öffneten, und dahinter waren Toiletten, Lagerräume, eine andere leere Kammer. Sie fanden in zwei anderen Räumen etwas zu essen.

Der Rest war verschlossen. Es gab keinen Weg in den anderen Teil des Schiffs.

»Was, zum Teufel, geht vor?« murrte Rick.

André Parsons zuckte die Achseln. »In den Lagerräumen ist Wein und Whiskey. Ich schlage vor, wir genehmigen uns einen Drink.«

»Hast du sonst nichts im Kopf?«

»Doch, aber im Moment weiß ich nichts Besseres zu tun.«

Mehr als fünfzig Stunden vergingen. Sie hatten immer noch nichts von irgend jemandem gehört. Und das Schiff beschleunigte die ganze Zeit. Rick errechnete die Entfernung, indem er von der doppelten Mond-Gravitation ausging. Das Ergebnis schien so unvernünftig, daß er noch mal rechnete. Zweiunddreißig Millionen Meilen. Ein drittel der Entfernung von der Erde zur Sonne.

Auf dem Fernseher gab es absolut nichts. Warner begann sich zu beschweren, daß ihre Arbeitgeber den Vertrag nicht einhielten. Rick stimmte ihm heimlich zu, aber er sah keinen Grund, darüber zu reden. Falls die Shalnuksis zuhörten, so wollte er ihnen keinen Grund geben, in diesen Begriffen zu denken. Schließlich brachte Elliot Warner zum Schweigen.

Ein paar der Männer waren schon bald total betrunken, und Rick mußte an den Türen zum Schnapsabteil Wachen aufstellen. Das Problem war – wem konnte er trauen? Die Disziplin ging allmählich zum Teufel, und er konnte nicht viel dagegen tun.

Weitere vierzig Stunden verstrichen.

»*Zehn Minuten.*« Die Stimme hallte durch das Abteil. »Sie haben zehn Minuten, um sich auf die Schwerelosigkeit vorzubereiten. Zehn Minuten.«

In den Vorratsräumen gab es Netze, und sie steckten die losen Gegenstände dort hinein, aber sie behielten ihre Waffen. Niemand wollte zwischen sich und seinem Gewehr Schiffstüren haben.

Die Beschleunigung stoppte, und sie waren im freien Fall, aber nicht für lange. Das Schiff bewegte sich in kurzen Stößen. Dann hörten sie einen tiefen Ton – aber nichts erinnerte an den warnenden Ton, den sie von den Lautsprechern kannten. Es war ein tiefes Brummen, das durch das ganze Schiff lief, als ob das Schiff selbst vibrierte und den Ton erzeugte.

Ricks Sicht verschwamm. Er konnte sehen, aber nicht sehr gut, so, als ob er durch dicke astigmatische Linsen sehen würde. Der dröhnende Ton wurde lauter und schwoll beängstigend an. Dann erstarb der Ton allmählich, und Ricks normales Sehvermögen kehrte zurück. Sie fühlten wieder ihr Gewicht, mehr als vorher – fast der Erdanziehungskraft entsprechend.

Das Fernsehen schaltete sich ein. Es zeigte Karreeel, der in seinem hohen Sessel saß. Er sah beinahe komisch aus, und einige Männer begannen nervös zu lachen.

Dann kamen sie näher und beschimpften das Fernsehbild. Es erfolgte aber keine Antwort darauf. Statt dessen begann Karreeel mit flacher, monotoner Stimme zu sprechen.

»Ich erinnere Sie daran, daß dies eine aufgezeichnete Nachricht ist«, sagte der Fremde. »Bitte hören Sie genau zu.«

»Haltet die Klappe«, befahl Rick. Das Gerede erstarb, aber er bekam die ersten Worte nicht mit.

». . . war unvermeidlich. Sie sind nun auf Ihrem Weg nach Tran, und Sie können das Fehlen einer geeigneten Ausrüstung nicht mehr bedauern wie wir. Ihr Erfolg ist für uns sehr wichtig, und nur die hohe Dringlichkeit veranlaßte uns, Sie ohne die nötigen Vorbereitungen loszuschicken.« Der Fremde sprach in einer ruhigen und

sorglosen Art, aber Rick bemerkte, daß die Nasen- und Mundschlitze mehr flatterten als bei dem Interview in Agzarals Büro.

»Wir werden Sie mit so viel Informationen wie möglich versorgen. Der Pilot dieses Schiffes ist von Ihrer Art, und er besitzt Bänder über die lokalen Bedingungen, die wir kennen. Er wird diese Informationen übersetzen und Ihnen die Kopien davon übergeben.

Sie werden schätzungsweise vierzig Ihrer Tage an Bord dieses Transporters bleiben. Während dieser Zeit wird die Beschleunigung ständig wachsen, um Sie an die Gravitation zu gewöhnen, die Sie auf Paradies finden werden.

Ich muß Sie daran erinnern, daß die meisten Informationen über die örtlichen Sprachen sehr alt sind, aber zweifellos werden Sie sie sehr schnell lernen, wenn Sie sie gebrauchen müssen. Sie brauchen vielleicht nur eine. Wir sind an einem sehr kleinen Gebiet des Planeten interessiert. Sie werden auch alle Informationen erhalten, die Sie brauchen, um die Pflanzen anzubauen. Die Kultivierung des *Surinomaz* ist kompliziert, und es ist wichtig, daß Sie die Instruktionen genau befolgen. Die Ernte ist für uns, und deshalb auch für Sie, sehr wertvoll. Wenn wir das nächste Mal Paradies besuchen, werden wir Luxus- und andere Güter mitbringen. Sie brauchen sich also um nichts anderes zu kümmern, als anzubauen, was wir erwarten, und es an uns abzuliefern.

Selbstverständlich müssen Sie verstehen, daß falls Sie uns nichts zu verkaufen haben, wir natürlich auch nichts an Sie verkaufen werden.

Wir wünschen Ihnen viel Erfolg.

Der Schirm war wieder leer. Dann erschien ein menschliches Gesicht.

Der Mann war nicht so dunkel wie Agzaral, und seine Augen hatten eine hellere Farbe, aber es war doch eine schwache Ähnlichkeit mit Agzaral festzustellen. Seine Stimme hatte überhaupt keinen Akzent. »Sie können mich Les nennen«, sagte er. »Ich bin der Pilot. Ich versuche, Ihre Fragen zu beantworten.«

»Bring uns zurück!« schrie Warner. »Ihr habt nicht das Recht, unseren Vertrag zu ändern! Wir haben uns auf besondere Bedingungen hin anwerben lassen, und ihr habt sie geändert. Wir steigen aus!«

Der Pilot lachte. »Gut, das können Sie dann auf Tran tun. Ich glaube nicht, daß schon jemand während des Beschleunigens aus einem Schiff gesprungen ist, aber Sie können es gerne versuchen. Unglücklicherweise gibt es keine Möglichkeit, wie Sie uns berichten könnten, was dabei passiert. Telepathie? Sind Sie Telepath?«

»Das nicht, Warner«, sagte Rick. »Elliot, setz dich auf ihn drauf, vielleicht ist es das, was er braucht.«

»Sir.« Sergeant Elliot grinste. Es war das erste Mal, seit sie den Mond verlassen hatten, daß er etwas total verstand, und er war begierig, sich nützlich zu machen.

»Ausrüstung«, sagte Rick. »Wir haben nicht, was wir brauchen – wir wissen nicht einmal, was wir brauchen.«

»Yeah, das ist schlecht«, sagte Les. »Karreeel ist deswegen sehr besorgt. Sehen Sie, wir erfuhren, daß ein Schiff mit Regierungsleuten einen Besuch machen wollte. Das hätte Ihre Reise um Monate verzögert, wenn nicht länger. Vielleicht wäre sie ganz ausgefallen. Dieses Schiff wurde von Karreeels Handelsgesellschaft gemietet, und Sie glauben nicht, was es kostet, wenn es die ganze Zeit untätig herumsteht.«

»Aber – wir wissen nicht, was wir tun sollen, wenn wir dort sind«, protestierte Rick.

»Sie werden alle Informationen, die Sie brauchen, erhalten«, sagte Les. »Gut, alle Informationen, die wir haben. Sehen Sie, das wurde alles schon einmal gemacht. Sie werden es schaffen.«

»Das ist absurd«, sagte André Parsons. »Wie können Sie von uns erwarten, daß wir ein ganzes Land in die Hand bekommen und Pflanzen anbauen – ohne geeignete Ausrüstung und mit sehr wenig Munition?«

»Weiß nicht«, sagte der Pilot. »Aber Sie sollten's besser versuchen. Karreeel wird seinen Teil des Vertrages einhalten, aber er wird nicht mit Ihnen handeln, wenn Sie ihm nichts zum Handeln anbieten.«

»Aber das ergibt keinen Sinn«, sagte Parsons. »Wenn sie diese Pflanzen wollen, warum schicken sie uns dann mit ungenügendem Werkzeug los?«

»Gut, es ist wirklich schlecht«, sagte Les. »Aber seine Gesellschaft kann sich diesen Schaden leisten. Aber was sie sich nicht leisten konnten, war die Zeit, die sie verloren hätten, wenn Ihr immer noch auf dem Mond wäret, während die Kommissionsleute ankommen. Ihr hättet das auch nicht gemocht. Verhöre, Komiteesitzungen, noch mehr Verhöre, und die ganze Zeit würden sie darauf bestehen, daß sie nur das Beste für euch wollen.«

»Können Sie nicht einiges davon näher erklären?« fragte Rick. »Wieso zum Beispiel handelt ihr Leute nicht so, wie wir immer von einer interstellaren Zivilisation dachten –«

Der Pilot lachte. »Ich habe einige eurer Spekulationen gelesen. Warum denkt ihr, daß wir so verschieden von euch sind? Oder daß wir die Erde anders behandeln als die Engländer Indien? Entschuldigt mich, aber ich habe auch Arbeit. Unter anderem muß ich diesen Text hier übersetzen.«

»Kann das nicht ein Computer übernehmen?« fragte Rick.

»Yeah, aber es ist nicht so leicht, wie Sie denken. Ich muß zuerst mal die richtigen Programme dafür festlegen. Ich melde mich wieder.« Der Schirm war wieder leer.

André Parsons schaute gedankenvoll. »Wie nannte die Ost-Indien-Companie die eingeborenen Soldaten?«

»Sepoys«, sagte Rick.

Parsons nickte. »Sepoys. Gut, nun kennen wir wenigstens unseren Status.«

3

Das Computer-Kontroll-System war kompliziert, aber Gwen war in der Lage, es für einfachere Aufgaben, wie Bilder und Dokumente abzurufen, zu benutzen. Eine gute Einrichtung, sagte sie sich selbst. Sonst hätte sie sich zu Tode gelangweilt.

Nicht mit Les natürlich. Er war aufmerksam und freundlich. Er verbrachte Stunden damit, Abendessen vorzubereiten und in romantischem Stil zu servieren, mit exotischer Musik von einem Dutzend Welten, Weine und Liköre von mindestens genauso vielen, so daß ihre

Abende- und Nächte! – erregender waren, als sie es sich vorstellen konnte.

Aber das waren nur einige Stunden am Tag. Man kann nur eine begrenzte Zeit am Tag verzaubert sein. Oder im Bett, sagte sie sich. Les hatte seine Arbeit; er übersetzte Dokumente für die Söldner. Deshalb hatte sie morgens und nachmittags (Schiffszeit, natürlich; seit sie das Sonnensystem verlassen hatten, war draußen nichts mehr zu sehen – kein Stern, keine Sonne, die die Tage oder Jahreszeiten markierten) nichts zu tun. Les wollte sie nicht mit den Söldnern sprechen lassen; sie sollten nicht wissen, daß sie an Bord war. Er bestand darauf.

Dadurch blieb sie neugierig. Wer waren sie? Warum gingen sie auf eine primitive Welt, die Tran genannt wurde?

Als sie gelernt hatte, das Informationssystem des Computers zu benutzen, konnte sie erst nur Bilder ansehen. Die Sprachen waren ihr ein totales Rätsel. Die Bilder waren verblüffend genug; Sterne, Nebelflecke, Zeitaufnahmen von vielgestaltigen Sternensystemen, auf denen die Sterne so nah waren, daß man sie fast berühren konnte, und Ströme von Sternenstaub in das Universum sandten; eine andere Zeitaufnahme zeigte ein schwarzes Loch, das seinen Gefährten verschlang, es war aus sehr kurzem Abstand aufgenommen und mit hinreichender Zeitverzögerung, so daß sie den richtigen Stern sich verkleinern und in Gase auflösen sehen konnte, die spiralenförmig tiefer und tiefer sanken und schließlich im Nichts verschwanden. Es gab interessante Bilder von Leben auf ein paar hundert Planeten. Sie zählte ein Dutzend Rassen. Shalnuksis natürlich, und andere; Centauroiden, Octopoiden. Eine menschliche Rasse, die aber offensichtlich von Reptilien abstammte. Eine Welt, auf der die Menschen, richtige Menschen, kleine geflügelte Reptilien als Haustiere hielten, die wie kleine Drachen aussahen.

Und es war frustrierend, weil Les keine Fragen beantworten wollte. Nicht, daß er alle Fragen glatt abschlug, aber er wollte sie verschieben, er fragte sie, was sie über das dachte, was sie gesehen hatte, fragte, an was sie das erinnerte, bis der Abend vorüber war, und sie wieder einmal nur allein geredet hatte. Sein Wunsch, alles über die Erde zu wissen, war unersättlich. Er wollte alles erfahren, ob trivial und tiefgründig. Kein Detail erschien ihm unwichtig.

Ein Anthropologe studierte sie. Aber wenige Anthropologen waren so bezaubernd wie er.

Schließlich fand sie die Akte von Tran, den Ort, wohin die Söldner gebracht werden sollten. Sie konnte kein Wort davon lesen, natürlich nicht; aber sie hatte gelernt, wie man den Computer dazu bringen konnte, die Wörter auszusprechen, die er auf den Bildschirm schrieb, und davon lernte sie das Lautbildungsalphabet, das die Konföderation benutzte. Sie machte sehr kleine Fortschritte beim Lernen dieser Sprache. Es gab zu viele Wörter, die sich auf Orte, Leute, Dinge und Ideen bezogen, die sie überhaupt nicht kannte. Das überraschte sie aber nicht. Der wirkliche Schock überfiel sie erst, als ihr der Computer die Sprache von Tran zeigte.

Sie verbrachte einen Tag damit, bis sie sicher war. Dann, am Abend, als sie bei einem Glas Amontillado (»Eines der feinsten Produkte der Erde«, hatte Les gesagt. »Man kann ihn mit nichts anderem vergleichen. Zu blöd, daß der reguläre Handel mit der Erde nicht erlaubt ist.«) alleine waren, konnte sie es nicht länger für sich behalten.

»Ich habe mir die Sprachen von Tran angehört«, sagte sie.

Er zog eine Augenbraue hoch. »Da gibt es nichts, was dich interessieren könnte.«

»Aber ja! Les, ich habe einige von den Wörtern erkannt! Viele eigentlich. Diese Sprache basiert auf einer alten indo-europäischen Sprache! Einige Wörter stammen unverändert aus dem alten Griechischen!«

»Scharfsinnig bemerkt«, sagte er. »Ich denke, du hast recht.«

»Rick, du veräppelst mich. Du weißt, was das heißt. Es heißt, daß Leute – viele Leute, genug, um Sprachen mitzubringen – von Tran zur Erde gekommen sind, und das vor mehr als viertausend Jahren.«

»Umgekehrt«, berichtigte er. »Von der Erde nach Tran.«

»Das meinte ich ja. Es ist offensichtlich, daß sich die Menschen nicht auf Tran entwickelten. Es ist nur eine Kolonie. Aber warum ist es so primitiv? Relativ primitiv gegenüber der Erde. Und die Erde ist von eurem Standpunkt aus primitiv – Les, ist die *Erde* eine Kolonie?«

»Nein.« Er sah gedankenvoll aus. »Vielleicht ist das nicht die richtige Antwort. Vielleicht hast du recht. Die Erde ist eine Kolonie –«

»Les, red keinen Unsinn. Entwickelte sich die Menschheit auf der Erde?«

»Was denkst du? Du hast Darwin und Ardrey und Leakey gelesen. Noch einen Sherry?«

»Ich will keinen Sherry, ich will Antworten!«

Er trat zu ihr und füllte ihr Glas. »Sei nicht so ernst«, sagte er. »Nun, du denkst offensichtlich, daß die Menschheit auf der Erde geboren wurde. Erzähl mir, warum.«

Eine Stunde später war es Zeit zum Abendessen, und er hatte ihre Fragen immer noch nicht beantwortet.

Das Abendessen war exotisch, wie üblich, aber sie hatte kein Interesse am Essen.

»Hey. Du weinst«, sagte er. »Was ist los? Magst du kein Nastani?«

»Du behandelst mich wie ein Kind.«

»Nein. Ich behandle dich wie einen Erwachsenen«, sagte er. Er war sehr ernst.

»Ich – was meinst du?«

»Du bist eine intelligente Frau. Du stellst faszinierende Fragen. Willst du die Antworten darauf nicht selbst herausfinden?«

»Aber du weißt, und ich weiß nicht –«

»Weiß ich?«

»Du meinst, du weißt nicht? Du weißt nicht, wo sich die Menschheit entwickelte?«

»Ich weiß nicht einmal, daß sie sich entwickelte.«

»Aber –« Die Ungeheuerlichkeit seiner Worte erschlug sie fast. »Aber deine – deine Kultur –, ihr befahrt den Weltraum seit viertausend Jahren«, beharrte sie. »Wenn du die Antworten nicht weißt, schließlich mußt du mehr Informationen haben! Gib mir ein paar.«

»Das kann ich machen. Wieviel kannst du in ein paar Wochen aufnehmen?«

»*Oh*!« Sie war lange Zeit still.

»Gwen.« Seine Stimme war sehr sanft, sein Ausdruck sehr ernst. »Gwen, akzeptiere es. Alles. Glaub mir, ich passe auf dich auf. Und glaube mir, wenn ich sage, daß ich versuche das zu tun, was am besten für uns beide ist.« Er lachte. »Mein Gott, was sind wir ernst. Und der Nachtisch schmilzt.«

Allmählich bemerkte sie es: Er interessierte sich dafür, was sie dachte. Er wollte ihre Ideen wissen, und mehr als das, ihre Reaktionen auf das, was sie lernte. Aber er brachte sie dazu, mit sich selbst zu sprechen.

»Was bin ich?« fragte sie ihren Spiegel. »Geliebte oder Versuchskaninchen? Anthropologische Informationsdame, oder –« Sie unterbrach sich. Sie war dabei, »seine Frau« zu sagen, und sie hatte kein Recht, das nur zu denken.

Und er wollte alles wissen. Wenn sie ausrief, daß einige der intelligenten Rassen, die sie entdeckt hatte, mit den Beschreibungen aus der griechischen Mythologie identisch seien: Centauren, eine Wasserrasse, die fälschlicherweise für Meerjungfrauen gehalten wurden, eine Saurierrasse, die die Minotaurierlegende begründet oder nicht begründet hatte – er hörte nicht nur zu, er bestand darauf, ihre Beschreibung zu hören, und die legendären Kreaturen zu skizzieren.

Er ermunterte sie auch, Tran zu studieren. Sie entdeckte vielleicht etwas Nützliches, das den Söldnern helfen konnte. »Es würde eine Menge ausmachen, wenn du etwas entdecken kannst«, sagte er.

»Warum?«

»Wenn sie Erfolg haben, werden sie eine Menge Geld für die Händler machen. Und die Händler haben auf den Rat großen Einfluß. Das schadet meiner Karriere nicht.«

Sie starrte ihn ungläubig an. »Ich – ich dachte, ich kenne dich besser als so«, sagte sie. »Denkst du nicht an die Menschen auf Tran? Sie sind *Menschen*. Denkst du nicht daran?«

»Ich denke mehr als genug daran«, sagte Les. »Tatsächlich genug, um zu sehen, ob ich den Söldnern helfen kann, ohne großes Blutvergießen erfolgreich zu sein. Denn, weißt du, sie *müssen* einfach Erfolg haben –«

»Warum?«

Er ignorierte ihre Frage. »Weißt du irgend etwas, das ihnen helfen könnte?«

»Ich weiß nicht«, sagte Gwen. »Die Informationen, die ich zu sehen bekam, sind alle schon sehr alt –«

»Ungefähr sechshundert Jahre«, sagte Les. »Seit damals war niemand mehr dort, ußer einem Aufklärungsflieger, der kurz darüber kreiste. Wir wissen, daß sie da unten noch immer ziemlich primitiv sind. Keine gepflasterten Straßen, Industrien, Eisenbahnen. Keine technologische Zivilisation.«

»Und niemand ist seit sechshundert Jahren dort gelandet?«

Les nickte.

»Aber ich dachte, diese Pflanzen seien sehr wertvoll –«

»Sind sie auch. Aber für die Shalnuksis gibt es einige Gründe, aus denen sie sich von Tran fernhalten müssen.« Er sah sie einen Moment lang gedankenvoll an. »Es ist das beste, wenn du es weißt. Tran ist nicht in der Datenbank der Konföderation verzeichnet. Außer den Shalnuksis und ein paar Menschen, die für sie arbeiten, weiß niemand, daß der Planet existiert.«

Er schien sehr ernst zu sein, und sie wußte, daß er bereits bedauerte, ihr so viel anvertraut zu haben. Sie wollte ihm sagen, daß er ihr alles anvertrauen konnte, daß sie immer zu ihm halten würde, ganz gleich, was er tat. Dieser Gedankengang schockierte sie, da sie nie vorher so etwas gedacht hatte. Außerdem, war es wirklich wahr? »Was passiert, wenn der – der Rat es herausfindet?«

Les schüttelte den Kopf. »Ich weiß es nicht.« Einen Moment lang blieb er still.

Sie wartete, hoffte, daß er ihr wieder trauen würde, aber statt dessen sagte er: »Es würde auf keinen Fall gut für mich sein. Die Shalnuksis würden die Kontrolle verlieren: Sie könnten ihre Pflanzen nie ernten.«

»Aber wie können sie von einer kleinen Gruppe von Söldnern ohne Informationen erwarten, daß sie ihnen irgend etwas bringen?«

»Vielleicht können sie nichts erwarten.« Die Stimme des Piloten klang ziemlich besorgt. »Aber es ist wichtig. Hast du irgendwelche Vorschläge?«

»Das ergibt keinen Sinn«, sagte Gwen. »Du sagst, die Pflanzen sind sehr wertvoll, aber sie besuchen die Anbaustätte seit Hunderten von Jahren nicht mehr –«

»O ja«, sagte Les. »Aber, siehst du, das *Surinomaz* wächst nicht unter den normalen Bedingungen auf Tran. Nur ein paar Jahre, alle sechshundert Jahre. Aber in ein paar Jahren gedeiht es für fünf Jahre sehr gut. Die Söldner können einen sehr guten Preis dafür erzielen, wenn sie wissen, wie.« Er seufzte. »Ich glaube, es wird das beste sein, sie in der Nähe eines kleinen Dorfes, in der richtigen Region abzusetzen und zu hoffen, daß sie intelligent genug sind, ihre Probleme zu meistern.«

»Sie kennen nicht einmal die Sprachen –«

»Sie werden sie lernen müssen.«

»Warum aber sechshundert Jahre?«

»Planetenbahnen«, sagte der Pilot. »Tran hat zwei Hauptsonnen. Beide sind etwas größer und heißer als die Sonne der Erde. Aber der Planet ist weiter davon entfernt, so daß es nicht so warm ist. Eigentlich ein erträgliches Klima. Aber selbst mit zwei Sonnen wächst das *Surinomaz* nicht richtig. Bis die dritte Sonne näher kommt, ist es nur ein Unkraut, aber dann ist es für eine kurze Zeit der beste Stoff in der ganzen Galaxis.«

»Aber was ist *Surinomaz*?«

»Hast du schon mal was von Acapulco-Gold gehört?« fragte der Pilot.

»Marihuana – du meinst Drogen?«

»Auf eine Art. Sieh, auf der Erde habt ihr bis jetzt nur betäubende Opiate entdeckt. Weißt du, wovon ich rede? Nein? Nun, es läuft darauf hinaus, daß das Gehirn seine eigenen Schmerzmittel und euphorischen Drogen produziert. Chemikalien, die dem Morphium ähnlich sind. Ihr habt genug davon in euren Körpern, und ihr seid auf eine natürliche Art high. *Surinomaz* macht im Körper den gleichen Stoff, wenn man es trinkt. Es hat auf die Shalnuksis die gleiche Wirkung wie auf Menschen, und sie benutzen es wie die Amerikaner den Alkohol. Und ›Tran-Natur‹ erzielt den gleichen Preis wie Talisker-Scotch oder seltenere Weine.«

Gwen starrte ihn an.

»Ich sehe schon, du billigst das nicht«, sagte Les. »Sieh, was bedeutet es für mich, ob die Shalnuksis Drogen nehmen oder nicht? Oder bedeutet es dir etwas?«

Aber es muß mehr dahinterstecken, dachte sie. Es muß. Oder kann ich nur nicht akzeptieren, daß ich einen Dealer liebe? »Ist das nicht alles illegal?« fragte Gwen.

Les zuckte die Achseln. »Der Drogenhandel ist nicht ganz legal, aber niemandem macht es wirklich etwas aus. Tran geheimzuhalten – nun, das ist höchst illegal.«

»Aber die Pflanze ist wichtig für dich«, sagte Gwen.

Der Pilot war nun sehr ernst. »Aber wichtiger, als du denken kannst, ist, daß die Söldner Erfolg haben.«

»Dann solltest du bleiben und ihnen helfen«, sagte sie.

»Kann nicht. Das Schiff ist zu verwundbar. Und dieser Trip muß geheimgehalten werden, das heißt, das Schiff muß so schnell wie möglich wieder zurück –«

Und dann wechselte er, wie immer, das Thema.

Die Daten des Computers über Tran waren nur skizzenhaft. Soweit Gwen sagen konnte, wurde der Planet nie besucht, außer um die Ernten abzuholen, und nie wurden systematische Studien auf ihm durchgeführt. Niemand schien bisher besonders neugierig gewesen zu sein. Es gab nur ein paar Gruppen Händler, die von der Erde Söldner holten, sie instruierten, ein bestimmtes Gebiet zu besetzen, *Surinomaz* anzubauen, es zu ernten, und das Produkt an die Schiffe zu verkaufen, die dann später kamen.

Wie Gwen aus der Sprache folgern konnte, hatte das alles in den indo-europäischen Zeiten angefangen. Sie war angenehm überrascht, als sie in den Datenbändern des Computers die Bestätigung dafür fand. Die ersten Menschen wurden nach Tran geschickt, da die dort vorherrschende Lebensform centauroid (vage den Centauren der griechischen Legende ähnlich, aber die intelligenten Centauren, die sie auf anderen Bildern gesehen hatte und die in keiner Beziehung zu den Legenden standen, waren diesen viel ähnlicher) und so intelligent wie Schimpansen waren, und nicht ausgebildet werden konnten, die Pflanzen anzubauen. Sie konnte aber nicht herausfinden, warum Menschen gewählt wurden, oder warum, wenn sie sich schon für Menschen entschieden, sie eine Bande von Achäern und ihre Sklaven ansiedelten, anstatt eine hochtechnisierte Kolonie zu gründen.

Die ursprüngliche Expedition mußte sehr teuer gewesen sein. Die Shalnuksis-Händler hatten zusätzlich zu den Achäern eine Auswahl von Erdpflanzen und -tieren mitgebracht, verteilten weit über den Planeten Samen und kehrten Jahre danach mit mehr Tieren und Insekten zurück. Was sie brachten, wählten sie nicht nach wissenschaftlichen Erkenntnissen aus, sie machten keinen Versuch, die Ökologie irgendwie auszugleichen. Es erfolgte eine laufende, natürliche Auswahl; sich anpassen oder sterben.

Die Datenbänder bestätigten das nicht, aber Gwen fragte sich, ob die Konkurrenz der Erdpflanzen, -tiere und -insekten nicht einer der Gründe war, warum das

Surinomaz immer schwerer zu kultivieren war. Trans natürliche Lebensformen brauchten Levoaminosäuren und Dextrogen-Zucker, genau wie die von der Erde, und beide kämpften um die gleichen Nährstoffe.

Trans Geschichte und Entwicklung wurde von seinen Sonnen beherrscht. Die beiden Hauptsonnen gaben nur ein bißchen mehr als neunzig Prozent von dem, was die Erde von der Sonne erhielt; Tran war normalerweise eine kalte Welt, auf der nur die Gebiete um den Äquator für Menschen angenehm waren. Aber dann kam die zyklische Annäherung des dritten Sternes, und Tran erhielt alle sechshundert Jahre für zwanzig Jahre zwanzig Prozent mehr Sonnenlicht, das sind zehn Prozent mehr Licht, als die Erde jemals bekam.

In diesen Hitzeperioden schmolzen die Eispole. Das Wetter wurde überaus wechselhaft, Perioden der Dürre wechselten fast überall mit Regenstürmen ab. Die höheren Gegenden, die normalerweise zu kalt für die Menschen waren – man könnte sie mit der Tundra von Alaska vergleichen –, wärmten sich auf und wurden zu einer gemäßigten Zone, die für eine kurze Zeit eine prachtvolle Blüte des Lebens erfuhr.

Die Folgen, die die Eindringlinge mit sich brachten, waren für die menschlichen Kulturen verheerend. Sie entwickelten sich nie weiter als bis zu einem Feudalismus der Eisenzeit. Gwen fand das sehr merkwürdig und nahm sich vor, mit Les darüber zu reden, aber sie fühlte sich nicht besonders gut und ging früh zu Bett.

Am nächsten Morgen erbrach sie ihr Frühstück.

Nach einer Woche war sie sicher. Sie ging, um Les zu suchen. Er saß an der Kontrollkonsole und diktierte Nachrichten für die Söldner. Als sie eintrat, sah er mit einem leichten Stirnrunzeln auf, verärgert, daß sie ihn bei der Arbeit störte. »Ja?«

»Ich bin schwanger.«

Sein Gesicht durchlief eine Tonliter von Gefühlen.

Überraschung, aber dann noch etwas anderes. Es sah fast wie Entsetzen aus. Er sagte lange nichts, so lange, bis es ihr wie eine Ewigkeit vorkam. Dann – seine Stimme klang ruhig – sagte er. »Wir haben so ziemlich alle medizinischen Automaten an Bord. Ich kann den Computer fragen, ob sie eine Abtreibung durchführen können.«

»Geh zum Teufel!« schrie sie. »Geh zum Teufel!«

»Aber –«

»Wie kommst du darauf, daß ich eine Abtreibung will? Ich glaube, für dich ist das allenfalls etwas Lästiges. Es –«

»Still. Es hat mehr Folgen, als du dir denken kannst.«

Er meint es ernst, dachte sie. Tödlich ernst. Tödlich. Nun, das ist ein passendes Wort. »Les, ich dachte, du würdest dich vielleicht freuen.« Tränen rollten ihr über die Wangen, trotz ihren Anstrengungen, sich unter Kontrolle zu halten. Konnte er es nicht verstehen?

»Es gibt so viel, was du nicht weißt. Nicht wissen kannst«, sagte er. »Gwen, wir können kein Familienleben führen. Nicht das, was du unter Familienleben verstehst –«

»Du bist schon verheiratet. Ich hätte es mir denken können.« Sie war wieder alleine. Allein, und sie konnte nicht nach Hause gehen.

Seine Reaktion bestürzte sie. Er lachte. Dann sagte er: »Nein. Ich bin nicht verheiratet.« Er stand auf und kam zu ihr. Sie ging weg. Sein Gesichtsausdruck änderte sich, er wurde sanfter. »Gwen, es wird alles gut werden. Du hast mich überrascht, das ist alles. Es wird gut werden, du wirst sehen!«

Sie wollte ihm nur zu gerne glauben. »Les, ich liebe dich –«

Er kam näher. Sie hatte Angst, vor ihm und vor allem, aber sie wußte nicht, was sie tun sollte; und als er zu ihr kam, klammerte sie sich verzweifelt an ihn.

Zwei Wochen vergingen. Les erwähnte ihrer beider Zukunft nicht wieder. Sie erreichten das Sternensystem von Tran, und Les beschäftigte sich damit, einen geeigneten Landeplatz für die Söldner zu finden.

TEIL III

TYLARA

1

Tylara von Tamaerthon saß am Kopfende des großen, hölzernen Ratstisches unter Fahnen und Waffen, die schon bei Hunderten von Kämpfen getragen worden waren. Ihre Bluse war aus feiner Seide, die kornblumenblau gefärbt war, um ihre Augen zu betonen, aber darunter trug sie ein Kettenhemd. Der Dolch an ihrem Gürtel war mit Juwelen besetzt, und der Knauf war nach einem Möwenkopf geschnitzt; ein Kunstwerk, aber die Klinge stammte aus Rustengo und war ziemlich scharf geschliffen. Ihr geflochtenes, rabenschwarzes Haar wurde von einem eisenbeschlagenen Diadem gekrönt.

Sie war jung und schön, und jeder Mann im Raum fühlte ihre Anwesenheit; trotz ihrer Rüstung und dem Dolch an ihrer Taille erschien sie schmal und verwundbar, als ob sie Schutz brauchte.

Jedermann erschien in der großen Halle von Schloß Dravan zwergenhaft klein. Wie alle alten Schlösser auf Tran, stand Dravan auf Eishöhlen; in dem Beratungsraum war ein leichter Geruch von Ammoniak zu spüren, als ein Eingeweihter eine massive Tür weit unter ihnen öffnete. Über dem Grund erstreckten sich massive Steingewölbe und große Holzbalken. Andere Räume der Festung protzten mit wertvollen Wandteppichen und Holztäfelungen, aber hier lagen die Knochen und Sehnen des Schloßes nackt da. Die einzigen Dekorationen waren Erinnerungsstücke an gewonnene Schlachten.

Und davon gab es viele. Fahnen von Ländern, die hundert Meilen und weiter entfernt waren, ließen die Stärke von Dravan und die Geschicklichkeit der Könige, die hier herrschten, vermuten. Tylara sah hinauf zu ihnen, als könnte sie von da oben neue Kraft beziehen.

Es war ihre erste Besprechung mit der ganzen Ratsversammlung, und sie hatte kein richtiges Vertrauen zu diesen Westländlern. Sie schienen so klein wie ihr Mann zu sein! Und es nahmen nur zwei Bheromänner an der Sitzung teil. Die anderen waren Ritter und Kaufleute, ein Priester von Hestia – eine Getreide produzierende

Region – und die unvermeidlichen Priester von Yatar, zwei Vertreter der freien Bauernschaft, und darunter ein paar Zunftmeister. Sie nannten sie die Große Lady, und im Moment respektierten sie sie als die Eqetassa von Chelm; aber sie war immer noch eine Fremde, die nie unter ihnen gelebt hatte.

Ihre einzigen wirklichen Freunde war die Gefolgschaft, die sie aus Tamaerthon mitgebracht hatte, und diese hatten keinen Platz im Rat dieses westlichen Landes.

Ein Bote stand am Ende der Tafel. Was er vorlas, war voll mit blumenreichen Phrasen und kunstvollen Komplimenten, aber der Inhalt war klar genug. Sie hörte ihm zu, ohne ungeduldig zu werden, dann winkte sie, damit er hinausgebracht wurde. Als er gegangen war, sah sie die schwere hölzerne Tafel entlang jeden an. »Nun, meine Lords? Wanax Sarakos hat uns ein Angebot gemacht. Haben Sie einen Vorschlag?«

Es herrschte tiefe Stille. Tylara lächelte dünn. Dieses Schweigen sagte mehr, als je durch Worte ausgedrückt werden konnte. Ihre Bheromänner wollten das Angebot akzeptieren – oder letztendlich mit Sarakos verhandeln, solange sie noch etwas zum Verhandeln hatten. Die freien Bauern und die Zunftmeister – konnten auch sie Sarakos herbeiwünschen? Tylara schaute in ihre teilnahmslosen Gesichter und konnte nichts darin lesen. Sie wußte zuwenig von diesem Volk, und sie waren daran gewohnt, ihre Gedanken vor den Herrschenden zu verbergen.

Aber wenn einer der Bheromänner dafür plädieren würde, Sarakos zu akzeptieren, würden andere ihm zustimmen. Oder nicht? Dies waren die Leute ihres Mannes. Konnten sie ihm so unähnlich sein? Die Erinnerung an ihn gab ihr einen Stich, und sie sah ihn, wie er war: gebräunt, lachend, kam er zu ihr. Sie wischte das Bild aus ihrem Bewußtsein, bevor die Tränen kamen, sie hatte diesen Traum schon vorher geträumt, und er endete in der Wirklichkeit – Lamil lag kalt und steif auf der Totenbahre.

Sie spürte ganz deutlich ihre Jugend und Unerfahrenheit. So wie sie die Jahre hier zählten, war sie erst zwölf (in Tamaerthon zählten sie bei der Geburt eines Kindes ein Jahr und ab dem neunten Jahr addierten sie vier weitere, so daß sie dort siebzehn Jahre alt war). Sie hatte weit weg von diesen Eisenbergen gelebt, und sie kannte dieses Volk nicht. Es sprach für ihren Mann – und die Strenge seiner Familie –, daß sie ihr trotzdem gehorchten.

»Kapitän Camithon«, sagte sie. »Es scheint, daß niemand zu sprechen wünscht. Vielleicht möchtet Ihr mich beraten.«

Camithon hatte unter drei Generationen den Königen von Chelm gedient. Sein Bart war in diesen Diensten ergraut, und sein Körper war mit Wunden bedeckt. Eine lange Narbe von einer Lanze, die nur knapp sein Auge verfehlt hatte, lief quer über seine Wange und gab ihm ein wildes Aussehen, aus dem er manchmal bei Kriegsberatungen einige Vorteile zog. Er stand vornübergebeugt, als ob seine Knochen sehr müde wären, und während er stand, murmelte er etwas von seinen Gütern, die er seit einem Jahr nicht mehr besucht hatte. Aber als er sprach, war seine Stimme sehr fest.

»Der Usurpator marschiert mit zweitausend Lanzen und einem großen Versorgungszug«, sagte er. »Wir haben vielleicht hundert Lanzen und stehen Wanax Sarakos im Weg.«

Tylara nickte verstehend, so wie sie es bei ihrem Vater bei Clan-Besprechungen gesehen hatte. Innerlich wünschte sie, schreien zu können. Camithon war als großartiger Soldat weit bekannt, und vielleicht war er es auch, aber er kam nicht zur Sache, bevor er nicht alles ein Dutzend Mal und öfter überprüft hatte.

Sie zügelte bereitwillig ihre Ungeduld und dachte, daß niemand es bemerken würde. Sie war ausdauernd, wenn auch nicht geduldig, aber das mußte reichen.

Dravan ist stark, grübelte Camithon. Er strich mit den Fingern über die Narbe an seiner Wange, als ob er jeden daran erinnern wollte, daß er Dravan in dem Kampf gehalten hatte, der ihm diese unverkennbare Mal beibrachte. »Unsere Lady hat die Kornspeicher und

Vorratslager gesehen, und was darin war auch. Dieses alte Schloß hat fünf Armeen getötet – aber es wurde noch nie von nur hundert Lanzen gehalten, und noch nie war es so von jeder Hilfe abgeschnitten.«

»Als ob es Hilfe geben würde, die geschickt werden könnte«, murrte einer der Zunftmeister.

Camithons Schwert lag auf einer aufgerollten Landkarte auf dem Tisch. Er hob die Waffe auf und benutzte sie als Zeigestock. »Der Protektor ist hier, zehn Tage und mehr im Nord-Westen mit unserem Wanax Ganton. Er hat mehr als tausend Lanzen, und der Protektor kann nicht zulassen, daß der junge König auf irgendeinem Schloß gefangengenommen wird. Deshalb kann er nicht selbst kommen, um uns zu retten, und ich bezweifle, daß er eine so große Streitmacht entbehren kann.«

Tylara wollte schreien. Ich weiß das alles, hallte es in ihrem Kopf. Nach außen lächelte sie und sagte: »Sie geben uns hundert Lanzen, aber sie vergessen meine Bogenschützen aus Tamaerthon. Ich hoffe, dieser Usurpator Sarakos begeht diesen Fehler. Er wird ihn jedenfalls nicht zweimal begehen.«

Hinter ihr war Beifallsgemurmel zu hören. Tylaras Leute konnten sich nicht an den Ratstisch setzen, aber sie standen auf ihrer Seite, und die freien Bauern von Tamaerthon hatten keine Angst, in einem Ratssaal gehört zu werden. In ihrem bergigen Land an der See lebten die Clans nicht wie die Bauern im Westen unter den großen Lords und Bheromännern.

Sie hatte plötzlich einen kurzen Anfall von Heimweh. Sie sehnte sich nach den hohen Gebirgen mit der blauen See im Osten und den starren Bergen, die sich hochreckten und bei düsterem Licht und in der Abenddämmerung tiefblau dastanden. Es wäre so leicht, nach Hause zu gehen. Sie brauchte nur Sarakos dieses Schloß zu übergeben, und sie konnte als reichste Lady von Tamaerthon zurückkehren – oder sie konnte bleiben und das Land ihres Mannes wieder einen. Sarakos würde es ihr geben, und der Rat würde Beifall klatschen. Sie mußte nur diese Worte sagen –

»Hundert Lanzen und zweihundert Bogenschützen sind nicht mehr als fünfhundert kämpfende Männer«, sagte Camithon. Er sprach, als ob er stolz auf seine Rechnerei wäre. »Ferner haben wir nicht für alle unsere Ritter Schildknappen und Gewappnete. Und diese Wände, so stark sie auch sind, umschließen ein großes Gebiet. Wir haben keine Reserve. Jeder Mann wird auf seinem Posten gebraucht. Was tun wir, wenn sie ermüden?«

Jetzt, dachte sie. Sag es jetzt. Aber sie konnte nicht. Sie hatte geschworen. Und wie konnte sie mit dem Mörder ihres Mannes in seinem eigenen Heim abrechnen? Chelm als Gnadengeschenk von Sarakos zurückzuerhalten? Es war undenkbar.

Doch – was war sonst zu tun? Wenn der Kapitän keine Lust zu einem Kampf hatte, gab es keine andere Möglichkeit. Sie spielte nervös mit ihren Zöpfen.

»Doch die Würde verlangt, daß wir kämpfen«, sagte Camithon. Er sah die Länge des Ratstisches hinunter. »Wagt jemand, das zu bestreiten?«

Manche wollten es bestimmt gerne, aber niemand sagte es.

»Ich war nie einer, der nur für die Ehre allein kämpft«, sagte Camithon. »Ich ziehe es vor zu gewinnen. Aber wir können nichts Besseres tun, und wenn wir kämpfen, müssen wir Dravan halten. Wir haben die einzige gute Straße nach dem Süden fest in der Hand. Bis wir besiegt sind, kann Sarakos keine größere Gruppe auf die Suche nach unserem jungen Wanax schicken. Wir gewinnen Zeit für den Protektor.«

»Yatar weiß, was er damit tun wird«, sagte Bheromann Trakon. Seine Stimme klang übermäßig laut, nervös, doch Trakon war ein guter Mann, der dem alten Wanax in seinen Schwierigkeiten beigestanden und viel deswegen verloren hatte.

»Ungerecht, mein Lord!« protestierte Camithon. »Der Protektor ist der größte Krieger von Drantos, und er hat schon öfter gewonnen, auch wenn alles aussichtslos schien.«

»Und der Tagvater vollbringt noch ein Wunder«, sagte Trakon. Er drehte sich nicht um, um das rote Gesicht von Yanulf, dem Hauptpriester von Yatar, zu sehen. »Doch, was können wir tun? Ich traue Sarakos keinen Meter weit. Von den Bheromännern, die zu ihm überliefen, sind mehr als die Hälfte bei seinen Spielereien draufgegangen.«

»Was aber Dutzende von anderen nicht davon abhält, zu ihm zu stoßen«, murrte der Gildenmeister der Weber. »Die Hälfte der Bheromänner – nein, drei Teile von vieren – haben Sarakos willkommen geheißen. Wir kämpfen zu keinem Zweck.«

»Was schlagt Ihr vor, Kapitulation?« fragte Camithon.

Der stattliche Gildenmeister zuckte die Achseln. »Das wäre nicht gut. Sarakos hat seine eigenen Weber, und diese mögen unsere Konkurrenz nicht. Aber es ist trotz allem ein verlorener Kampf.«

»Er ist mehr als verloren.« Yanulf hatte die ganze Zeit still und teilnahmslos dagestanden; jetzt richtete sich der Priester zu voller Größe auf und sprach voll Verachtung. »Narren. Die Zeit kommt näher, und ihr plappert von dynastischen Kleinkriegen.«

»Legenden«, sagte Trakon.

Yanulf lächelte dünn. »Legenden. Ist es eine Legende, daß der Dämon am Nachthimmel wächst? Ist es Legende, daß das Wasser entlang der Küste steigt? Daß die Lamils brüten und das Tollkraut auf euren besten Feldern sprießt? Ist es Legende, daß wir in dem Ratssaal sitzen und kein Feuer brennt, und wir haben es trotzdem nicht kalt?«

»Ein warmer Sommer«, sagte Trakon. »Und nicht mehr. Der Feuerstehler wurde vom Himmelsgewölbe verbannt und steht jetzt immer um Mitternacht im Zenit. Natürlich ist es warm.«

Die Bauer und Gildenmeister murrten. Yanulfs Stimme erhob sich. »Und in der Zeit der Hitze«, stimmte er an, »werden die Seen dampfen und die Länder schmelzen wie Wachs. Das Wasser der Ozeane wird die Berge verschlingen. Wehe denen, die nicht darauf vorbereitet

sind. Wehe den Ungläubigen.« Er lachte. »Wehe dir, Bheromann. Aber Yatar wird dir vergeben. Meine Lady, jetzt ist nicht die Zeit für einen Krieg. Jetzt ist die Zeit, um Vorräte zu sammeln, um die leeren Höhlen zu füllen. Riechen sie nicht den Atem des Bewahrers? Wenn der Sturmbringer sich nähert, warnt Yatar die Seinen; und sein erstes Zeichen ist der Atem des Bewahrers.«

»Aye«, murmelte einer der Bauern. »Mein Neffe ist ein Eingeweihter, und er sagt, das Eis habe in der Vergangenheit am vierzigsten Tag um einen halben Fuß zugenommen. Zugenommen, wenn der Feuerstehler um Mitternacht über uns steht.«

»Wie lange?« fragte Tylara. »Wie lange bis zu der ZEIT?«

»Die Schriften sind nicht klar«, gab Yanulf zu. »Das Schlimmste kommt vielleicht nicht vor einem Dutzend Jahre. Zuerst kommen noch andere Zeichen. Die Dämonengötter werden uns besuchen und uns Magie zum Tausch für SOMA anbieten. Fremde werden kommen, mit fremden Waffen und einer fremden Sprache.«

Trakon lachte.

Yanulf warf ihm einen verächtlichen Blick zu. »Es steht geschrieben«, sagte er. »Und so kommen die Christen, und so kommen die Legionen; und so kommen *eure* Vorväter. Es macht nichts aus, ob ihr daran glaubt oder nicht. Bevor der Feuerstehler fünfmal durch die wahre Sonne getaucht ist, werden diese Dinge geschehen sein.«

»Nun, viel Zeit noch bis dahin«, meinte Trakon.

»Nay«, sagte Yanulf. »Wenn alle diese Zeichen zu sehen sind, werden alle in den großen Schlössern Zuflucht suchen. Die Kleinkriege, die ihr im Moment kämpft, werden vergessen sein wie die, die ihre Schlösser auf nacktem Felsen erbauten, ihre Narrheit erkennen, und ihre Armeen zum Angriff führen. Bald, bald werden alle wissen, daß es nirgendwo außer in den Höhlen des Protektors Schutz gibt.«

Tylara ließ sie reden, hörte aber mit einem Ohr hin, für den Fall, daß es etwas Neues gab. Allerdings war die Situation einfach genug, wenn man die Religion aus dem Spiel ließ.

Aber wagte sie es? Die Priesterschaft Yatars war universell. Welche örtlichen Gottheiten auch immer dieses oder jenes Land in der Hand hielten, Yatar war überall, wo es Menschen gab. In ihrem eigenen Land gab es Eishöhlen, tief in den Felsen. Und es wurden Getreide- und Fleischopfer dahin dargebracht, um sich für die Tage der Hitze zu schützen, obwohl nur wenige an die Geschichten der Priesterschaft glaubten. Wenn die ZEIT sich näherte – eine Zeit der Stürme, wenn kein Schiff segelte und die Seen stiegen, um die Berge zu verschlingen. Wenn Tamaerthon selbst zu einer Insel wurde; wenn Feuer vom Himmel fiel; eine Zeit, in der kein Regen fiel, und dann werden tödliche Regen in Strömen fallen –

Sie hatte die Geschichten gehört. Keiner den sie kannte, mit Ausnahme der Priester, glaubte daran. Doch alle kannten sie.

Aber es war Zeit. Die Religion konnte warten. Und sonst war die Situation klar genug. Wanax Loron war kein guter Herrscher gewesen, und drei Jahre vor seinem Tod war der Bürgerkrieg ausgebrochen. Die Bheromänner, die gegen ihn kämpften, hatten das Recht auf ihrer Seite. Sogar Chelm hatte geschwankt und die Tore von Dravan geschlossen, als Wanax Loron vor den Bheromännern Schutz suchen wollte, obwohl sich Chelm niemals der Revolte angeschlossen hatte. Das geschah unter Lamils Vater, bevor ihn die Seuche holte.

(Seuche. Die Legenden sagten, wenn der Dämonenstern sich näherte, wütet die Seuche im ganzen Land; und sicherlich kam die Seuche jetzt jedes Jahr und tötete jedesmal mehr . . .)

Aber Loron hatte Söldner angeheuert und trieb die Bheromänner immer weiter und weiter zurück, bis die Großen des Landes etwas Unverzeihliches taten und um Hilfe von außerhalb baten. Sie boten Sarakos, Sohn von Toris Sarakos, seines Zeichens und zu Recht einer der fünf Wanaxxae, und Sohn von Toris, Hoher König der Fünf, die Krone von Drantos an.

Bevor die Invasion begann, starb Loron; aber Drantos

blieb mit einem Kind-König und einer leeren Schatzkammer zurück. Als die Bheromänner sich um ihren neuen Wanax versammelten, mit einem der Ihren als Beschützer, kamen sie zu spät. Sarakos fuhr damit fort, seine Ansprüche durchzusetzen. Zwanzig Jahre vorher hatte der Rat von Drantos eine königliche Heirat zwischen Lana von Drantos, Schwester von Loron Wanaxes Vater, und Toris Wanax, Hoher König der Fünf, arrangiert. Es war ein brillanter diplomatischer Zug, aber nun konnte Sarakos den Thron Drantos durch Blut besteigen, da er der am meisten legitime erwachsene Beanspruchler war. Ein paar Minuten mit einem Kissen würden ihn zum einzig möglichen Beanspruchler machen.

Und wer konnte die Bheromänner tadeln, die Sarakos und Friede für einen Kind-König und Krieg vorzogen? Gerade jetzt, da der Dämon den Nachthimmel sichtbar erhellt und die Priester Yatars aus ihren muffigen Büchern lesen und von der ZEIT, die kommt, erzählen. Dies waren keine Zeiten für einen Kind-König. Wenn nur Lamil Sarakos getroffen hätte! Er würde noch leben, und er –

»Ich sage, wir kämpfen!« Der Dialekt war ungepflegt – der Grobschmied am Fuße des Tisches sprach. »Ich habe gehört, wie sie in der Fünf leben. Für einen wie mich ist es dann besser, tot zu sein. Soll ich meine Schmiede benutzen, um Sklavenketten für meine Freunde zu hämmern?«

»Gut gesprochen«, sagte Bheromann Trakon. »Wirklich, gut gesagt. Für unsere Ehre dann. Denn – die Ehre verlangt nicht, daß wir es halten, wenn alles verloren ist. Ich sage Kampf, und ich werde auf den Mauern sein; aber wenn Sarakos Türme und Belagerungsmaschinen bringt, müssen wir den besten Handel abschließen, den wir finden. Für uns alle.«

»Sie mögen vielleicht handeln, mein Lord«, sagte der Grobschmied. »Aber wenn der Dämon hoch am Taghimmel steht, was sollen wir, das Volk, tun? Sarakos wird gerne Schloß Dravan für seine Leute halten, aber wird er meine Familie in die Kühle des Bergfriedens lassen?«

»Wenn er das nicht schwört, werde ich keinen Handel mit ihm abschließen«, sagte Trakon. »Wir von Chelm beschützen die Unseren, selbst gegen Götter. Aber ich glaube, ihr fürchtet die Geschichten der Priester zu sehr.«

»Wenn der Dämon riesig ist und Himmelsfeuer fallen, wirst du dich an diese Worte erinnern«, sagte Yanulf.

»Wir kämpfen«, sagte Tylara. »Den Rest müssen wir abwarten, aber wir kämpfen. Seht nach den Verteidigungsanlagen. Und bringt alle, die es wünschen, in den Schutz der Mauern. Treibt die Herden, die wir hier nicht unterbringen können, in die Berge. Laßt nichts für Sarakos übrig. Nichts zu essen. Versteckt alles Wertvolle. Schützt und versteckt alle nützlichen Güter. Sarakos soll unser Land für seinen Aufenthalt möglichst unangenehm vorfinden.«

»Es ist eine Sünde, Essensvorräte zu zerstören«, sagte Yanulf. »Sünde.«

Am anderen Ende der Tafel wurde gemurrt, aber die Bauern wußten, daß es notwendig war. Einer der Gildenmeister sprach für alle Stadtleute und Bauern. »Wenn wir hart genug durchgreifen, zieht er vielleicht wieder ab, und wir bleiben unsere eigenen Herren.« Er strich mit seiner Hand über seinen Nacken. »Wenn nicht, wird hierherum bald eine schwere Kette hängen. Ich kann mir nicht wünschen, eine solche zu tragen.«

»Seht nach allem«, sagte Tylara.

»Aye, Lady«, sagte Kapitän Camithon. Er hielt inne, bis die Bheromänner gingen, aber sie waren nicht so schnell gegangen, daß sie ihn nicht mehr hören konnten. »Der junge Lord machte keinen Fehler, als er seine Wahl traf. Sie sind mehr Mann als die Hälfte der Bheromänner von Drantos.«

Die große Halle war mit Ausnahme Tylaras und dem Kommandanten ihrer Bogenschützen leer. Cadaric war fast genausoalt wie Kapitän Camithon. Seine Haut war

durch Sonne und Wind gezeichnet, so daß seine Wangen rissig waren wie sprödes Leder. Er trug das Wams und den Kilt seiner eigenen Leute; sie hatten sich nie etwas aus Hosen gemacht. »Sie haben keinen Fehler gemacht, Lady«, sagte er. Er schien angenehm überrascht. »Wir werden diesen Westleuten zeigen, was die Pfeile von Tamaerthon alles können.«

»Bis wir sie alle erschossen haben«, sagte Tylara. Nun, da die anderen gegangen waren, konnte sie sich in ihren Sessel fallen lassen. Sie schien noch zierlicher und verwundbarer. Sie hatte Angst, und es gab keinen Grund, dies vor Cadaric zu verheimlichen. Er kannte sie, seit sie geboren war, und hatte ihrem Bruder und Vater schon gedient. Innerhalb von fünfhundert Meilen gab es niemanden mehr, dem sie so voll vertrauen konnte. »Ich habe dich hierhergebracht, um in einem fremden Land zu sterben, alter Freund.«

Er zuckte die Achseln. »Ist das schlechter, als zu Hause getötet zu werden. Ich bezweifle nicht, daß mich der Tod hier genauso leicht findet wie in unseren Bergen. Wenn es Zeit ist, in seiner Herberge zu logieren, dann ist es eben Zeit. Und doch«, grübelte er, »und doch hat der Tagvater hier mehr Macht. Denkst du, das alte Einauge hat die Übersicht über dieses Land verloren? Es wäre gut, das zu wissen.«

»Sie sagen, er sieht die ganze Welt«, sagte Tylare. »Cadaric, ich glaube, sie trauen mir nicht.«

»Sie kennen dich nicht. Du bist für sie ein junges Mädchen, und alles, was sie wissen, ist, daß ihr Führer dich gewählt hat. Und deshalb lieben sie dich. Oh, Lady, ich weiß, daß du um ihn trauerst.«

Und das war mehr als wahr. Tylara rieb ihre Wangen, entschlossen, die Tränen nicht wieder kommen zu lassen. Eine Witwe, noch bevor sie eine richtige Braut war. Es war eine Geschichte, wie sie die Minnesänger sangen.

Sicherlich hatte Lamil sie geliebt. Eqeta von Chelm, einer der großen von Drantos; er hätte unter Hunderten von Ladies wählen können; aber sein Schiff zerschellte an der felsigen Küste von Tamaerthon, und nach einem

Sommer (zu warm – konnten die Priester recht haben?) wählte er die Tochter eines Oberhaupts von Tamaerthon. Tylara verfügte über keine Mitgift, nichts, das sie in die Ehe mitbringen konnte – nur zweihundert Bogenschützen, und hundert davon stand es nach fünf Jahren Dienst frei, zu gehen –, aber Lamil hatte sie gewählt, trotz der Großen seines Heimatlandes.

Sie hatte es geliebt, ihn zu beobachten, jung und stark, Wadenmuskeln so hart wie Granit und wie dicke Stränge an seinen schlanken Beinen herausstehend. Seine Haut war in der Sonne zu einer tiefen Kupferfarbe gebrannt. In der Nacht rannten sie auf hohen Gebirgskämmen, die durch den Feuerstehler erhellt wurden. Am Tag lachte er in der Brandung, kletterte hoch auf die Riffe über der See, um junge Adler zu suchen. Und er lachte. Das waren ihre liebsten Erinnerungen, sein Lachen; lachend und schwörend, daß er keine andere haben wollte als sie, und sie wußte, es konnte nicht anders sein, und wieder lachend, wenn er an den Aufruhr dachte, den er verursachte, wenn er die großen Ladies von Drantos und den Fünf ablehnen würde.

Und doch – es war kein dummes Spiel. Tylara brachte nichts – und gab niemanden Grund, das ausgedehnte Land von Chelm zu fürchten. Wenn keine große Lady den begehrtesten Mann in Drantos fangen konnte, dann gab es wenigstens keine Eifersüchteleien. Doch sie wußte, daß er sie liebte.

Sie wurde mit ihm verheiratet, bevor er Tamaerthon verließ, aber sie war zu jung, um mit ihm zu gehen. Das Gesetz verlangte, daß die Heirat »vollzogen« wurde, und so geschah es, aber mit einer dicken Steppdecke zwischen sich im Hochzeitsbett, und ein Gefolgsmann ihres Vaters stand die ganze Nacht dabei.

Und im Winter, während der Feuerstehler durch die wahre Sonne tauchte, bereitete sie sich darauf vor, in ihr neues Heim zu gehen, um ihren starken stattlichen jungen Ehemann zu treffen. Sie sang den ganzen Winter durch, bis ihr Vater vortäuschte, traurig zu sein, da sie so froh war, gehen zu können. Im Frühling, als die Schatten

am Mittag doppelt standen und das Eis dünn war, segelte sie mit der jährlichen Kaufmannsflotte, die zu groß war, um von Piraten belästigt zu werden, nach Norden. Sie segelten nach Norden, dann nach Westen, durch den Gürtel der Inseln und Sümpfe und dann den Fluß hoch. Als sie landeten, war sie so gespannt, daß sie noch am selben Tag weiterfuhr. Sie ritt so hart, daß ihre Dienstmädchen total erschöpft waren und die Bogenschützen derbe Flüche knurrten.

Sie erreichten Schloß Dravan nur Stunden vor den Neuigkeiten. Lamil hatte beschlossen, dem jungen Wanax Ganton beizustehen. Es hatte einen großen Kampf gegeben, und Lamil war tot. Die meisten seiner Kämpfer wurden getötet, als sie den Rückzug des jungen Königs und des Protektors deckten. Kapitän Camithon sagte ihr, daß der Eqeta Sarakos herausgefordert und ihn auf den Helm geschlagen hatte, bevor ihn die Wachen aus dem Sattel holten. Ein Dutzend Männer hatten ihn gehalten, bevor Sarakos persönlich ihm den Todesstoß versetzte.

»Ich trauere um ihn«, sagte Tylara, und es war Eis in ihrer Stimme. »Deine Leute sollen gute Pfeile herstellen, Cadaric. Wir werden diesen Sarakos lehren, welch Gefieder die Möwen von Tamaerthon tragen.«

2

Es waren nur kämpfende Männer in der großen Halle von Schloß Dravan. Der Rat wurde nicht gebraucht; und nun saßen Cadaric und drei Kapitäne der Bogenschützen unter den Rittern und Bheromännern an der großen Tafel.

Als Tylara eintrat, standen sie alle respektvoll auf. Falls die Bheromänner es übelnahmen, daß ihre Bogenschützen als Gleichgestellte unter bewaffneten Rittern saßen, so ließen sie es sich jedenfalls nicht anmerken. Ihre Lady hatte während der letzten Wochen gezeigt, wie scharf ihre Zunge sein konnte, und sie hatten gesehen, was

diese Pfeile tun konnten. Sie warteten, bis sie sich am Kopf der Tafel niedergesetzt hatte. Dann begannen alle gleichzeitig zu sprechen.

»Halt! Ruhe!« Bheromann Trakon schlug mit einem Dolchgriff auf den Tisch. »So ist es besser.« Er lächelte ihr zu. »Meine Lady.«

Sie nickte ihm ihren Dank zu. Trakon war in der letzten Zeit sehr aufmerksam. Seine Frau war vor zehn Monaten an der Seuche gestorben. Er war doppelt so alt wie sie – aber auch nur das, und noch stattlich genug. Ganz gewiß konnte sie nicht für immer dieses Land als jungfräuliche Herrscherin regieren. Sie würde nie wieder einen wie Lamil finden, und Trakon würde es so gut wie jeder andere tun, wenn ihre Trauerzeit zu Ende war. Aber so bald, so bald . . .

»Sie kommen, Lady«, sagte Kapitän Camithon. »Zwei Tagesmärsche im Norden.«

»Zwei Tage, wenn sie Glück haben«, sagte Trakon. »Sie sind so voll beladen mit ihrer Beute, daß sie froh sind, wenn sie zweitausend Schritte in der Stunde gehen.«

»Alle?« fragte Tylara.

»Aye, Lady«, sagte Camithon. Er starrte auf die anderen, bereit, jeden Einwand übelzunehmen, den ein Bogenschütze Tamaerthons machen konnte. Aber es herrschte nur Stille. Trakon, Cadaric und Camithon hatten den sich nahenden Feind gesehen und die anderen nicht. »Ich habe allein in ihrer Vorhut fünfhundert Fahnen gezählt.«

»Habt ihr das Land gut ausgespäht?« fragte Tylara.

»Aye, Lady«, sagte Cadaric. »Es ist für unsere Zwecke mehr als geeignet. Wir können sie abfangen, aye, und bluten lassen, ohne eine Handvoll zu verlieren, wenn wir es richtig anfangen.«

Es gab noch mehr Gerede. Trakon klopfte erneut, um die Ordnung wiederherzustellen. Einer der Ritter schrie. »Sie abfangen? Was ist das für eine Verrücktheit?«

Tylara bemerkte Trakons grimmiges Lächeln. Er war nicht zu stolz gewesen, Cadaric zuzuhören, als er von dem Erkundungsritt zurückkam. Ein guter Mann, dachte sie.

»Die Zeiten sind kritisch«, sagte Tylara. »Die Landkarten erinnern mich an meine Heimat. In kritischen Zeiten ist ein Mann soviel wie zehn –«

»Kritisch sind sie, aber nicht so kritisch«, sagte Kapitän Camithon. Er schien verletzt zu sein. Strategie war etwas für Professionelle und nichts für Mädchen, die gerade alt genug für das Bett waren. »Wenn wir in diesen Zeiten mit unseren hundert Lanzen stehen, bringen wir Sarakos zum Bluten, aber dann wird uns seine Stärke überrennen. Wer ist dann da, um Dravan zu verteidigen?«

Trakon grinste breit. »Unsere Lady schlägt nicht vor, stehenzubleiben«, sagte er.

»Über was, im zwölften Namen von Yatar, reden wir dann?« fragte Camithon.

Cadaric grinste. »Es ist ein Übel, daß ihr im Westen nichts von den Sagen hörtet, wie Tamaerthon seine Freiheit von Ta-Hakos und den anderen Habgierigen um uns gewonnen hat«, sagte er. »Ich schlage vor, es singt einer diese Ballade für euch. Mit der Erlaubnis meiner Lady?«

Tylara nickte, und bevor jemand protestieren konnte, begann einer der jungen Bogenschützen zu singen.

Zuerst murrten einige, aber die Stimme des Jungen war gut. Sie hörten ruhig zu und versuchten nicht, ihr Erstaunen über diese Unterbrechung während eines Kriegsrates zu verbergen. Während der Fortsetzung des Liedes lehnte sich Camithon begierig vor, und Bheromann Trakon begann breit zu grinsen. Noch bevor die Ballade beendet war, drängten sich die Ritter und Kapitäne um die Landkarte. Zum erstenmal seit Wochen waren Aufschreie und Lachen in der großen Halle zu hören.

*

Tylara saß rittlings auf ihrem Pferd. Das war an sich schon schockierend; aber was noch schlimmer war, sie ritt keine sanfte Stute, sondern einen großen Hengst –

ein Kriegsroß, auf das jeder Ritter stolz sein würde. Sie befand sich auf einem kleinen Hügel, umgeben von einem Dutzend Gewappneter und genauso vielen Bogenschützen.

Das war der Preis, den sie bezahlen mußte, um selbst am Kampf teilzunehmen. Sie hätte ihre Leute nie dazu bekommen, mit ihrer Handlungsweise einverstanden zu sein – aber sie wäre auf jeden Fall gekommen, und niemand wagte es, Hand an sie zu legen. Ein Soldat, der von Trakon den Auftrag bekam, sich ihrer Zügel zu bemächtigen und sie zurück in Schloß Dravan zu führen, mußte die Striemen ihrer Reitpeitsche noch Wochen danach tragen. Sie mußte wenigstens einen gezielten Schlag auf den Mann führen, der ihren Mann getötet hatte.

Etwas unterhalb waren nicht nur alle ihre kämpfenden Männer, es waren auch Hunderte von Bauern mit Buschmessern und Äxten da. Sie benutzten diese, um die niedrigen, gerippeartigen Wachsstengel an der Bergseite abzuschneiden und in den Gebirgspaß zu tragen. Fünfhundert Schritte von der Spitze des Passes bis hinunter, wo er sich wieder erweiterte, war die schmale Straße mit den frischgeschnittenen Büschen belegt. Noch mehr wurde zu beiden Seiten aufgestapelt.

Die Bheromänner, Ritter und Gewappnete, warteten an der Stelle, an der der Paß sich erweiterte, ungefähr hundert Schritt weiter wie der letzte Buschstapel. Die bewaffneten Ritter saßen auf der Erde und ließen ihre Pferde ausruhen, bis sie gebraucht wurden. Ein paar polierten ihre Panzer und Schilde. Andere spielten mit Würfeln.

Ungefähr die Hälfte der Ritter waren mit Pferden ausgerüstet. Die anderen ritten Centauren; sie waren nicht so zuverlässig wie Pferde, schwieriger zu zähmen und gingen leichter durch, wenn sie geschlagen wurden. Pferde waren weit besser, aber sie kosteten auch viel mehr. Sie mußten mit angebautem Heu und Getreide gefüttert werden; nur vom Grasen konnten sie nicht leben.

Die Legenden der Priester sagten, daß Pferde, wie die Männer, von bösen Göttern gebracht wurden. Das schien nicht vernünftig zu sein, aber wie die anderen Geschichten von Schiffen am Himmel war die Erzählung universal. »Warum sonst«, sagten die Priester, »müssen wir so hart arbeiten, um zu essen, wenn uns nicht der Tagvater dazu bestimmt hätte?« Sie sagten, daß die Sterne Sonnen seien und die Wanderer andere Planeten, von denen einer die wahre Heimat der Männer sei. Ob die Geschichten nun wahr waren oder nicht, die Männer mit Pferden hatten es besser als die mit Centauren, und sie wünschte, mehr Ritter hätten Pferde.

Zwischen der Höhe des Passes und dem erweiterten Gebiet, auf dem ihre Ritter warteten, war der Durchgang sehr schmal – an jedem Punkt nicht mehr als hundert Schritte breit. Und die Berge stiegen zu beiden Seiten steil hoch. Einer der Bauern ging mit seinem Buschmesser dort hinauf. Bevor er aber einen der hochschießenden Stengel abhauen konnte, hielten ihn ein Dutzend Stimmen zurück.

»Nicht da, du Tagvater – verdammter Narr!« Ein reisender Zunftgeselle rannte hoch und zeigte dem Buschschneider den richtigen Platz. Es war sehr wichtig, daß auf dem Berg neben dem Paß kein Zeichen von Aktivität zu sehen war –

Ein Reiter trabte über die Spitze des Gebirgskamms. Er zog sein Schwert und schwang es lebhaft. »Feind in Sicht«, murmelte ein Offizier. Tylara nickte.

Die Ritter und die Gewappneten sprangen auf ihre Füße, schwerfällig in ihrer Rüstung, und halfen sich gegenseitig in den Sattel. Die Rüstungen waren schwer, und die Centauren wehrten sich gegen schwere Lasten; nur wenige waren so gut trainiert, daß sie ihren Reitern halfen. Noch bevor alle im Sattel saßen, sah Tylara von ihrer Stellung die Vorhut von Sarakos' Armee.

Die Wanax hatten sich gut aufgestellt. In der Vorhut waren nur kämpfende Männer, und als sich der Paß zu verengen begann, stellte sich die Kolonne in guter Ordnung auf. Sie stießen sich nicht gegenseitig und rotteten sich nicht zusammen. Die Reiter führten; dann folgte eine Gruppe auf Centauren; und dann kamen noch mehr Reiter. Sie kletterten die gewundene Straße hinauf in den Paß, zwanzig nebeneinander – eine lange Kolonne –, die Lanzen hoch, mit Fahnen, die im frostigen Morgenwind flatterten.

Die Gruppe dahinter war nicht so ordentlich gestaffelt. Karren, die von Eseln und Mulis gezogen wurden, Armbrustschützen gemischt mit Lanzenmännern, Sensationshungrige, Köche, Prostituierte und Priester, alles bunt durcheinandergemixt.

Eine Trompete erklang, und Camithons schwere Kavallerie trottete vorwärts über die aufgestapelten Büsche zu der Spitze des Passes. Sie erhoben ihre Banner. Die Buschschneider kletterten hinter ihnen weg, hinunter und auf die Straße, rannten zurück nach Dravan und wirbelten eine dünne Wolke Staub auf, während sie rannten.

Von den Führern von Sarakos' Armee erscholl eine andere Trompete, und die Kolonne hielt an. Die Gruppe dahinter wurde immer ungeordneter, je mehr die marschierende Horde aufeinanderstieß. Die der Armee folgenden Einheiten holten auf und vermischten sich mit den Führern. Die Armen, dachte Tylara. Wenn sich die Ritter nur zehn Minuten unter diese Menge mischen könnten, würde Wanax Sarakos die Verluste spüren. Aber die Führungsgruppe war nicht ungeordnet, und diese allein übertraf an Zahl ihre ganze Armee.

Wieder einmal fühlte sie Zweifel und Angst in sich aufsteigen, und sie sah auf zu dem Gewölbe des rötlichblauen Himmels über ihr, um nach einem Zeichen zu suchen. Aber es war keines da. Ein kalter, wolkenloser Tag in den Bergen; selten genug, der Tagvater zeigte sich in seiner ganzen Pracht – aber er zeigte keine Gunstbezeigung. Würde er zu ihnen halten? Oder würde das alte EINAUGE den Tag beherrschen, den Tapfersten auswählend, um ihn zu erschlagen, den Sieg nach einer Laune zusprechend?

Von Sarakos' Kolonne erklangen mehr Trompeten,

und die voranreitenden Ritter breiteten sich zu vierzig nebeneinander aus. Sie bewegten sich im Schritt vorwärts, dann verfielen sie in Trab. Die Linien kräuselten sich, als Lanzen zwischen sie fielen, und die Trompeten erschallten noch einmal. Der Trab wurde zu einem kurzen Galopp, während der Angriff vorwärts stürmte.

»Jetzt«, betete Tylara. »Jetzt. In Yatars Namen, JETZT!«

Ihre eigenen Trompeten erklangen. Ihre Ritter schwenkten und spornten ihre Pferde an, trabten hinunter zu der Straße nach Dravan und ritten der Staubwolke nach, die die abziehenden Holzfaller aufgewirbelt hatten.

Tylara murmelte Dankesworte zu dem Tagvater. Das war der erste, der vielen Züge, die falsch laufen konnten. Wenn die Ritter nicht weglaufen wollten oder der Anblick des Feindes sie in hoffnungslosen Schrecken versetzt hätte, da es unehrenhaft war, davonzurennen – mehr als ein Kampf wurde durch den blinden Gehorsam gegenüber den Regeln der Kavalliersehre verloren. Genau wie dieser vielleicht noch verloren wurde.

»Sie fliehen! Die Feiglinge rennen!« Die Schreie erhoben sich aus den Reihen von Sarakos' angreifenden Rittern.

Während ihre eigenen Ritter wegritten, waren in den Büschen neben den Straßenseiten leichte Bewegungen zu bemerken. Männer sprangen aus Löchern neben dem Gestrüpp und hielten Fackeln daran, dann flohen sie zu den Seiten des Passes. Dünne Wölkchen von aufsteigendem Rauch, hier und da eine Flamme. Die Wachsstengel entzündeten sich schnell.

Ihre Ritter erreichten den weiten Platz, an dem sie vorher gewartet hatten. Sie schwenkten gleichzeitig herum, blickten dem Feind ins Gesicht. Ihre Lanzen flogen herunter.

»Die Feiglinge haben hinten ein Feuer entzündet!« schrie jemand. »Wir werden sie lehren!« Der angreifende Feind kam schneller, ungefähr hundert Schritte in das Gestrüpp. Zweihundert, und sie ritten immer noch. Tylara hielt den Atem an.

Als die führenden Einheiten dreihundert Schritte in den mit Büschen bestreuten Paß vorgedrungen waren, erklangen hundert Schritt unterhalb der Spitze des Passes ihre eigenen Trompeten. An den Bergseiten über dem Paß blitzte es auf. Leuchtende Kilts, mattes Leder, der dumpfe Glanz von Stahlhelmen, die mit Erdfarben übermalt waren. Einen Augenblick vorher war noch kein Mann zu sehen. Nun standen beinahe zweihundert Bogenschützen hinter Sträuchern, Felsen, als ob sie aus dem Boden gewachsen wären. Sie erhoben ihre Bögen, legten die Pfeile an ihre Wangen, um zu zielen.

Aus den Truppen von Sarakos erschollen Schreie, aber es war selbst für den Dümmsten offensichtlich, daß die Angreifer nicht mehr zu halten waren. Die Sicherheit lag vorne, durch die Schilde der Ritter, heraus aus dem rasenden Feuer und weg von den Bogenschützen. Die führenden Reiter spornten ihre Pferde härter an.

Und wieder eine Pause. Dann ein Schrei von der Bergseite. »Laßt die grauen Möwen fliegen!«

Die Pfeile flogen mit einem tödlichen Zischen. In einem Augenblick war die Luft voll von ihnen. Noch während die erste Salve niederging, war die zweite schon unterwegs. Pfeile von der Länge des Armes eines großen Mannes und mit Stahlspitzen versehen, wurden von Bögen geschossen, die die Männer seit ihrer Kindheit benutzten. Der zweite Regen ging nieder, und ein anderer zischte hinaus.

Das Blutbad war schrecklich. Die Pfeile spießten Pferde auf, Sättel und sogar Rüstungen. Pferde bäumten sich auf und gingen durch, stießen ineinander, stolperten und fielen und strauchelten über gefallene Pferde. Die Centauren schrien vor Entsetzen und Schmerz, ihre stummelartigen Arme schlugen wild um sich, ihre halben Hände zerrten wahnsinnig an den Pfeilen, ihre Köpfe verdrehten sich, um die Wunden zu lecken. Sie bissen ihre Reiter und versuchten sie abzuwerfen oder fielen in das Gebüsch und rollten sich auf den Rücken. Einige stürzten bergauf auf die Straße, und wurden niedergeschossen, bevor sie weiterklettern konnten.

Die Pfeile flogen noch immer. Der Angriff war in einzelne Gruppen zerbrochen, kleine, von zwei, drei und vier Mann; keine harte Welle von gewappneten Männern mit Lanzen, sondern eine ungeordnete Horde, die vor den Bogenschützen floh, weg von dem Feuer, hinaus in das freie Gelände unterhalb –

Um im Gegenangriff von Tylaras Reitern niedergemäht zu werden. Sie griffen mit hundert Schritt Anlauf an, um Schwung zu holen, und streckten die führenden Teile von Sarakos' Einheit nieder, trieben den Feind zurück zum Feuer und zu den fallenden Pfeilen, dann schwenkten sie, während eine andere Welle angriff, schlug und wieder drehte. Während sie schwenkten, trafen sie auch ihre Nachfolger; diese hielten an und stiegen ab.

Sie zogen sich zurück. Der einäugige Wotan hatte ihr zugelächelt, er hatte ihre Ritter nicht durchdrehen lassen, obwohl er es leicht gekonnt hätte. Sie hatten ihre Befehle befolgt. Die meisten der westlichen Ritter würden nicht zu Fuß kämpfen; aber die Eqetas von Chelm hatten dies gut trainiert.

Sie standen mit erhobenen Lanzen da, dicht hinter dem brennenden Buschwerk, einer undurchdringlichen Wand, gegen die sich Sarakos' Männer immer wieder werfen konnten, ohne sie jemals zu durchbrechen. Einer organisierten, berittenen Truppe hätten sie nicht widerstehen können, aber diese Gefahr war ausgeschaltet. Sarakos' Einheit kämpfte gegen den Rauch und die Flammen, gepeinigt von dem ununterbrochenen Regen der Pfeile, und durch das Feuer und die Körper der eigenen Kameraden gehemmt. Für die Linie der stehenden Ritter war es einfach, die wenigen zu töten, die aus dem Rauch ritten.

Ein frischer Wind kam auf, um die Flammen noch höher zu peitschen. Sie wuchsen und flammten hoch, und bis auf fünfhundert Schritt sah der Paß wie die Hölle aus – ein Wirrwarr von Feuer und Rauch, schreienden Männern, Männern ohne Pferde, sterbende Pferde, reiterlose Centauren, die durch das Feuer halb verrückt waren und in alles hineinliefen. Und durch alles flogen

die Möwen von Tamaerthon mit ihrem tödlichen Biß, Schwarm auf Schwarm von den grauen Schäften.

Die Trompeten Sarakos' bliesen zu einem eiligen Rückzug, aber für die meisten war kein Rückzug mehr möglich.

Die Pfeile kamen nun nicht mehr in Wolken. Die Bogenschützen pickten einzelne Ziele heraus, konzentrierten sich auf Männer, die immer noch auf ihren Pferden saßen, schossen die Reittiere ab, um die Männer mit ihren Rüstungen hilflos in dem brennenden Buschwald stehenzulassen. Der Paß war erfüllt mit den Schreien von Schmerz und Terror.

Tylara saß grimmig auf ihrem Pferd, den Mund zu einer harten Linie zusammengepreßt. Ich dachte, ich würde es genießen, sagte sie zu sich selbst. Dies sind die Männer, die meinen Mann töteten. Ich sollte mich an ihrer Qual weiden.

Aber bei all dem fühlte sie keine Freude, nur Übelkeit und Horror, die sie vor ihrer schreienden Eskorte verbergen mußte, und die Erkenntnis, daß dies nur der Anfang war. Es würde so weitergehen, noch Wochen.

ICH WUSSTE NICHT, DASS DIE PFERDE SO SCHREIEN, dachte sie. Ich habe erwartet, Männer sterben zu sehen, aber ich dachte nicht an die Pferde.

Sie beobachtete weiter alles mit trauriger Faszination, bis sie bemerkte, was sie tat. Sie hatte beinahe einen fatalen Fehler begangen.

Sarakos brachte nun seine eigenen Bogenschützen nach vorne. Die meisten waren Armbrustschützen oder berittene Bogenschützen, mit kurzen Bögen, die sie nur am Brustkasten anziehen konnten; keiner von ihnen war ein Gegner für einen ihrer Tamaerthon-Clanmänner, aber zweihundert konnten nicht gegen eintausend kämpfen. Es war Zeit zu gehen. Sie erhob ihre Hand und winkte energisch.

Ihre Trompeten erklangen in dem Paß. Cadaric winkte sein Einverständnis und begann seine Bogenschützen hinauszusenden; die ganz vorne zuerst, dann die anderen, einer über den anderen springend, so daß sie ein ständiges Feuer auf Sarakos' Truppen hielten, die sich an einer Ecke des Buschfeuers sammelten.

Eine andere Trompete rief. Nichts passierte. Ihre Ritter standen im Paß. Einige verließen die Linie, aber nur um ihre Pferde zu holen, und wenn sie aufsaßen, kamen sie zurück.

»Narren!« schrie Tylara. Sie trieb ihr Pferd hinunter zu dem Hügel, auf dem die Ritter und Bheromänner von Chelm standen. Als sie kam, stiegen mehr auf ihre Pferde, aber es sah nicht so aus, als ob sie abziehen wollten.

»Reitet los!« brüllte sie. »Bevor das Feuer niederbrennt und ihre ganze Armee durchkommt! Reitet, meine Lords. Ihr habt gut gekämpft. Der einäugige Wotan meint es gut mit euch. Sarakos wird diesen Tag nicht so schnell vergessen. Nun, im Namen des Tagvaters, reitet!«

Bheromann Trakon saß bewegungslos da. »Das Feuer schützt sie nicht weniger als uns. Hinter ihrer Vorhut war nichts als Fußvolk. Wir haben heute noch mehr Arbeit zu erledigen.«

»Nicht wahr!« schrie Tylara. »Sie brachten ihre berittenen Bogenschützen nach vorne, als ich sie noch beobachtete, und sie haben noch ihre Armbrustschützen. Ihr werdet in ihren Pfeilhagel reiten, und der Rest wird durch ihre Kavallerie niedergemäht.«

Trakon bewegte sich nicht.

»Mein Lord«, sagte Tylara. Sie versuchte die Panik in ihrer Stimme zu kontrollieren. »Wenn Ihr heute hier sterben wollt, so will ich Euch zur Seite stehen. Es wird kein Sieg sein, ganz gleich, wie viele wir töteten, wenn wir Dravan Sarakos überlassen müssen. Ob wir nun hier gefangengenommen werden oder hinter den Mauern, fertig sind wir so oder so. Ich möchte lieber mit den Rittern meines Mannes getötet werden, als nach Dravan reiten und zusehen, wie es in Sarakos' Hände fällt. Ist das nach Eurem Willen?«

Trakon saß immer noch einen Augenblick bewegungslos, dann schüttelte er den Kopf, als wollte er ihn von

dem Morgennebel reinigen. »Ihr habt gut gesprochen, Lady. Wir haben keinen Sieg errungen, wenn wir hierbleiben, um getötet zu werden.« Er stieg in seine Steigbügel, um Befehle zu schreien. »Tragt die Toten und Verwundeten weg. Laßt nichts für Sarakos hier. Laßt ihn glauben, daß er ein Viertel seiner Vorhut an Geister verloren hat und nichts erreichte.« Er wendete und ritt den Paß hinunter. Einen Augenblick später folgte ihm Tylara.

Ich folge, dachte sie. Es war mein Sieg, aber ich folge. Sie seufzte, wissend, was jeder denken würde, der es sah.

Eine Woche später erreichte Sarakos Schloß Dravan. Der erste Versuch das Schloß zu stürmen, wurde zurückgetrieben; Angriff und Verteidigung waren fast wie die Eröffnungsschritte in einem rituellen Tanz. Der nächste Sturm wurde ebenfalls zurückgeschlagen; Sarakos errichtete Gräben und Zelte und Verteidigungsanlagen um das Schloß.

Von Dravan gab es weder einen Ein- noch einen Ausgang. Sarakos und seine Armee warteten auf ihren Triumph.

3

Die Belagerungstürme rollten langsam vorwärts. Die behelmten Köpfe der Belagerer ragten heraus, als ob sie begierig darauf wären, die Mauern und Tore von Schloß Dravan anzugreifen. Hunderte von Männern schoben und zerrten, um das Monster vorwärts zu bewegen. Aufseher schrien im Rhythmus. Jungen gossen geschmolzenes Fett auf die Radachsen. Sie würden die Mauern gegen Mittag erreichen.

»Es ist Zeit, Tylara«, sagte Trakon. »Zeit und vergangene Zeit.«

Sie sah ihn hilflos an, dann die anderen: Cadaric, seinen Sohn Cadaroc und Yanulf. »Habe ich keine andere Möglichkeit?« fragte sie.

»Ihr kennt meinen Rat, Lady«, sagte Cadaric. Er griff nach seinem Bogen. »Es gibt hier keine Pfeile mehr. Außer für mich, um zu sterben; aber es wäre schlecht, wenn es zu keinem Zweck geschähe.«

Cadarics Sohn öffnete den Mund, um zu sprechen, schwieg aber beim Blick seines Vaters. Der junge Mann sah haßerfüllt hinunter zu den Türmen.

Yanulf nickte weise. »Was bleibt uns für eine Wahl? In einem Tag werden sie hier drinnen sein, und es geht nie gut mit dem Pöbel, wenn eine Festung durch einen Sturm genommen wird.« Er hielt inne. »Ihr braucht nicht hierzubleiben, Lady. Mein Platz ist bei den Eingeweihten in der Höhle des Bewahrers, und dort können wir für Euch auch einen Platz finden.«

»Nein«, sagte Trakon. »Ich habe ihr ein besseres Geschäft angeboten als dieses.«

Yanulf verneigte sich. »Ich will dann nicht länger warten.« Er drehte sich um, um die Zinnen zu verlassen.

»Ich werde meinen Sohn mit Euch senden«, sagte Cadaric. »Vielleicht hilft ihm Yatar, nach Tamaerthon zurückzukehren.«

»Vielleicht auch nicht«, sagte Yanulf. »Aber es ist gut, junge Männer als Lehrlinge bei sich zu haben.« Der alte Priester winkte den Armeen hinter den Mauern zu. »Ihr

Narren. Die ZEIT kommt, und die Männer kämpfen immer noch.«

»Aber nicht mehr lange«, sagte Tylara. Sie drehte sich zu Trakon um, aber einen Augenblick lang konnte sie keine Worte finden. Schließlich sagte sie: »Macht einen guten Handel für unsere Leute.«

»Das werde ich. Es wird sich alles zum Besten wenden.«

Tylara stand auf den Zinnen, als Trakon das grüne Banner des Waffenstillstandes hißte und durch das Tor schritt.

Ihre Ladies kleideten sie an, und einer von Sarakos' Offizieren begleitete sie in den Ratssaal. Sie fühlte sich sonderbar leicht, ohne Rüstung und Stahlhelm und fremd ohne Bewaffnung. Das fremdeste von allem war, Sarakos auf ihrem Platz am Kopf der Tafel zu sehen.

Er sah jung aus, um so mächtig zu sein. Er war ein großer Mann, aber nicht fett; nur seine Augen verrieten seine Strenge. Er war ansehnlich und stattlich, aber sie vergaß keinen Moment, daß dies der Mann war, der ihren Ehemann getötet hatte.

Sein Lächeln war nicht freundlich. »Willkommen, Lady.« Er starrte sie an, und sie erbebte.

Sarakos war nicht allein in dem Raum. Wachen hielten Bheromann Trakon. Sein Hemd stand offen. Auf seiner nackten Brust war Blut. »Was bedeutet das?« fragte sie.

»Ihr seid alle Verräter«, sagte Sarakos. »Verräter sterben nicht leicht, wie ihr gleich sehen werdet.« Er winkte den Wachen. »Bringt das Aas hinaus und tötet ihn mit dem Rest.«

Trakon schüttelte die Wachen ab und stand gerade da, obwohl es ihn einige Anstrengung kostete, dies zu tun. »Hält so ein Wanax seine Versprechen?« fragte er. »Ihr gabt Euer Wort, daß Lady Tylara und ich –«

»Heiraten dürfen«, sagte Sarakos. »Nachdem die Verräter tot sind. Und so soll es mit dir geschehen. Für immer vereint.« Er drehte sich um und sah Tylara verständnisvoll an. »Ich kann sehen, warum du sie haben willst. Du mußt vielleicht auf sie warten, aber sie wird für alle Zeiten dein sein, wenn ich fertig bin.« Er winkte den Wachen zu, daß er sie nicht mehr brauche.

Für eine Stunde war Schloß Dravan von den Schreien der Sterbenden erfüllt. Tylara wurde gezwungen, am Fenster zu stehen und zu beobachten, wie ihre Soldaten starben; einige wurden geköpft, und die Bogenschützen wurden als Ziele für Sarakos' Armbrustschützen benutzt, die Offiziere verhöhnten sie von den Zinnen des Schlosses aus.

Dann wurde sie in das Schlafzimmer von Sarakos gebracht, und eine andere Art des Schreckens begann.

Sie hörte die massive Tür sich öffnen und wimmerte, versuchte, ihre Knie noch näher an ihre Brust zu ziehen. Sie hielt die Augen geschlossen. Wer würde es sein? Das alte Weib mit der Peitsche oder Sarakos selbst? Sie erinnerte sich an seine Worte, als er ging: »Du hast mich nicht erfreut. Ich werde bald einen Leichnam hier liegen haben. Aber bevor du stirbst, wirst du mich befriedigen. Du wirst um die Gelegenheit betteln.«

»Meine Lady.«

Die Stimme schien anders zu sein. Bekannt und jung. Es war nicht Sarakos –

»Meine Lady. Wir haben wenig Zeit. Sie müssen jetzt kommen.«

Sie hatte Angst. War das ein Trick? Aber die Stimme klang drängend. Sie hatte den Mut die Augen zu öffnen und den Kopf zu drehen, obwohl sie keinerlei Hoffnung hatte.

Sie sah Kilts – ihre eigenen Muster – und schaute höher. »Caradoc!« schrie sie. Er ging zu ihr, und sie ließ sich von ihm helfen, sich aufrecht zu halten. Er keuchte, als er ihren Rücken sah, und sie lehnte sich an ihn, als er sie schnell aus dem Schlafzimmer führte. Vor ihrer Tür lagen zwei tote Männer.

Es war zu früher Stunde. Sie sahen niemanden, während sie die Hintertreppe zu der großen Zisterne hinunter auf den Grund schritten; dann zu den massiven Türeingängen, die immer noch weiter hinunterführten, zu den Höhlen der Beschützer. Der Ammoniakgeruch war sehr stark. Sie zögerte, aber Caradoc stieß sie weiter und schloß die Türen hinter ihnen. Dann kamen zwei Eingeweihte mit Fackeln, um ihr zu helfen. Ihre Gesichter zeigten Mißbilligung über die Invasion in ihr Reich.

Sie gingen durch unbeleuchtete Tunnel, wanderten, bis sie nicht mehr wußte, wo sie waren. Schließlich kamen sie zu einem größeren Raum, der durch eine Fackel erhellt war. Yanulf war da.

»Die Wachen waren betrunken«, sagte Caradoc. »Ich habe vier getötet. Sonst war keiner wach.«

»Wir müssen gehen, bevor sie gefunden werden«, sagte Yanulf. Der Priester wendete sich an die Eingeweihten. »Holt Blasen.«

Sie sahen ihn voll Schrecken an.

»Denkt ihr, Yatar zieht sein Geheimnis der Tortur seiner Freunde vor?« schnauzte Yanulf. »Diese Lady behandelte uns gut. Sie wird nicht enthüllen, was sie sah, noch wird es Caradoc.«

Die Eingeweihten zögerten noch einen Augenblick, dann gingen sie. Als sie zurückkamen, trugen sie luftgefüllte Schafsblasen.

Yanulf wies auf eine Tür in dem Zimmer. »Wir werden hier durchgehen. Ihr müßt nur von den Blasen atmen, und ihr müßt den Atem solange es geht anhalten. Die Reise führt weit hinunter, und wir können anhalten, um zu rasten, bis wir durch die Tunnel und hinter der Tür auf der anderen Seite sind. Es wird dunkel sein. Habt ihr verstanden?«

Tylara starrte ihn verwirrt an. Sie wollte sich hinlegen, ausruhen, schlafen, den Schmerz in ihrem Rücken vergessen und den schrecklichen Schmerz zwischen ihren Beinen. »Wir brauchen nicht«, sagte sie. »Gebt mir Euren Dolch und –«

»Seid kein Narr«, sagte ihr Yanulf. »Denkt ihr, ich habe Sarakos herausgefordert, Yatars Haus verletzt, nur um Euch sterben zu lassen?«

»Vielleicht trage ich Sarakos' Kind«, sagte sie. »Ich würde eher sterben.«

»Dazu ist noch Zeit genug, wenn ihr genau Bescheid wißt. Aber es ist unwahrscheinlich«, sagte Yanulf. »Sehr unwahrscheinlich, selbst wenn man Eure Jungfernschaft aus dem Spiel läßt.«

Es wurde gesagt, daß die Priester von Yanulf wissen, wann Frauen empfangen konnten.

»Nur lebend können wir auf Rache hoffen«, sagte Caradoc. »Für Euch und für meinen Vater. Bis ich Sarakos' Möwen gefiedert sehe, möchte ich leben.«

»Kommt.« Yanulf gab ihnen die Blasen. »Bevor ihr die Blasen benutzt, atmet tief ein. Viele Male.« Er zeigte es ihnen. »Mehr.« Als er zufrieden war, wies er die Eingeweihten an, die schweren Türen zu öffnen.

Dahinter waren noch mehr Türen. Die nächste war mit Leder abgedichtet. Tylara fühlte das Ammoniak ihre Augen beißen, und selbst durch die Blase konnte sie den stechenden Geruch wahrnehmen, als die letzten Türen geöffnet waren.

Aus den Höhlen quoll Kälte. Sie nahm die Hand eines Eingeweihten und ließ sich in die Dunkelheit führen.

Es gab überhaupt kein Licht. Sie fühlte die Wände, als sie durchgingen. Es gab Bretter mit Körben und Streifen von Fleisch, die dazwischen hingen. Zwischen den Brettern waren schleimige, knollige Dinge, die sich kalt anfühlten. Dann gab es nur noch Eis.

Sie schienen endlos weiterzugehen. Die Luft in der Blase war fast verbraucht, und ihre Lungen schmerzten so sehr, daß sie ihre anderen Schmerzen beinahe vergaß. Sie war sicher, daß sie aus Atemnot ohnmächtig werden würde, aber in diesem Moment hielten sie an. Licht brach durch eine Tür, die sich vor ihnen öffnete. Sie beeilten sich, hindurchzueilen, ließen eine andere Tür hinter sich und standen draußen, in dem sterbenden Licht der Nachtsonne. Im Osten war schon das Rot der Morgendämmerung zu sehen.

Da waren Pferde. Sie fühlte sich selbst hinter Caradoc aufsteigen. Sie klammerte sich an ihn, und sie ritten weg. Nach einiger Zeit schlief sie an dem Bogenschützen hängend ein. In ihren Träumen zog sie Sarakos lebend die Haut ab, und sie lächelte.

Die wahre Sonne stand hoch über ihnen, als sie schließlich an einer Straßenkreuzung anhielten.

»Wir müssen uns beeilen«, sagte Yanulf.

»Dieses Pferd muß sich ausruhen«, antwortete Caradoc. »Das doppelte Gewicht zu tragen, hat es fast zum Umfallen gebracht.« Er stieg ab, um Tylara herunterzuhelfen, dann ließ er das Pferd zu der Wasserstelle laufen, die dem Steinhaufen am nächsten war. Er verneigte sich vor den Steinen, bevor er die Pferde trinken ließ.

Tylara verneigte sich ebenfalls. Kreuzungen waren dem Führer des Todes geweiht. Dann wendete sie sich Yanulf zu. »Ich danke Euch.«

»Dankt ihm.« Er wies auf Caradoc.

»Habe ich. Aber wir hätten nicht fliehen können, wenn Ihr nicht –« Sie hielt sich selbst zurück.

»Meinen Schwur des Geheimnisses nicht gebrochen hätte?« sagte Yanulf. »Ja. Zweifellos werde ich darauf antworten. Aber ich sprach wahr zu den Eingeweihten. Yatar kann nicht wünschen, daß sein Geheimnis zu einem solchen Preis gewahrt wird.«

»Wohin gehen wir?« fragte Tylara.

Caradoc antwortete hinter ihr: »Dies ist die Oststraße«, sagte er. »Vielleicht finden wir den Jungen Wanax und den Beschützer. Und wenn nicht – führt sie nach Hause.«

Zu Hause. Sie sah in den Osten, aber Tamaerthon lag über hundert Meilen hinter Salzebenen und Seeräuberländern. »Da kommt jemand«, sagte sie. Sie zeigte ostwärts. Zwei Männer und eine Frau kamen die Straße herauf. Die Frau trug fremde hosenartige Kleider, wie die Männer.

TEIL IV

DIE KREUZUNG

1

Der Planet unter ihnen sah nicht aus wie die Erde. Die Polar-Eiskappen waren zu groß, und es gab viel mehr Wasser und zuwenig Land. Außer den weiten, leeren Seen – wegen ihnen? Rick wußte zuwenig, um Vermutungen anzustellen – gab es riesige Wüsten, die von Bergen umrahmt waren.

Von der Umlaufbahn aus war keine Spur eines Menschen zu entdecken.

Der Pilot schien Angst vor ihnen zu haben. Er ließ sie die Munition für die Raketen und die Mörserbomben in einer Kiste und die Gewehre in einer anderen versteuen. Er machte ihnen klar, daß die zwei Kisten mit beträchtlichem Abstand voneinander ausgeladen wurden.

Die letzten Stunden waren mit Besprechungen ausgefüllt, denen Rick und André beiwohnen mußten. Es wurde ihnen gesagt, wie Surinomaz anzubauen war, das eine komplexe Ökologie aufwies, und die Prozedur der Ernte war noch komplexer; wie sie die Übersetzungsgeräte zu benutzen hatten, um mit den Händlern zu reden, wenn sie kamen, die Ernte abzuholen; endlose Details, und immer der warnende Unterton, daß die Menschen auf Tran human sind und es verdienen, gut behandelt zu werden.

Das Landegebiet war ausgewählt; weit genug vom Äquator, um ein erträgliches Klima zu garantieren, selbst wenn die zusätzliche Sonne näher kam, weit genug von den Polen, um selbst dann noch dort leben zu können, wenn der Eindringling weit weg war; und hoch genug, um sicher zu sein, daß es trocken blieb, wenn die Polkappen schmolzen und die Seen hundert Meter höher stiegen. Es gab mehrere Gebiete, die diese Ansprüche erfüllten, und Rick wußte keinen Weg, auf dem er herausfinden konnte, welches das Beste war. Er hatte sich bei dem Piloten dafür eingesetzt, den Planeten einige Tage zu beobachten, bevor sie landeten, aber sein Anliegen wurde zurückgewiesen. Der Pilot schien es wahnsinnig eilig zu haben. Rick fragte sich warum, aber er bekam keine Erklärung.

Sie gingen in eine engere Umlaufbahn, und der Bildschirm zeigte Bilder von der Landschaft unter ihnen: einige große Städte, aber zum größten Teil war es ein Land von Dörfern und Feldern. Viele der Dörfer und alle Städte wurden von massiven Schlössern beherrscht. Es gab einige Straßen.

Parsons wollte in der Nähe einer der Städte landen, aber Rick wählte ein Dorf in der Nähe einer der Hauptstraßen, fünfzehn Kilometer von einem Schloß entfernt. Die Photos aus der Umlaufbahn zeigten eine Armee, die außerhalb des Schlosses ihr Lager aufgeschlagen hatte, und massive Belagerungstürme, die nahe vor der Vollendung standen.

»Wenn es dort eine Schlacht gibt, beschließen wir vielleicht, daran teilzunehmen«, sagte Rick. »Nachdem wir einen politischen Überblick bekommen haben.«

»Näher bei einer Stadt wäre besser«, sagte Parsons. »Und wenn du daran denkst, das Schloß zu nehmen, warum dann einen Tagesmarsch davon landen?«

Rick brachte wieder einmal vor, daß sie nicht genug wüßten, und besser in sicherer Entfernung von einem Konflikt landen sollten. Schließlich hörte Parsons auf zu widersprechen.

Sie landeten in der Abenddämmerung, kurz nachdem die Hauptsonne untergegangen, aber bevor die entfernte zweite aufgegangen war. Wenn die zweite Sonne voll da war, würde sie den Planeten wie tausend Vollmonde erhellen, würde die Nacht erleuchten, wie ein bewölkter Tag auf der Erde. Als sie landeten, malte das betrügerische Licht – Dämmerung der Sonne, Strahlen der Dämmerung der zweiten Sonne – unheimliche Bilder und Schatten.

Sie luden die Gewehre zuerst aus, dann die Munition ungefähr einen Kilometer von ihrem ersten Aufsetzen. Rick war der letzte, der ging. Bevor er hinausspringen konnte, schloß sich die Tür, und das Schiff hob ab.

»Stop! Ich bin noch an Bord!« schrie er.

»Ich weiß.« Die Stimme des Piloten klang heiter. Das Schiff flog einen halben Kilometer, dann setzte es auf. Rick hörte das Heulen der Maschinen, aber die Tür öffnete sich nicht. Dann sagte die Stimme: »Jetzt kannst du rausgehen.«

Während er auf den Boden sprang, hob das Schiff ab. Rick beobachtete es, bis es in den Wolken verschwand. Er hatte nicht wirklich geglaubt, daß es direkt danach abfliegen würde. Er fühlte sich total alleine.

»Es ist wirklich abgehauen.«

Er unterdrückte seinen Schrecken, bis er bemerkte, daß es die Stimme einer Frau war.

Sie war ein kleines Mädchen, nicht sehr hübsch in dem Halbdunkel. Sie hatte einen besseren Schutzanzug an als sein eigener.

»Du bist ein Mensch«, sagte er.

»Du klingst nicht sehr überzeugt.«

»Ich bin dessen auch nicht sicher.«

»Ich bin ein Mensch. Ich heiße Gwen Tremaine, und ich komme aus Santa Barbara.«

»Santa Barbara? In Kalifornien? Auf der Erde?«

»Ja.« Sie versuchte zu lachen, aber es gelang ihr nicht. »O ja, ich komme von der Erde.«

»Wir gehen besser zu den anderen«, sagte Rick. Er ging näher zu ihr und sah die Tränen in ihren Augen. »Bist du okay?«

»Ich bin verdammt verstört«, sagte sie.

»Genauso geht es mir. Uh –«

»Ich war die Geliebte des Piloten«, sagte sie. »Das wolltest du doch fragen, oder nicht? Ich wurde schwanger und wollte keine Abtreibung, also schmiß er mich hier raus.« Dieses Mal brachte sie ein Lachen heraus. Rick dachte, daß es schrecklich klang. »Sehr bequem. Ich fragte ihn, ob das die traditionelle Art für Piloten von fliegenden Untertassen ist, ihr überflüssiges Gepäck loszuwerden, aber er antwortete nicht darauf.«

»Jesus!« murmelte Rick. Er führte sie durch das Buschgestrüpp – es war ähnlich dem Chaparral im Westen der

Vereinigten Staaten, aber es hatte einen fremden beißenden Geruch – den fernen Lichtern zu, bei denen Parsons und die Gewehre abgeladen waren. Er wollte ihr etwas Nettes sagen, um sie zu trösten, aber ihm fiel nichts ein. Gott, Allmächtiger, dachte er. Sie mußte so alleine sein, wie noch nie jemand gewesen ist. »Weißt du etwas über – warum wir hier sind?«

»Möglicherweise mehr als du«, sagte sie. Sie ging neben ihm, aber ein paar Schritte entfernt, als ob sie von ihm abgestoßen wurde.

»Wenn du mehr als ich weißt, so bin ich für alle neuen Informationen dankbar«, sagte er.

»Wir haben jede Menge Zeit. Ich muß mich erst an diese Situation gewöhnen, ja? Als er mir Informationen über Tran gab, sagte er mir nicht, daß er vorhat, mich hierzulassen.«

»Wann sagte er dir –«

»Daß er mich im Stich läßt? Ungefähr fünf Minuten vorher.«

»Das war –« Er versuchte an etwas zu denken, was er sagen konnte, aber es fiel ihm nichts ein.

»Eine Schweinerei, was er tat?« fragte sie. »Sicher war es das. Aber siehst du, ich dachte, ich liebe ihn.« Sie ging ein paar Schritte weiter. »Höre ich mich genauso an wie du?« fragte sie.

»Wie?«

»Verstört und bemüht, ruhig zu bleiben, obwohl du in Wirklichkeit am liebsten im Kreis rennen würdest und mit den Armen um dich schlagen möchtest?«

»Benehme ich mich so?« fragte Rick.

»Ja.«

»Ich glaube, du hast recht«, sagte er.

Parsons hatte die Truppe auf der Bergspitze versammelt. Er schien genauso überrascht, Rick wie auch Gwen zu sehen. »Ich dachte, sie hätten dich dahin mitgenommen, wohin die Untertasse auch immer fliegt«, sagte Parsons.

Rick gefiel die Schärfe in Parsons Stimme nicht, noch mochte er die Art, wie Parsons die M-16 Rifle hielt. »Taten sie nicht«, sagte er. »Ich glaube, sie wollten eine Eskorte für Miß Tremaine.« Rick erklärte ihnen, wer sie war.

»Okay. Und was tun wir jetzt?«

»Es gibt ungefähr tausend Dinge zu tun«, sagte Rick. »Wenn es hell ist, können wir hinunter in das Dorf gehen. Zuerst müssen wir anfangen, die örtliche Sprache zu lernen. Und herausfinden, auf welche Seite des Krieges wir uns schlagen, den wir gesehen haben. Dann –«

»Es gibt eine Sache, die noch etwas dringender ist«, sagte Parsons.

»Und was ist das?«

»Ich denke es ist Zeit, daß wir das Kommando umstrukturieren«, sagte er. Das Gewehr schwang herum, bis es fast auf Rick zeigte.

»Was, zur Hölle, meinst du?«

»Du bist kein erfahrener Offizier«, sagte Parsons. »Ein ROTC-Bübchen, beinahe ohne Kampferfahrung. Fühlst du dich unter diesen Umständen wirklich qualifiziert, uns zu führen?«

»So qualifiziert wie du –«

»Nein. Dies ist meine Karriere. Für dich war es ein Unfall«, sagte Parsons.

»Dann übernimmst du also.«

»Ja.« Parsons zuckte die Achseln. »Wenn du willst, kämpfe ich mit dir darum.«

»Ist das nicht ein bißchen barbarisch?« fragte Rick vorsichtig.

Parsons lächelte breit. »Natürlich. Wir sind auf einem barbarischen Planeten. Tatsächlich, das ist mein Haupteinwand gegen dich, Rick. Du hast nicht den richtigen Instinkt zum Überleben hier. Ich habe schon lange eine bedauerliche Tendenz zur Weichherzigkeit in dir beobachtet. Das war schon in Afrika schlimm genug. Hier könnte es uns zum Verhängnis werden.«

Ein Kreis von Männern hatte sich um sie gebildet. Rick sah sie an. »Elliot –«

»Capt'n, es tut mir wirklich sehr leid. Ich habe eine Menge drüber nachgedacht, seit Mr. Parsons es zum ersten Mal aufbrachte, auf dem Schiff noch. Er hat recht. Sie haben eben nur die Erfahrung nicht.«

Und es klingt wirklich, als ob es ihm leid tut, dachte Rick. Und wahrscheinlich tat es ihm auch leid. Eines stand jedenfalls fest. Wenn Elliot und die NCOs Parsons Übernahme akzeptierten, dann konnte er, Rick, aber auch gar nichts dagegen tun. Das Beste, was er tun konnte, war, das Kommando zu lähmen. Sie starrten ihn alle an.

Er mußte etwas sagen und schnell, bevor Parsons beschloß zu schießen, und es dabei bleiben zu lassen. »Vielleicht hast du recht. André, du hast mehr Erfahrung als ich. Okay, übernimm du das Kommando.« Während er das sagte, fühlte er eine Welle der Erleichterung. Jemand anderes konnte sich jetzt den Kopf zerbrechen.

»Bin froh, daß du es verstehst«, sagte Parsons. »Sergeant Elliot, bauen Sie unsere Verteidigung auf.«

»Sir.«

»Und der Rest von euch verschwindet«, sagte Parsons. Er wartete, bis die anderen gegangen waren. »Rick, da ist noch ein anderes Problem. Sicher kannst du verstehen, daß du nicht bei uns bleiben kannst.«

»Warum nicht?«

»Du hattest das Kommando. Manche Männer würden dich jedesmal ansehen, wenn ich einen Befehl gebe. Es würde nicht laufen«, sagte Parsons. Seine Stimme war tief und drängend, beinahe bittend. »Ich hätte dich eigentlich direkt erschießen sollen«, sagte er. »Das wäre am intelligentesten gewesen.«

»Scheißdreck. Die Männer würden nicht dafür eintreten«, sagte Rick.

»Siehst du?« sagte Parsons. »Einige von ihnen bewundern dich. Und es kann nur einen Kommandanten geben.«

»Du schickst mich alleine weg«, sagte Rick.

Parsons zuckte die Achseln. »Was kann ich sonst tun? Sieh, ich will dich nicht töten. Du kannst deine persönlichen Waffen nehmen –«

7A-3

L. BERMEJO

»Verdammt großzügig von dir«, sagte Rick.

»Es *ist* großzügig, und du weißt es. Auch für mich ist es gefährlich. Faire Warnung, Rick. Ich bot dir an, um das Kommando zu kämpfen. Du hast abgelehnt, was sehr intelligent von dir war. Aber das nächste Mal, wenn ich dich sehe, nehme ich an, daß du deine Meinung geändert hast. Und ich werde dich töten, Rick. Mach keinen Fehler in dieser Beziehung.«

»Du meinst das wirklich, André, nicht wahr?«

»Ja.« Er benutzte seinen Fuß, um auf einen Rucksack zu zeigen, der neben ihm lag. »Ich habe deine Ausrüstung zusammengestellt. Ein Gewehr. Zweihundert Schuß, und das ist mehr als dein Anteil an Munition. Erste-Hilfe-Päckchen. Eine Wochenration. Du kannst meinetwegen deinen Feldstecher behalten. Du hast deine Pistole, und ich habe noch eine Schachtel Patronen dafür eingepackt. Ich war nicht geizig –«

»Geh zum Teufel –«

»Bitte«, protestierte Parsons. »Bring es nicht so weit, daß ich meine Großzügigkeit bedauere.« Er wies mit dem Finger hinunter. »Die Straße führt in diese Richtung. Geh nicht zum Schloß. Geh nach Osten.«

»Ich gehe mit ihm.« Gwens Stimme klang sehr kontrolliert.

Parsons sah überrascht aus. Wie Rick hatte er vergessen, daß sie ihnen zuhörte. »Sicher meinst du das nicht so«, sagte Parsons.

»Sicher meine ich das«, sagte sie. Sie schüttelte ihren Kopf.

»Du bist verrückt. Ich habe euch beiden wochenlang zugehört. Wenn ich zwischen euch wählen muß, dann nehme ich Galloway.«

»Warum?« fragte Parsons.

»Nur weil ich das will. Oder beabsichtigst du, mich hierzubehalten?«

Parsons runzelte finster die Stirn. »Nein, das verlange ich nicht. Sehr gut. Aber setzt euch in Bewegung. Ich habe eine Menge zu tun.«

»Selbstverständlich hast du das«, sagte Gwen. Ihr

Stimme war zuckersüß. »Und du bist weniger dafür geeignet, es zu managen, als du denkst. Laß uns gehen, Captain Galloway.«

Weiter unten, in der Nähe der Straße, gab es Bäume. Sie sahen aus wie knorriges Immergrün, aber die Blätter waren zu breit, und wie das Chaparral hatten sie einen fremden, trengen Geruch. Rick lief in die Bäume, bevor er sprach.

»Bist du von Sinnen?« fragte er.

»Nein.« Die Stimme des Mädchens war stark, beinahe zu laut.

»Du sahst nicht einmal überrascht aus . . .«

»Ich war es auch nicht. Ich habe gesagt, daß ich euch beiden seit Wochen zuhörte. Bevor wir auf den Berg stiegen, wußte ich, was passieren würde.«

»Du hättest mich vielleicht warnen können?«

»Zu welchem Zweck?« fragte sie. »Es gab nichts, was du noch hättest tun können. In einem fairen Kampf hätte er dich geschlagen, und du würdest ihn ohne Warnung nicht niederschießen. Oder?«

»Nein. Ich glaube nicht. So wußtest du, daß sie meutern würden. Der Pilot auch?«

»Ja. Er sagte immer, daß du deinen Weg gehen würdest und sie den ihren.«

»Und du hast beschlossen, mit mir zu kommen. Warum? – Vorsicht, es ist glitschig hier –« Er streckte seine Hand aus.

Sie ging von ihm weg. »Laß das sein«, sagte sie. »Ich hatte einen Liebhaber, und noch einen brauche ich nicht.«

»Aber ich wollte nicht –«

»Nein, ich glaube, du wolltest nicht«, sagte sie. »Aber ich wollte es klarstellen. Und vielleicht bekommst du dann ein paar Ideen, wieso du. Ich gewann den Eindruck, daß du ein bißchen menschlicher bist als einige dieser Tiere hinter uns.«

»Sie sind keine Tiere, sie sind Soldaten. Und sogar sehr gute. Gwen, das ist dumm. Wenn du Angst hast, beraubt oder vergewaltigt zu werden, dann bleibst du besser bei Parsons. Nicht, daß ich dich irgendwann anfallen würde, aber ich glaube, ich lebe nicht lange.«

»Noch leben sie lange.«

»Was, zur Hölle, meinst du damit?« fragte Rick.

»Nichts.« Sie kletterte den Abhang hinunter. »Die Straßen hier unten«, sagte sie. »Welche Richtung?«

»Links.«

»Weg von dem Schloß«, sagte sie. »Siehst du? Schließlich hast du doch genug Verstand, um von einem Kampf wegzugehen.«

Sie hielt an, um ihm intensiv ins Gesicht zu sehen. »Und du brauchst dein Macho-Image nicht unbedingt aufrechtzuerhalten – ich sage nicht Feigling zu dir.«

»Nein, aber du erinnerst mich ganz schön an zu Hause«, sagte Rick.

»Wie kommt das?«

Er erzählte ihr, wieso er Laufen anstatt Football gewählt hatte. »Und erzähl mir nicht, wie vernünftig es war«, sagte er. »Ich weiß, es war vernünftig, aber es quälte mich.«

2

Die Straße war ausgezeichnet. Sie erinnerte Rick an die alten römischen Straßen, die er in Europa gesehen hatte; Pflastersteine, die über genug Felsstücke gelegt waren, um ein Absinken zu verhindern. Die Straße gab es anscheinend schon sehr lange, wie man aus der Abnutzung der Steine ersehen konnte, wahrscheinlich schon seit Jahrhunderten. Obgleich sie, nicht wie römische Straßen, niedrige Hügel und Bäume umging. Römische Militärstraßen liefen unfehlbar geradeaus, ohne Rücksicht, welches Hindernis im Wege stand.

Die Bäume und das Unterholz waren seltsam, aber sie schienen nicht besonders fremd zu sein; nicht fremder als Afrika war, als er es zum ersten Mal sah. Es gab keine

Vögel – jedenfalls hatte er noch keinen gesehen –, aber er sah zweimal fliegende Eichhörnchen. Fast, dachte er, sehen sie aus wie die Bilder von den fliegenden Füchsen in meinen alten Schulbüchern. Auf der Erde sah ich nie einen echten.

Gwen ging neben ihm, ihren Abstand immer noch aufrechterhaltend.

»Du hast beschlossen, mit mir zu kommen. Hast du irgendeinen –« Rick unterbrach sich selbst und senkte die Stimme. »Hinter uns ist jemand«, sagte er. Sie blickten zurück zur nächsten Kurve, aber sie sahen nichts. Rick zog Gwen von der Straße herunter in die Bäume. Sie suchten sich in dem Unterholz ein Versteck. Rick hielt das Gewehr bereit. Wer auch immer kam, er machte keinen Versuch leise zu sein; Fußtritte klapperten auf den Pflastersteinen.

Corporal Mason kam um die Kurve. Er hielt an und sah nach vorne, dann hängte er sehr vorsichtig das Gewehr über die Schulter und hob seine leeren Hände hoch. »Capt'n«, rief er.

»Hier drin«, sagte Rick.

»Ja, Sir. Dachte schon, daß Sie mich kommen hören. Ich wollte nur nicht erschossen werden.«

Rick führte Gwen zurück auf die Straße. Er nahm die Waffe über die Schulter, versicherte sich aber, daß der Riemen des Schulterhalfters, in der die Pistole steckte, gelockert war. »Was führt dich hierher?«

»Ungefähr ein Dutzend von uns wollten freiwillig mit Ihnen kommen, aber Parsons und Elliot wollten sie nicht gehenlassen. Elliot sagte, daß es für einen von uns okay wäre, so zogen wir Karten darum, und ich bin hier.«

»Sehr schmeichelhaft«, sagte Rick. Und, dachte er, möglicherweise sogar glaubhaft. Es war aber auch möglich, daß Parsons einen schickte, der ihn erledigte. Parsons war ein vorsichtiger Mann.

Parsons würde das wahrscheinlich tun, aber Mason hätte den Job nicht angenommen. Es gab einige, die es getan hätten, aber nicht Mason. Rick bemerkte plötzlich, daß er froh war, den kleinen, mutigen Corporal zu sehen. Endlich hatte er doch einen Freund, der seinen Rücken an diesem fremden Platz deckte. »Willkommen an Bord«, sagte Rick. »Aber vielleicht möchtest du erklären –«

Mason spuckte in den Schmutz. »Parsons ist ein Fremdenlegionärstyp«, sagte er. »Die Legion verbraucht Männer. Ich kannte ein paar Söldner, die über die Leichen ihrer Kameraden gingen. Nein, danke.«

»Sähe es Parsons ähnlich, wenn er dich jetzt als einen Deserteur suchen läßt?« fragte Rick.

»Möglich ist es«, stimmte Mason zu. »Es war Elliot, der sagte, daß es okay wäre abzuhauen, aber vielleicht hat er Parsons nicht danach gefragt.«

»Und nachher hat er es ihm wahrscheinlich auch nicht erzählt«, fügte Rick hinzu. Eine andere Komplikation. »Wir müssen besser nach hinten sichern.«

»Aus mehr als einem Grund«, sagte Mason. »Es sind wahrscheinlich noch andere, die aus Parsons Scheißtrupp aussteigen wollen.«

»Vielleicht sollten wir warten«, sagte Gwen. »Aber –« sie schaute nachdenklich. »Ihr solltet nicht zu lange warten.«

»Warum?«

Sie schüttelte ihren Kopf. »Weibliche Intuition –«

»Verdammter Scheißdreck. Du hast schon mehrere Male angedeutet, daß du Dinge weißt, die ich nicht weiß. Ist es nicht an der Zeit, daß du mich in das Geheimnis einweihst?«

»Nein. Es ist noch nicht soweit.« Gwen war sehr ernst.

»Und wann wird es sein?«

»Ich weiß nicht. Aber ich mache dich darauf aufmerksam – Solange die Männer weglaufen, um zu dir zu stoßen, bist du für Parsons eine Bedrohung.«

»Also soll ich vor ihm weglaufen –«

»Das ist es nicht«, sagte sie. »Sieh, du willst ihn nicht aus dem Hinterhalt erschießen. Aber wenn er beschließt, dich zu töten, so wirst du es nicht wissen, bis es passiert ist. Der einzige Weg, auf dem du sicher vor ihm bist, ist, wenn er nicht weiß, wo du bist.«

Das hatte Sinn. Es klang nicht sehr männlich, aber es klang logisch. Rick stimmte zu.

»Da ist noch etwas anderes«, sagte sie.

»Yeah?«

»Wenn die SHALNUKSIS-Händler erfahren, wo du bist, werden sie es Parsons erzählen –«

»Das ist es, worüber du dir wirklich Sorgen machst, oder nicht?« fragte Rick. »Du willst nicht, daß dich die Galaktischen finden. Warum?«

»Spielt das eine Rolle? Du willst nicht mit ihnen handeln. Du kannst es unmöglich alleine schaffen, diese Droge anzubauen –«

»Droge?«

»Ich werde es später erklären. Rick, du willst nicht mit ihnen handeln. Es ist ganz bestimmt besser, wenn Parsons uns nicht findet. Mein Vorschlag ist nur, daß wir keine Aufmerksamkeit auf uns lenken. Wir sollten diesen Teil des Landes verlassen und keine Spuren hinterlassen. Ergibt das keinen Sinn?«

»Ich nehme an –«

»Das ist alles, was ich fragte.«

»Es ist genug. Wir wissen noch nicht, wohin wir gehen. Was dies betrifft, wir werden bald keine Rationen mehr haben. Ich habe so etwas wie ein Reh gesehen –«

»Wahrscheinlich war es eines. Hier wurden viele Erdentiere freigelassen.«

»Verdammt! Du tust es schon wieder. Was weißt du sonst noch, das vielleicht unser Leben retten kann?«

Sie antwortete nicht.

Sie wanderten um eine andere Kurve. Da war eine Kreuzung, die durch eine kleine, mit Stroh bedeckte Hütte markiert war. Das Dach mündete in eine Steinzisterne. Die Nebenstraße war schmutzig und durch Wagenspuren und Fußabdrücke von beschlagenen Pferden tief ausgefahren, aber im Moment war sie total verlassen.

Mason untersuchte die Zisterne. Auf dem Wasser schwammen Blätter. »Trauen wir dem Zeug?« fragte er.

»Wir werden es wahrscheinlich müssen, und es ist besser, jetzt damit zu beginnen, da wir immer noch mit Gamma-Pillen und den anderen Spritzen vollgepumpt sind – aber ich glaube, wir können noch einen Tag oder so warten, bis wir eine feste Basis haben. Hast du Reinigungstabletten?«

»Yeah. Ich werde sie benutzen. Geben Sie mir Ihre Feldflasche.«

Sie füllten ihre Feldflaschen, während Rick über ihre Lage nachdachte. Auf der Hauptstraße würde der meiste Verkehr sein, aber man kam auch besser darauf vorwärts. Nicht weit hinunter auf der Nebenstraße konnte er Wasser- und Schlammpfützen sehen.

»Pferde kommen«, sagte Mason. Er zeigte zurück auf den Weg, den sie benutzt hatten .

»Herunter von der Straße«, befahl Rick. Er führte sie in die Bäume in die Nähe der Kreuzung.

Es gab einen Klick, als Mason seine H&K-Kampfrifle entsicherte.

»Sie gehn langsamer«, sagte er leise.

»Wenn sie keinen Ärger wollen, wir wollen keinen«, sagte Rick. Zwei Pferde kamen in Sicht. Eines trug einen älteren Mann mit gelben Kleidern. Auf der Brust des Kleides war ein blauer Kreis mit einem stilisierten Blitz aufgenäht. Auf dem anderen Pferd ritten zwei. Der vordere Reiter trug einen Kilt und Eisenhelm, und an seiner linken Seite steckte ein kurzes Schwert. Der andere war durch eine Kapuze und Mantel verhüllt. An der Kreuzung hielten sie an, und der verhüllte Mann sprang leicht herunter und führte sein Reittier an den Wasserlauf, vorher aber hielt er inne, um sich vor dem Steinhaufen zu verbeugen.

Die anderen zwei stiegen ab.

Gwen sah sehr interessiert zu. »Beachtet die ehrfurchtsvolle Geste«, wisperte sie. »Hermes. Führer des Todes. Ursprünglich war er der Gott der Straßenkreuzungen. Offensichtlich hat er diese Aufgabe hier nicht verloren.«

Der zweite Reiter warf die Kapuze zurück und nahm den Mantel ab. Mason gab einen beinahe unhörbaren Pfiff von sich. »Das läßt sich sehen!« flüsterte er.

Rick gestikulierte, daß er still sein sollte. Mason hatte recht. Das Mädchen war jung, ungefähr zwanzig, schätzte Rick, mit langem rabenschwarzem Haar. Und selbst auf diese Entfernung noch waren ihre Augen aufsehenerregend blau. Ihr Gesicht hatte eine klassische nordische Form, und der wollene Kittel, den sie trug, hätte bei Magnin's einen hohen Preis gebracht.

Nur der Reiter im Kilt schien bewaffnet zu sein, und Rick untersuchte seine Waffen sehr vorsichtig. Am Sattel war ein Lederbeutel befestigt; der Form nach konnte er möglicherweise einen Langbogen enthalten. Sonst sah er keine anderen Wurfwaffen. Das Schwert des Mannes war ziemlich kurz. Er trug auch einen Dolch, der ungefähr die Länge von Ricks-Gerber-Mark-II-Kampfmesser hatte.

»Dies ist vielleicht eine gute Chance, mit den Einheimischen zu sprechen«, sagte Rick.

»Sie denken möglicherweise, wir sind Pferdediebe«, warnte Gwen.

»Dann bleiben wir weg von den Pferden. Mason, unternimm nichts, bis es keine andere Wahl mehr gibt. Und hab ein Auge auf den Weg, den wir gekommen sind. Nur für den Fall.«

»Sicher.«

»Nicht nur wegen Parsons«, sagte Rick. »Das Mädchen sieht nervös aus, und sie blicken immer wieder zurück. Und hast du bemerkt, wie abgehetzt diese Pferde sind? Sie halten nicht freiwillig an. Okay, laß uns gehen und Kontakt zu den Einheimischen aufnehmen.«

Das Mädchen sah sie zuerst. Sie rief etwas, und der jüngere Mann ging zu seinem Pferd.

»Heb die Arme, Mason«, befahl Rick. Er spreizte die Hände. »Gwen, kannst du sagen, daß wir Freunde sind?«

»Die letzte Sprache von Tran, die ich studieren konnte, war sechshundert Jahre alt«, sagte sie. Sie erhob ihre Stimme. »Amici. Filos. Zevos. Nein, verdammt, das geht so nicht durch. Rick, verbeuge dich vor dem Steinhaufen. Wenigstens zeigt ihnen das, daß wir religiös sind.«

»Gut. Du auch, Mason. Und laß deine Hände sauber.«

»Ja, Sir.«

Verehrung eines Steinhaufens. Es schien einen nützlichen Effekt zu haben. Die anderen beobachteten sie mißtrauisch, aber sie unternahmen nichts, als Rick näher kam.

Der Krieger mit dem Kilt starrte Rick mit offener Neugierde an. Er musterte das Gewehr, als ob er wüßte, daß es eine Waffe ist. Er schien sehr interessiert an der Scheide des Mark II zu sein, das in Ricks Gürtel steckte.

Der ältere Mann in der Robe schöpfte mit einem Kürbis Wasser und bot es ihnen an.

Rick zögerte, dabei dachte er an die verschiedenartigen Amöben-Lebensformen, die wahrscheinlich in dem ungereinigten Wasser lebten.

»Er ist ein Priester«, sagte Gwen. » Blauer Himmel und Blitz. Zeus? Jupiter?«

Der Priester nickte verstehend. »Yatar.«

»Es ist tatsächlich wahr«, sagte Gwen. Sie schien entzückt. »Zeus Pater, der Himmelsvater. Sieh, blau für das Himmelgewölbe, und der Blitz –«

Rick ließ sich von dem Priester den Kürbis reichen, schluckte fest und trank, hoffend, daß, wenn das Unvermeidbare eintreten sollte, es nicht zu einer ungelegenen Zeit passierte. »Trägst du etwas Wein mit dir rum, Mason?« fragte er.

»Ja, Sir.«

»Dann biete ihn an.«

Mason nahm die Plastik-Liter-Flasche von seinem Gürtel.

»Wein«, sagte Rick. »Uh – Vino.«

Der Priester sah interessiert aus und sagte etwas zu seinen Begleitern. Sie sahen ebenfalls interessiert aus.

Rick hob die Flasche an die Lippen und trank einen Schluck. Es war zwar kein Wein, aber Scotch. Was hab' ich denn jetzt getan, dachte er. Die anderen deuteten auf das Mädchen, und es streckte erwartungsvoll seine Hand aus.

Rick übergab ihr die Flasche. »Stark. Fuerte. Nicht viel. Uh – nimm nicht so viel –«

Das Mädchen trank, schaute überrascht, und trank dann noch mal, aber langsam. Sie schien nicht schockiert zu sein, und das hieß, daß sie hier eine Art der Destillation kennen mußten. Sie sagte etwas, das Rick als Dankesworte auffaßte.

»Capt'n, kein Wunder, daß sie wollten, daß sie trinkt«, sagte Mason. »Die Rückseite ihres Kleides ist voll Blut.«

»Yeah? Gwen, sieh mal nach –«

»Wenn sie mich läßt«, sagte Gwen. »Halt ein Auge auf ihren Freund.« Sie ging hinüber zu dem Mädchen. »Permiso? Uh, Medico.« Sie klopfte sich selbst auf die Brust. »Magister?«

»Magistro?« sagte das Mädchen. Sie schaute Gwen, wie es schien, mit Respekt an und hielt still, während Gwen versuchte, ihre Bluse abzustreifen. »Guter Gott!« murmelte sie. »Rick, jemand hat dieses Kind böse zugerichtet.«

Kind, zur Hölle, dachte Rick. »Wie?«

Das Mädchen stand auf und knöpfte das Vorderteil ihres Kleides auf und streifte es von den Schultern, so daß der Rücken und die Brust nackt waren. Anscheinend machten sie sich hier nichts aus Schamgefühl – jedenfalls was den Oberkörper anging. Es war schwer, nicht auf die nahezu perfekte Figur zu starren. Doch offensichtlich lief sie gewöhnlich nicht ohne Kleider herum; sie war kein bißchen von der Sonne gebräunt.

Sie hatte auch keine Einwände, daß Rick sie betrachtete, und er ging hinüber, um ihren Rücken zu untersuchen. Jemand hatte sie böse geschlagen. Ihr Rücken war eine einzige Wunde, und wer sie auch geschlagen hatte, hatte sie bös zerschunden, und die Haut hing in Fetzen. Es begann schon zu vernarben. Er holte seinen Erste-

Hilfe-Kasten hervor. »Hast du Ahnung davon?« fragte er Gwen.

»Nein.« Sie sah schon fast krank aus.

»Dann laß es besser mich machen.« Er nahm einen Tupfer heraus. »Wenn ich das sauber mache, wird es schmerzen. Gwen, beobachte ihren Freund.« Er tippte sich selbst auf den Brustkasten. »Magistro«, sagte er. »Medico.« Sie zuckte zusammen, als der Tupfer die Wunde berührte, aber sie schrie nicht auf. Rick bestrich sie mit Merthiolan und legte eine lose Gaze-Bandage über die offenen Hautstellen. »Keine Tetanusimpfungen«, warnte er. »Paß auf, daß noch Luft an die Wunden kommt. Es ist besser, eine Infektion durch die Luft zu riskieren. Mit dem ganzen Pferdemist auf der Straße besteht ein hohes Tetanus-Risiko.« Er trat zurück. »Okay, du kannst dich jetzt wieder anziehen.« Er machte mit der Hand Zeichen, um anzudeuten, was er meinte. »Und trink noch einen Schluck. Du hast ihn verdient.«

Das Mädchen versuchte zu lächeln. Sie tippte sich auf die Brust. »Tylara von Tamaerthon, Eqetassa von Chelm.«

»Verstehst du das, Gwen?« fragte Rick.

»Ich glaube schon. Eqetassa. Das kommt aus dem Altgriechischen. Wenn ich mich nicht irre, ist sie eine Gräfin. Und wenn das stimmt, ist ihr Name Tylara, und sie stammt aus dem Land mit diesem gutturalen Klang.«

»Tylara«, sagte Rick. Das Mädchen nickte glücklich. Er zeigte auf sich selbst. »Rick Galloway, Captain der Söldner.« Falls lange Namen einen hohen Rang bezeichneten, so wollte er sich nicht als Bauer ausgeben.

»Rick«, versuchte Tylara zu sagen. Sie zeigte auf den Priester. »Yanulf, Sacerdos von Yatar.« Der Priester verneigte sich. Sie zeigte noch einmal. »Caradoc.«

»Latein und Griechisch mit Mykenäisch gemischt«, sagte Gwen.

»Mykenäisch?«, fragte der Priester. Er zeigte auf sie.

»Nein.« Gwen schüttelte mit dem Kopf. Der Priester runzelte die Stirn. Der Mann im Kilt nahm einen Striegel heraus und begann die Pferde zu bearbeiten. Von Zeit zu

Zeit sah er sich vorsichtig nach Rick und Mason um, aber er schien nicht besonders argwöhnisch zu sein.

Eine günstigere Zeit beginnt, dachte Rick. Und dieses Mädchen! Waren alle Frauen auf diesem Planeten so lieblich?

3

»Eine Kompanie kommt, Capt'n« rief Mason. »Viele Pferde, die hart geritten werden.«

Die anderen hörten es auch. Rick deutete auf das Dickicht neben der Straße. Es würde keinen Platz geben, um die Pferde zu verstecken, und dem Geschrei nach, war auch keine Zeit mehr dafür. Tylara schrie etwas, und Caradoc rannte zu seinem Pferd. Er nahm den Lederbeutel herunter und zog einen Langbogen hervor. Er spannte ihn mit einer solchen Leichtigkeit an, daß Ricks Muskeln schon vom Zusehen weh taten.

Ein Dutzend Reiter kam um die zweihundert Meter entfernte Kurve. Der Anblick war wie ein Schlag ins Gesicht. Es waren nicht alles Pferde. Drei der Tiere waren Centauren. Die Reiter trugen Kettenpanzer, und aus ihren Helmen ragten weiße Federn. Die Männer, die führten, trugen Lanzen und hielten sie bereit. Sie sahen nicht gerade freundlich aus.

Tylara schrie. Rick konnte nichts verstehen, aber er hörte mehrere Male das Wort »Sarakos« fallen. Sie rannte zu Caradoc und nahm seinen Dolch, sie hielt ihn, als wüßte sie, wie man damit umgeht. Caradoc legte einen Pfeil an. Er stieß einen anderen vor sich in den Schmutz. Es gab nur diese zwei.

Zwei Pfeile, ein Kurzschwert und ein Dolch; aber seine neuen Freunde bereiteten sich offensichtlich darauf vor, gegen ein Dutzend Reiter zu kämpfen. Yanulf stand teilnahmslos bei der Zisterne, die Arme zum Himmel gereckt.

»Was tun wir?« schrie Mason.

Rick antwortete einen Augenblick lang nicht. Es war

immer noch Zeit, in die Bäume zu verschwinden. Dies war nicht sein Kampf. Von der Uniform her konnten die sich nähernden Reiter die örtliche Polizei sein. Was das betraf, hatte er keinen Beweis, daß Yanulf nicht ein Betrüger war und Tylara seine Komplizin. Er konnte sich selbst als Geächteter ausgeben. Vielleicht war er auch einer. Und sie konnten immer noch rennen . . .

Aber verdammt, dachte er, ich bin müde vom Rennen. Manchmal muß man sich eben für eine Seite entscheiden. Und warum nicht jetzt? »Wir kämpfen«, sagte er.

»Würdest du es auch tun, wenn sie ein altes Weib wäre?« fragte Gwen.

»Halt die Klappe. Mason, feure ein paar Warnschüsse ab.«

Die H&K schoß automatisch; eine Salve von fünf Schüssen mußte über die Köpfe der sich nähernden Reiter gezischt sein. Sie verlangsamten ihr Tempo nicht.

Caradoc legte den Pfeil an die Wange und ließ ihn mit einer sanften Bewegung los. Der führende Reiter bekam ihn voll in die Brust und fiel von seinem Pferd.

Und das wäre es dann, dachte Rick. Er hob die H&K und begann zu feuern.

Als Tylara die Fremden näher kommen sah, dachte sie zuerst, sie wären vielleicht von einem anderen Dorf, trotz ihrer fremden Kleidung; aber einen Augenblick später wußte sie es besser. Sie konnten keine Einheimischen sein, und sie hatte ein wenig Angst. Wer waren sie?

Sie waren offensichtlich wohlhabend. Sie wußte nicht, was all die Dinge, die sie trugen, oder am Gürtel hängen hatten, für einen Zweck hatten, aber so viel Metall war sehr wertvoll. Und alle drei sprachen als Gleichberechtigte zueinander. Sie kannte die Worte nicht, aber der Ton machte ihr das klar.

»Böse Götter«, murmelte Yanulf. »Die ZEIT nähert sich.«

Caradoc blickte hastig zu dem Steinhaufen, auf Schutz hoffend.

»Erzählen eure Sagen auch, wie sie unsere Seelen stehlen werden?« fragte Tylara. »Für mich sehen sie nicht wie Götter aus.« Obwohl, dachte sie, sagte es aber nicht, der schmalere Mann war stattlich genug, um einer zu sein, wenn schon kein Gott, dann wenigstens ein Held aus den alten Sagen. »Was haben wir durch ihre Freundschaft zu verlieren?«

»Wenig«, stimmte Yanulf zu, und ging Wasser holen, um die traditionelle Geste zu machen.

Ihre Antwort war überraschend genug. Tylara kannte starke Getränke, die aus gefrorenem Wein hergestellt wurden, bei dem man das Eis wegschlug, aber sie hatte nie etwas gekostet, das so schmeckte, bis der Mann ihr die Flasche gab.

Die Flasche selbst war auch sehr interessant. Es war weder Metall noch Keramik, und sie hatte nie etwas Derartiges gesehen. Dann kamen sie näher und untersuchten ihren Rücken, und der Stattliche machte etwas, das zuerst schmerzte, dann aber den Schmerz wegnahm. Während er sie behandelte, studierte sie ihn aus der Nähe. Er war ein Krieger. Die beschlagene Klinge auf seiner Brust – welch fremder Platz es zu tragen, aber es sah sehr handlich aus, leicht herauszuziehen, vielleicht mußte er oft kämpfen – war offensichtlich genug. Weniger auffällig war die Waffe, die er über der Schulter trug. Sie ähnelte einem Langbogen, aber da war kein Bogen; und alles bestand aus Metall.

Er trug keinen Panzer, den sie sehen konnte. Nur das Gewand aus einem Stück, das Jacke und Hose zugleich und farbig gefleckt war, um dem Wald ähnlich zu sehen. Sein Hut war eine Filzmütze, und sie hatte schon solche vorher gesehen. Die Stiefel waren grün, mit schwarzem Leder an der Sohle, mehr wie die Stiefel eines Bauern als die eines Kriegers. Dann waren da noch all die verwirrenden Dinge – alle sehr vorsichtig gearbeitet, alle nützlich erscheinend, aber total mysteriös –, die an den Riemen an seinen Schultern und von seinem Gürtel hingen.

Rick. Das hatte sie begriffen, aber nicht die Titel, die er genannt hatte. Und sein Gefährte – offensichtlich auch ein Krieger und wohlhabend, sicher ein Ritter oder vielleicht ein Bheromann – hieß Mason. Das Mädchen nannte sich Gwen. Unverständlicherweise mochte Tylara sie nicht. Sie mußte zu Rick gehören, und Tylara wußte, daß es keinen Grund gab, dies übelzunehmen, aber sie tat es. Eine Sache war jedenfalls klar genug. »Das sind keine Götter«, erzählte sie Yanulf.

»Vielleicht«, grollte der Priester.

Alter Narr, dachte sie, bedauerte es aber sofort wieder; er hatte alles aufgegeben, um sie zu retten. Sie hatte von einem Priester Yatars noch nie gehört, daß er jemanden anders als den vereidigten Eingeweihten erlaubte, in die tiefen Höhlen einzudringen. Nicht einmal der Vater ihres Mannes hatte jemals die Höhlen unter Dravan besucht. Würde Sarakos es wagen, dort nach ihr zu suchen?

Der Drink hatte ihr gutgetan. Sie fühlte sich jetzt viel besser, und sie sprach gewandt mit den Fremden, dabei vergaß sie beinahe die Schrecken der vorhergehenden Nacht, bis der eine mit Namen Mason eine Warnung rief und ein Dutzend von Sarakos' Husaren in vollem Galopp auf sie zusprengte.

Sie rannte, um Caradocs Dolch an sich zu nehmen, und fragte sich, was wohl passiert wäre, wenn sie – Rick gebeten hätte ihr seinen eigenen zu leihen. Hätte er es getan? Mit dem Dolch in der Hand hatte sie nur wenig Angst. Sie konnten sie vielleicht töten, aber sie würden sie nie wieder zurückbringen. Und die Fremden hatten ihre Waffen vom Rücken genommen und hielten sie wie eine Armbrust –

Sie war einen Moment bestürzt, als Masons Waffe einen Krach wie Zunder von sich gab, und sie war noch mehr bestürzt, als keine Wirkung erfolgte. Caradocs Pfeil tötete seinen Mann, aber unter Masons Zunder fiel niemand. Aber dann erhob Rick seine eigene Waffe.

Das Ergebnis war unglaublich. Jedes Mal, wenn Ricks Waffe sprach, fiel ein Reiter. Dann tat Mason das gleiche. Caradoc stand mit angelegten Pfeilen da, aber er ließ sie nicht los. Er beobachtete alles mit Verwunderung, genau wie Tylara.

Der Kampf war vorüber, noch ehe er richtig begonnen hatte. Männer lagen auf der Straße, manche tot, andere stöhnend, während reiterlose Pferde und Centauren herumjagten. Tylara hatte genug Verstand, um nach dem Zügel eines Pferdes zu greifen, und Caradoc fing noch eines. Sie sah, daß Rick nicht daran zu denken schien, obwohl Mason es versuchte und der Versuch fehlschlug. Warum?

Caradoc übergab ihr die Zügel von dem Pferd, das er gefangen hatte und ging hinaus, um den gefallenen Soldaten einen letzten Dienst zu erweisen. Als er dem ersten die Kehle durchschnitt, schrie Rick auf, wie vor Schrecken. Sein Partner sagte etwas, und das Mädchen sagte noch mehr. Schließlich wendete Rick sich ab. Haßte er denn Sarakos' Truppen? Und so sehr? Warum? Sie würde Sarakos mit Vergnügen in grünem, stinkigem Eiter sterben lassen, aber seine Soldaten hatten das nicht verdient. Offenbar überzeugten seine Freunde ihn, denn er sagte nichts weiter; aber es war gut, daß sie sich an ihn als einen kaltherzigen Mann erinnern konnte, der unbarmherzig gegenüber seinen Feinden war.

Aber er war ein Mann. Dessen war sie sich sicher.

»Lassen sie ihn seine Arbeit tun, Capt'n«, sagte Mason. »Wie in Rom und so. Außerdem, wenn sie alle tot sind, erzählen sie niemandem, wer sie unter die Erde gebracht hat.«

Rick schluckte. In den klassischen Zeiten war es normal, die Verwundeten zu töten, selbst die eigenen. Das war so, bis Philip von Macedonien die Krankenpfleger in die Armee einführte. Philip gab den Pflegern eine hohe Belohnung für jeden Krieger, den sie retteten.

Es ärgerte ihn, daß er keines von den Pferden gefangen hatte. Sie würden sie brauchen. Centauren, nun ja, er konnte ohne sie leben – sie sahen niederträchtig aus. Er wußte nicht viel über Pferde, aber er wollte lieber reiten als laufen.

Das Problem war ein paar Minuten später gelöst.

Nachdem Caradoc (dieser Name – gab es nicht einen walisischen König dieses Namens? Irgend etwas stimmte nicht mit Gwens Theorie über die sprachliche Entwicklung hier) seine gräßliche Arbeit bei den Verwundeten erledigt hatte, stieg er auf sein eigenes Pferd und ritt die Straße hinunter. Ein paar Minuten später kam er mit vier weiteren zurück. Er bot sie alle Rick an.

Rick inspizierte die Sättel. Holz mit Leder besetzt und starren, hölzernen Steigbügeln. Die Pferde waren groß und stämmig, und er vermutete, daß sie auf der Erde einen guten Preis erzielen würden. »Kannst du reiten?« fragte er Gwen.

»Im Griffith Park auf Reitpfaden«, sagte sie. Sie beobachtete nervös die Pferde.

»Wir werden versuchen, langsam zu reiten. Ob es unsere neuen Freunde beunruhigen wird, wenn wir die Toten ausplündern? Da draußen gibt es eine Menge nützlicher Gegenstände.«

»Ich weiß es nicht.«

»Ich auch nicht«, sagte Rick. Die homerischen Helden raubten ihre toten Feinde immer aus. Manchmal verstümmelten sie sie sogar. Und oft machten sie aus Waffen und Rüstungen, die sie gebrauchen konnten, Trophäen. »Mason, geh und sieh, was du findest«, sagte er. »Schwerter. Und wenn es Waffen gibt, die für einen von uns geeignet sind, nimm sie, aber nimm die Federn von den Helmen.« Er dachte einen Moment nach. »Und rühr die, die der Bogenschütze erledigt hat, nicht an.«

Das schien die richtige Aktion zu sein. Nachdem Mason durch die Toten gegangen war, tat Caradoc das gleiche. Er bekam seinen Pfeil zurück und plünderte den Mann, den er getötet hatte, dann ging er zu Masons Resten über. Er brachte die Beute hinüber zu der Zisterne und sagte etwas zu Yanulf. Der alte Priester wies auf ein Schwert, einen Brustharnisch und eine Ledertasche, die Caradoc aufnahm und ehrerbietig vor dem Steinhaufen auftürmte.

Aha. »Mason, bring unsere Sachen hinüber zu Yanulf.«

Der Teil, den der Priester von Masons Haufen abzweigte, war wesentlich größer. »Ich frage mich, was das PC bedeutet«, sagte Rick.

»Und wer die Beute bekommt.«

»Neuverteilungssystem«, sagte Gwen. »In manchen

Gesellschaftssystemen ist es ziemlich gerecht. Die ersten Menschen, die die Straße herunterkommen, werden sich selbst mit den Wohltaten der alten Steinhaufen helfen. Uh – ich sage es nicht gern, aber es wäre besser, wenn ihr die Toten von der Straße wegtragen würdet. Auf diese Weise sind sie verschwunden, und vielleicht sieht niemand so genau hin, wie sie getötet wurden.«

»Unsere Spuren verwischen?« fragte Rick.

»Ja.«

Das ergab einen Sinn. Er dachte, daß er diese Redewendung jetzt öfter benutzte, seit er Gwen getroffen hatte. »Laß uns anfangen, Mason. Vielleicht findet Caradoc die Idee gut und hilft uns.«

Caradoc half, aber er verstand offensichtlich nicht, warum. Als sie die Leichen hundert Meter weg von der Straße ins Unterholz getragen hatten, machte Rick einige symbolische Gesten und warf ein paar Erdklumpen auf sie. Als Mason fragend die Stirn runzelte, sagte Rick: »Es ist mir lieber, wenn er glaubt, daß wir eine komische Religion haben, als daß er sich fragt, warum wir die Leichen herumtragen.«

Sie beluden ihre überzähligen Pferde mit der Beute, während Caradoc sein überschüssiges Gepäck auf dem Pferd, das der Priester geritten hatte, festband. Dann ritt er auf einem frischen Pferd davon und kehrte mit zwei weiteren zurück. Nach einem fragenden Blick zu Rick gab er die neuen Reittiere Tylara und Yanulf. Sie stiegen auf.

»Capt'n, sie warten auf uns«, sagte Mason.

»Yeah. Steigt auf.« Er schwang sich in den Sattel und schnalzte versuchsweise. Das Pferd bewegte sich leicht. Es schien sehr gut trainiert, und es reagiert auf die Zügel, wie er es erwartet hatte. »Ich führe deines erst einmal«, sagte er zu Gwen. »Wenn du mich läßt.«

»Bitte.«

Rick lenkte sein Pferd hinüber, bis er neben Tylara

war. »Wohin?« fragte er. »Quo vadis? Donde?« Er zeigte hilflos in alle Richtungen.

Sie runzelte die Stirn, dann schien sie zu verstehen. Sie wies die Straße hinunter. »Tamaerthon.«

»Dein Zuhause?« fragte Rick. Er zeigte auf sie, dann auf die Straße. Tylara von Tamaerthon hatte sie gesagt. Es mußte so sein. »Du. Tamaerthon?«

Sie nickte kraftvoll, dann breitete sie ihre Arme aus, um die ganze Gruppe einzuschließen. »Tamaerthon«, sagte sie, und ihre Stimme klirrte.

TEIL V

TAMAERTHON

1

Tylara war weniger als ein Jahr fort gewesen, aber sie hatte beinahe vergessen, wie klein ihr Heimatland war. Das ganze Tamaerthon war nicht mehr als zweimal so groß wie ihr eigenes Land von Chelm, und die Güter ihres Vaters im Garioch wären für einen weltlichen Ritter angemessen – fast zu gering, um einen Bheromann zu unterhalten. Was die Große Halle ihres Vaters betraf, so war sie nicht viel größer als ihr Ratssaal auf Schloß Dravan, und in der Tat benutzte es ihr Vater zu Ratszusammenkünften, die gewöhnlich – wie jetzt – nicht mehr als ein Treffen mit einigen seiner Gefolgsleute waren.

Dies war nicht die einzige Enttäuschung für sie. Der Empfang für sie war nicht sehr begeisternd. Ihr Vater hatte sie als große Lady gehen sehen. Er sandte mehr Bogenschützen und mehr Reichtümer, als er sich leisten konnte, zu ihrer Mitgift.

Außerhalb der Ratshalle beklagten die Frauen des Dorfes den Tod ihrer Söhne und Liebsten, die mit ihrer Lady gegangen waren, um in einem fremden Land zu sterben.

»Ich dachte, daß ihr vielleicht Pferde und Ritter sendet«, sagte ihr Vater. »Und Gold. Aber ihr seid mit nicht mehr als drei gewappneten Männern und diesem Priester zurückgekehrt.«

»Welche Wahl hatte ich? Aber ich kam mit mehr als drei gewappneten Männer.« Tylara schilderte den Kampf auf der Kreuzung. »Und noch zweimal kämpften sie, als Banditen und Flüchtlinge uns nicht in Ruhe lassen wollten. Jedes Mal ließen sie keinen am Leben.« Sie beschrieb die Waffen; die großen, die wie eine Armbrust aussahen und über der Schulter hingen, und die kleineren Ein-Hand-Waffen, die sie unter ihren Jacken verborgen hielten.

»Aber woher kommen sie?« fragte ihr Vater.

»Von den Sternen«, sagte Yanulf.

Drumold starrte den Priester und dann wieder seine Tochter an. »Waffen aus Feuer und Zunder . . . dann sind die alten Sagen wahr?«

»Sind sie«, sagte Yanulf. »Ihr könnt es selbst sehen, der Dämonenstern wird alle zehn Tage größer.«

»Aye, ich habe es bei der Dämmerung gesehen, wenn die Nachtsonne niedrig steht«, stimmte Drumold zu. »Aber die Sagen berichten von fremden Göttern.« Er blickte nervös zu dem Steinhaus, in dem die Neuankömmlinge untergebracht waren. »Sind diese –«

»Keine Götter«, sagte Tylara. »Sie sind Männer, Männer mit großen Waffen, aber Männer. Sie waren ein paar Tage krank, beinahe sind sie gestorben. Die Lady bei ihnen ist immer noch krank.«

»Sie trägt ein Kind«, sagte Yanulf. »Aber ich weiß nicht, wessen.«

»Keine Götter«, grübelte Drumold. »Männer. Und sie nahmen sich deiner an. Mit der Macht, die sie haben –« Er wurde nachdenklich.

»Das fiel mir auch ein«, sagte Yanulf. »Als ich die Macht ihrer Waffen sah, dachte ich daran, den Lord-Protektor und den Jungen Wanax von Drantos zu suchen. Mit der Hilfe dieser Sternen-Männer könnten wir Sarakos aus Drantos vertreiben, und Lady Tylara könnte in ihr Heim zurückkehren.«

»Aber sie wollen dir nicht helfen?« fragte Drumold.

»Sie können nicht«, sagte Yanulf. »In den zehn Tagen, in denen wir die Armee des Beschützers suchten, suchte der Beschützer Sarakos. Drei Tage nachdem sich die Armeen trafen, hörten wir die Geschichte von Flüchtlingen. Der Kampf sah zuerst gleich aus, obwohl Sarakos viel mehr Lanzen besaß. Aber als die Schlacht beinahe geschlagen war, vernichtete Sarakos seine Feinde mit Waffen aus Feuer und Blitz.« Der Priester spreizte seine Hand. »Unsere Freunde sind nicht die einzigen Männer von den Sternen. Mehr als zwanzig, mit Waffen, die schrecklicher sind, als die, die Rick trägt, haben sich mit Sarakos vereinigt und halten nun Drantos für ihn.«

»Rick war einer aus ihrer Kompanie«, sagte Tylara.

»Warum ist er dann nicht bei ihnen?«

Sie zuckte hilflos die Achseln. »Ich weiß es nicht. Ich hörte von Lady Gwen, daß Rick einmal der Kommandant dieser Sternenmänner war. Ich weiß, daß es ihm nichts ausmacht, wenn sie ihn nicht wiederfinden.«

»Warum wagen wir es dann, ihn hierzubehalten?« fragte Drumold. »Ist er eine Gefahr für unser Land?«

»Er ist unser Gast. Er rettete mich einmal vor Sarakos und ein zweites Mal vor Banditen«, sagte Tylara.

Ihr Vater studierte sorgfältig ihr Gesicht. »Aye, und er tat mehr als das«, sagte er. »Wenn deine Trauerzeit um ist, werden wir einen anderen Fremden die Tochter von MacClallan Muir heiraten sehen?«

Tylara wußte darauf nichts zu sagen. Ich wünsche es, dachte sie. Ich wollte, ich wüßte es. Wessen Kind trug Gwen? Sie behandelte Rick nicht so, wie eine Frau ihren Mann behandelt, aber die Sitten der Sternenmänner waren fremd. Ich verstehe es nicht. Besonders verstehe ich Rick nicht, der es gerne mag, in meiner Nähe zu sein, aber mich nie berührt, außer um Wunden zu heilen . . .

Eine andere Erinnerung. Ricks Wutanfall, als er endlich verstand, was Sarakos mit ihr getan hatte. Beinahe, beinahe wäre er zurückgegangen, um Sarakos zu suchen, aber dann sprach Gwen lange Zeit mit ihm, und dann ritten sie weiter. Aber er raste vor Zorn. Er haßt den Mann, der mir Leid zufügte.

»Wir haben unsere Schwierigkeiten hier«, sagte Drumold gerade. »Es gab vorzeitig Regen, und die Ernten werden nicht gut sein. Ohne die Bogenschützen, die ich mit dir sandte, haben wir viel von unserem Weideland verloren. MacClallan Muir steht nicht mehr so gut wie zu der Zeit, als du gingst, und wenn es sich erst einmal herumgesprochen hat, daß mir meine Tochter keine tausend Lanzen zur Hilfe schicken kann, wird es noch schlechter werden. Nun brachtest du uns auch noch Gäste, die vielleicht Sarakos' ganze Stärke gegen uns wendet. Tochter, es ist nicht dein Fehler, aber es ist nicht gut.«

Er schaute seine schweigenden Gefolgsleute an. Sie hatten keinen Rat für ihn. Dann starrte er schwermütig in das Feuer. »Aber sie sind Gäste, und ich heiße sie willkommen, für was es auch immer gut sein mag.«

»Für was brauchen sie so verdammt lange?« fragte Corporal Mason. »Mein Magen knurrt. Sie könnten uns wenigstens füttern.«

»Ich vermute, daß sie darüber debattieren«, sagte Gwen. »Gastfreundschaft wird in einigen Kulturen sehr ernst genommen. Wenn sie uns Essen geben, so müssen sie uns aufnehmen und uns gegen unsere Feinde beschützen.«

»Gut, ich möchte nur, daß sie sich beeilen.«

»Zähl deine guten Taten«, riet ihm Rick. »Letztendlich gibt es ein warmes Feuer und einen sicheren Schlaf.« Und das, dachte er, ist mehr, als wir seit Wochen hatten, während wir vor Sarakos flohen, weg von Drantos, weg von den Besatzungstruppen. Es war eine alptraumhafte Reise, bei der sie alle drei an klassischen Fällen von Montezumas Rache erkrankt waren, nichts von der Sprache und den Sitten wissend . . .

»Aber wir schafften es«, sagte er laut. »Und ohne Spuren zu hinterlassen. Also was sollen wir nun tun?«

»Einsteigen«, sagte Gwen. »Uns in der Gemeinschaft etablieren.«

»Sicher.« Rick wies aus dem Fenster. Die Landschaft war herrlich. Das Dorf lag auf einer flachen Wiese hoch über der See, auf drei Seiten von schneebedeckten Bergen umringt. Abgesehen von der Küste im Südosten hätte es eine Landschaft von einer Ansichtskarte aus der Schweiz sein können. »Schön«, sagte er. »Aber, zur Hölle, ich sehe nicht viel kultiviertes Land, und einige der Felder, die ich sehe, waren überschwemmt. Keine Industrie, und nicht viel Weideland. Gwen, vielleicht hast du mehr als ich bemerkt, aber selbst für mich ist es offensichtlich, daß dies hier eine Kriegergesellschaft ist. Wahrscheinlich bekommen sie ihre meisten Vorräte, indem sie ihre Flachland-Nachbarn berauben, als daß sie selbst etwas anbauen. Es gibt nur einen Weg, wie Mason und ich hier leben können. Glücklicherweise ist es ein Geschäft, das wir kennen.«

»Bis wir keine Patonen mehr haben«, sagte Mason. »Was nicht mehr lange dauern kann.«

»Dann müssen wir uns damit beschäftigen, Vorderlader herzustellen«, sagte Rick. »Ich habe versucht, mich an die Formel für Schießpulver zu erinnern. Und ich glaube, ich habe sie.«

»Rick, das kannst du nicht!« protestierte Gwen.

»Warum nicht? Möchtest du sie unverdorben? Denkst du, Pfeile sind ein saubererer Weg als Gewehrschüsse?«

»Das ist es nicht«, sagte Gwen. »Gott, ich wünschte, mein Kopf würde aufhören zu schmerzen. Rick, wenn du anfängst, Schießpulver-Waffen zu benutzen, dann verrätst du unseren Aufenthaltsort.«

Mason knurrte etwas in seinen Bart. »Capt'n, ich weiß nicht, wie Sie darüber denken, aber ich habe genug davon, immer auf Lieutenant – ha, er ist jetzt wohl General – aufzupassen. Sie haben das Land gesehen, durch das wir zuletzt kamen. Mit fünfhundert guten Männern könnten wir diese Pässe für immer halten. Zur Hölle damit, immer vor Parsons und seiner Crew Angst zu haben. Ich wünsche fast, ich könnte sicher sein, daß er kommt.«

»Er hat recht«, sagte Rick. »Und er ist nicht der einzige, der müde ist, immer von Parsons verscheucht zu werden.«

»Hast du vergessen, daß die Shalnuksis vielleicht Parsons helfen werden?« sagte Gwen. »Wahrscheinlich tun sie es. Kannst du gegen SIE kämpfen? Ich wage gar nicht daran zu denken, daß *du* Tylaras Vater in einen sinnlosen Krieg gegen die mächtigsten Truppen auf diesem Planeten ziehst.« Sie rümpfte die Nase. »Ich dachte besser von dir.«

»Was, zur Hölle, willst du, daß wir tun?« fragte Rick.

»Was wir beschlossen haben. Sowenig Spuren von unserer Anwesenheit wie möglich zu hinterlassen – wenigstens bis die Shalnuksis ihren Handel beendet haben. Wenn sie erst weg sind, so hast du nur noch gegen Parsons zu kämpfen.«

Schon wieder, dachte Rick. Schon wieder hatte sie recht. Aber warum habe ich das Gefühl, daß sie mir nicht alles erzählt?

2

Die Höhle war kalt und roch nach Ammoniak. Rick fröstelte, während ihn der alte Priester hinunter durch windige Korridore führte. »Dies ist alles geheim«, sagte Yanulf. »Obwohl das Geheimnis im Westen besser gewahrt wird als hier. Doch, geheim genug.«

»Was ist geheim?« fragte Rick. »Jeder weiß, daß es Höhlen gibt –«

»Aber nicht die Größe und wo die Eingänge sind oder wie man in sie eindringt.«

»Und warum zeigst du sie mir?« fragte Rick. Er hustete von dem Ammoniakgeruch in der Kälte.

»Vielleicht glauben sie dir – mir schenken sie wenig Beachtung«, sagte Yanulf. »Und eines habe ich gelernt; daß ihr Sternenmänner euch eine eigene Meinung bildet, über das, was ihr seht.«

»Für mich ist das alles fremd«, sagte Rick. »Wodurch ist es so kalt hier?«

Yanulf hielt eine Fackel näher an eine knollige, schleimige Masse, die eine Wand der Höhle schütze. »Die Wurzeln des Protektors. Eine Pflanze. Deshalb weiß ich auch, daß die Geschichten über die Dämonensonne wahr sind. In meinem ganzen Leben sah ich den Protektor nie größer als den Körper eines Mannes. Seit einiger Zeit beginnt er zu wachsen, und nun wächst er täglich. Das Wachstum begann, als der Dämonenstern am Nachthimmel zu sehen war, genau wie die Legenden sagen.«

»Wie macht eine Pflanze Eis?« fragte sich Rick laut. »Es müssen Teile über dem Boden sein –«

»Aye. Es ist sehr groß. Dicke Blätter. Im Westen sind die Schlösser über die Höhlen gebaut, und der Protektor klettert die Mauern und Zinnen hoch. In diesem armen Land bauen sie wenig Schlösser, und die Pflanze wächst auf Felsen. Du sahst sie.«

»Ah.« Er erinnerte sich an eine dickblättrige Kletterpflanze mit dicken Stielen und häßlich weißen Beeren. »Wissenschaftler – uh, Leute, deren Aufgabe es ist, die Natur zu studieren – bei uns zu Hause, würden viel

bezahlen, um eine Pflanze wie diese zu sehen. Sonnenlicht zu Ammoniak, und irgendwie produzierte das Ammoniak Kälte; der evolutionäre Vorteil einer solchen Pflanze auf einem Planeten in einem dreifachen Sternensystem war offensichtlich. Was wolltest du mir eigentlich zeigen?«

»Die Größe der Höhlen und die leeren Vorratsräume. Wenn die ZEIT über uns kommt, sind diese Höhlen der einzig sichere Zufluchtsort. Dieses und nächstes Jahr gibt es keine Ernten, und zwei weitere Jahre nur geringfügige. So sagen es die Legenden. Nachdem ich deine Zeichnungen von den Sonnen sah, glaube ich an sie.«

»Was mich überrascht«, sagte Rick. »Du bist ein Priester von Ius Pater, dem Tagvater. Denkst du nicht, daß die Sterne Götter sind?«

»Können sie das nicht sein?« fragte Yanulf. »Du sagst selbst, daß sie älter als Welten sind und immer brennen.«

Und ich lasse es am besten dabei, dachte Rick. Ich frage mich, wofür die ganze Geheimnistuerei gut ist. Wovor müssen sie sich verstecken?

Yanulf öffnete eine massive hölzerne Tür. Der Geruch von Ammoniak war sehr stark, und Rick dachte, daß die Fackel sich trübte. Der Priester hielt sie hoch, und hustend sagte er: »Siehst du, ein paar miserable Opfergaben. Da ist Fleisch und Getreide, aye, genug, für einige Zehn-Tage, aber nicht genug für einen ganzen Winter. Wie sollen diese Leute in der ZEIT leben?«

Die Legenden sagten, daß das Näherkommen der dritten Sonne schlimme Zeiten ankündigt: Feuer, Hungersnot, Flut, Taifune. Diejenigen, die nicht darauf vorbereitet sind, werden sterben. In den Sagen waren Kriege mit Göttern eingestreut, das Erscheinen von sagenhaften Monstern und unvollständige Geschichten, dessen Hauptthema der nutzlose Handel mit den fürchterlichen Göttern vom Himmel war. Es war schwer, die Tatsachen von den Fabeln zu unterscheiden, aber Rick zweifelte nicht daran, daß harte Zeiten bevorstanden. Das ganze Klima würde sich ändern.

Sie gingen tiefer in die Höhlen. Sie waren sehr groß,

und einige reichten tief unter die Oberfläche, bis in den Granit. Wasser sickerte durch einige Räume. Andere waren voller Eis.

»Es wird gesagt, daß Yatar Opfer verlangt«, sagte Yanulf. »Diese sind weit weg gelagert, und die Priester und die Eingeweihten passen darauf auf. In manchen Ländern sind die Vorratsräume gefüllt. Aber nicht hier.«

Schließlich führte Yanulf sie zurück aus der Höhle. Rick war überrascht, wie weit sie unter der Erde gegangen waren. »So ist es auch in den anderen Höhlen von Tamaerthon«, sagte Yanulf. »Die Priester und Eingeweihten erzählten mir, daß ihre Vorratskammern genauso leer sind wie diese hier.«

»Ich glaube dir aufs Wort«, keuchte Rick. Er schritt schneller, der frischen Luft und dem Sonnenlicht entgegen.

Drumold war entsetzt. »Zwei Jahre keine Ernte? Aye, dann sind wir verloren. Noch eine schlechte Ernte, und wir sind noch vor dem Frühjahr verhungert.« Er spuckte in das Holzfeuer, das im Herd des Ratssaales brannte, um die Götter um Milde zu bitten.

»Zuerst soll es eine Zeit der guten Ernten geben«, sagte Rick. »Wenigstens hoffe ich das. Ich weiß nicht viel über Klimatologie, aber die Legenden sagen es, und es ist nicht unmöglich.«

»Du weißt wenig über Tamaerthon«, sagte Drumold. »In den besten Jahren haben wir wenig genug Land, und müssen die Gelegenheit zu Raubzügen in das Empire benutzen. Nae, nae, die Götter hassen uns, da sie uns in solchen Zeiten auf die Welt kommen ließen. Ich hatte gehofft, die Legenden seien nicht wahr.«

»Aber wir müssen etwas tun«, sagte Tylara. »Du bist MacClallan Muir. Du hast geschworen, die Clanmänner zu schützen.«

»Und das habe ich getan!« donnerte Drumold. »Sind wir nicht frei vom Empire? Sind die kaiserlichen Skla-

ventreiber die letzten zehn Jahre zu uns in die Berge gekommen? Mädchen, ich tue, was ich kann, aber ich bin kein Zauberer, der Pflanzen in einem Steinbruch wachsen lassen kann!«

»Wir können euch helfen«, sagte Gwen. »Wir kennen Möglichkeiten der Bewirtschaftung, die die Felder fruchtbar machen –«

»Mädelchen, ich sage dir, hier gibt es kein Land zum bebauen«, sagte Drumold ärgerlich. »Du sahst selbst, daß unser bestes Land jetzt aufgeschwemmt und rissig ist –«

»Ja.« Sie sprach mit Rick englisch. »Schwere Regenfälle, als sie sie nicht erwarteten. Und wenn wir ihnen nur zeigen, wie man pflügt, wird es schon helfen, um die Gießbäche zu stoppen –«

»Zur rechten Zeit helfen?« fragte Rick. »Wenn wir richtig gerechnet haben, werden sie ihre Ärsche vor dem nächsten Frühjahr heben müssen, um zu arbeiten.«

Drumold starrte sie argwöhnisch an. »Ich mag es nicht, wenn ihr so redet«, sagte er.

»Meine Entschuldigung«, sagte Rick. »Also gibt es hier kein Land, das gepflügt ist?«

Tylara lachte. »Es gibt im Römischen Empire genug Land. Felder als Parks für Cäsar. Wälder mit Wild für Cäsar. Herden für Cäsars Götter. Dort gibt es Nahrung und Land.

»Ein grausamer Spaß«, sagte Drumold. »Es gibt dort Nahrung und Land, aye. Und Legionen, um es zu verteidigen, und Sklavenmärkte für jene, die das Empire ohne Cäsars Erlaubnis betreten.«

»Vergißt du Ricks Sternenwaffen?« fragte Tylara. Sie wendete sich Rick zu. »Deine Freunde haben ganz Drantos mit ihren Waffen genommen. Können wir nicht das gleiche mit dem Empire tun?«

Verdammt, ich wünschte, sie würde mich nicht so ansehen, dachte Rick. Ich bin kein Gott. »Ich glaube nicht«, sagte er. »Abgesehen davon, gibt es bestimmt bessere Möglichkeiten, als zu kämpfen. Können wir nicht mit dem gegenwärtigen Cäsar verhandeln?«

Drumold und Tylara lachten beide. »Die einzige Art, auf die Cäsar einen aus meiner Sippe sehen möchte, ist in Ketten«, sagte Drumold. »Außer Wolle haben wir wenig, was wir ihm verkaufen können. Was wir von Cäsar bekommen, nehmen wir uns mit Schwert und Bogen.«

Wenn Cäsar nicht mit sich handeln ließ, so gab es vielleicht eine andere Möglichkeit, seine Aufmerksamkeit auf sie zu lenken. »Wie stark ist dieses Empire?« fragte Rick.

»Bring die Landkarten!« rief Drumold. Er wartete, während ein Gefolgsmann Pergament aufrollte. »Das Empire ist nicht mehr so ausgedehnt wie zu meines Großvaters Zeiten«, sagte er. »Aber sie halten das fruchtbare Tiefland und die Vorgebirge, hier und hier. Sie unterhalten in dieser Festung eine Legion von viertausend Söldnern. » Er deutete auf einen Punkt, einige zwanzig Meilen entfernt, wo die Vorgebirge zu steilen Bergen wurden, die nach Tamaerthon führten. »Innerhalb von Zehn-Tagen können zwei Legionen mehr da sein, und in weiteren Zehn-Tagen noch zusätzlich drei.«

Und wir haben noch ungefähr hundert Schuß für das Gewehr, dachte Rick. »Das sind ja schöne Aussichten«, sagte er vorsichtig.

»Die anderen Sternenmänner haben ganz Drantos genommen«, sagte Tylara. »Kannst du das nicht auch?«

»Sie brauchten die Armeen von Sarakos, um es zu schaffen.« Und ich vermute, Sarakos hatte Grund, seinen Handel zu bedauern. Er ist für André Parsons wahrscheinlich nicht mehr als eine Marionette, die ihm dient.

Tiefländer. In ungefähr fünf Jahren, vielleicht weniger, würde dieses neue römische Empire unter Wasser stehen – alles außer dem hohen Plateau, auf dem Rom selbst stand. Und zu dieser Zeit würden die Einwohner von Tamaerthon verhungern. Abgesehen von MacClallan Muir und seiner Familie. Sie würden nicht verhungern. Nach Yanulf würden die Clanführer und ihre Kinder – theoretisch bereitwillig – sich selbst als Versöhnungsopfer für die Götter anbieten. Das ergab sich mit dem Tod des Führers. Zu Drumolds Großvaters Zeiten, passierte dies nach drei Jahren schlechter Ernten, weswegen Drumolds Großvater die Position des Chefs von Tamaerthon erhielt.

Verdammt, da mußte etwas sein, was er tun konnte.

Das war ein Mädchen, das seine Pflicht ernst nahm.

»Habt ihr das Empire in der Vergangenheit überfallen?«

»Aye«, sagte Drumold.

»Erzählt mir mehr über das Empire. Wie sind die Legionen bewaffnet?«

»Mit Lanzen und Schwertern. Wie sonst?«

»Lanzen und Schwerter – dann sind sie beritten?«

Drumold schien überrascht zu sein. »Aye. Pferde und Centauren. Vorwiegend aber Pferde.«

»Keine Fuß-Soldaten?« Rick beschrieb eine klassische römische Legion: rechteckiger Schutzschild, Pilum und Gladius hispanica.

»Ich wüßte nicht, daß es irgendwo welche gibt«, sagte Drumold. »Kann es sein, daß es in deinen westlichen Ländern welche gibt, Priester?«

»Nein.« Yanulf studierte Ricks Gesichtsausdruck. »Was bringt dich darauf, daß es welche geben könnte?«

Soweit er es verstanden hatte, brachten die Shalnuksis eine Expeditionseinheit von der Erde um 200 A. D. auf Tran, in der Zeit von Septimus Severus. Das mußten die Vorfahren dieser neuen Römer gewesen sein. Severus unterhielt noch klassische, zu Fuß marschierende Legionäre, ein wenig entartet gegenüber denen aus Cäsars Zeit, aber immer noch die wirkungsvollste Infanterie, die die Erde sah, bis das Schießpulver erfunden wurde. Offensichtlich war mit den Legionen hier das gleiche wie mit denen auf der Erde passiert: Sie stiegen auf schwere Kavallerie und damit auf Disziplinlosigkeit um. Nun regierte die schwere Kavallerie überall, wo es das Terrain erlaubte. Dieses Rom war mehr als das ganze Römische Reich – aha? Es mußte eine andere Expedition um 800 gegeben haben, zur Zeit von Karl dem Großen. Dieses Rom mußte das ganze Römische Reich sein. Aber all das konnte er nicht erklären.

»Eines unserer größten Königreiche in der Geschichte war auf diese Weise bewaffnet«, sagte er. »Uh – welche Religion hat das Empire?«

»Sie nennen sich selbst Christen«, sagte Yanulf. »Aber die Christen der südlichen Länder sagen, sie sind keine.«

»Dann wird Yatar in Rom nicht verehrt?«

»Nein.«

»Haben sie Eishöhlen? Wie überlebt Rom die ZEIT?« fragte Rick. Yanulf spreizte seine Hände. »Sie heißen Besucher nicht willkommen. Oder eher begrüßen ihre Sklavenmeister sie zu freundlich. Es wird gesagt, daß es in Rom Höhlen gibt, aber wer sie besucht, weiß ich nicht. Es wird auch gesagt, daß es dort eine große Bibliothek mit vielen Aufzeichnungen über vergangene Zeiten gibt, aber auch dieses Wissen stammt nicht von mir.«

Gwen hatte mit wachsendem Erstaunen zugehört. »Rick, an was denkst du?« fragte sie.

Das brachte ihr einen scharfen Blick von Drumold ein, der nicht gewohnt war, daß Frauen auf diese Art sprachen.

»Im Norden herrscht Dürre«, sagte Rick. »Im Westen ist der Salzsumpf, und westlich davon stehen Parsons und Sarakos. Südlich von uns befindet sich zum größten Teil der Ozean. Wenn wir nun einiges bekommen wollen, um es für die ZEIT aufzuspeichern, so müssen wir es von Rom nehmen.«

»Mann, bist du blöde?« fragte Drumold. »Wir beraubten das Empire, das ist wahr, wir taten es schnell, und brachten oft Vieh und Pferde mit, aber wir entrannen selten der Bestrafung durch die Legionen.«

»Er ist nicht blöde«, protestierte Tylara. »Er kann – ich habe ihn schon vorher über Schlachten reden hören. Über seine Siege über die Kubaner –«

Yeah, ich prahle jede Menge, wenn du um mich bist, dachte Rick. »Welche Bestrafung? Was tun die Legionen?«

»Manchmal nichts«, sagte Drumold. »Aber wenn wir sie lange genug reizen, bringen sie ihre Armee in die Berge.«

»Und ihr bekämpft sie –«

»Wir versuchen es«, sagte Drumold. »Aye, und wir können Kämpfe gewinnen. Aber sie kommen wieder, und wir müssen in die Berge flüchten. Sie brennen die Dörfer und das Getreide nieder und schlachten die Herden. Öfter verloren wir mehr, als wir gewannen. Das Empire ist ein Gigant, den man am besten nicht weckt.«

»Aber ihr habt Kämpfe gegen sie gewonnen«, sagte Rick. »Ihr mußtet, oder sie hätten Tamaerthon einfach besetzt und eingenommen.«

»Aye, wir haben sie in der Vergangenheit geschlagen«, sagte Drumold. »In den Pässen, in den Bergen. Aber noch nie hat jemand die Legionen in der Ebene besiegt. Ich glaube, es erinnert sich niemand mehr daran, wann es zuletzt versucht wurde.«

So weit hörte sich das sehr nach den schottischen Grenzländern an. Schottland blieb frei, aber beinahe kahl und unfruchtbar. Aber es gab eine Zeit nach Bannockburn, als England Schottland fürchtete . . . Die Gewehre würden wahrscheinlich einen einzelnen Kampf gewinnen. Das Ergebnis würde bedeutsamer sein, als eine Grenzprovinz auszuplündern, aber für MacClallan Muir – und Tylara – konnte es den Unterschied zwischen Leben und Tod bedeuten.

Ein organisierter Raubzug, mit einem Wagentreck, um das Getreide herauszufahren, und eine gut organisierte Einheit, um die Legionen aufzuhalten.

»Wie viele Männer kannst du gegen das Empire ins Feld schicken?« fragte Rick. »Für den größten Raubzug, den es je gab. Dann gibt es für tausend Jahre etwas zu singen.«

Drumold runzelte die Stirn. »Nicht alle Clans werden auf diese Aufforderung antworten«, sagte er. »Vielleicht dreihundert Lanzen. Zweitausend Bogenschützen, dann noch dreitausend Burschen mit Schwertern. Vielleicht noch tausend freiwillige Männder, die mit dem bewaffnet sind, was sie finden können. Nicht mehr.«

»Und die nächste Legion ist viertausend Männer stark«, grübelte Rick.

»Viertausend Legionäre«, protestierte Drumold. »Mit Kettenhemden und Pferden, guten Pferden. Mann, auf ebenem Boden reiten sie uns nieder.«

Zweitausend Bogenschützen. Edward hatte bei Crécy viermal mehr, aber Edward stand der ganzen Ritterschaft von Frankreich gegenüber, mindestens dreißigtausend Mann. Im Vergleich dazu konnte Tamaerthon mehr Truppen gegen das Empire führen, als Edward je hatte.

Aber da gab es einen gewaltigen Unterschied. Bogenschützen allein konnten niemals gegen Kavallerie antreten. Edwards Hauptlinie bei Crécy waren unberittene gewappnete Männer, voll bewaffnete Ritter. Aus dem, was Rick gesehen hatte, schloß er, daß Tamaerthons dreihundert Lanzen aus höchstens fünfhundert Männern bestanden, von denen nicht mehr als die Hälfte bewaffnet waren. Und es war unmöglich, daß fünfhundert einen Schutzschild für die Bogenschützen bilden konnten. Die Legionskavallerie würde sie wegfegen. Sie brauchten nur dicht hintereinander anzugreifen, und mit den Bogenschützen wäre es vorbei.

Schießpulver? Nein. Selbst wenn man davon ausging, daß Gwen unrecht hatte, mit der Annahme, daß die Shalnuksis möglicherweise Parsons helfen könnten, verfügten sie nicht mehr über genug Zeit. Sie benötigten wenigstens tausend Arkebusen und eine Tonne Schießpulver. Außerdem brauchten sie auch Ringbajonette. Es würde Jahre dauern. Nein. Es würde nicht schaden, wenn einige der jungen Clankrieger sich auf die systematische Suche nach Sulfat machen würden, nur für den Fall, aber Schießpulver war nicht die richtige Antwort.

Aber es gab einen anderen Weg. Auf der Erde wurde die Schwere Kavallerie abgesetzt, noch bevor das Schießpulver die letzten Nägel in ihren Sarg klopfte. »Sind von den Clanmännern je einige mit der Pike gedrillt worden?«

»Pike?« fragte Drumold.

»Eine lange Stange, mit scharfer, metallischer Spitze.«

»Ye, du meinst Speere. Wir haben Speere.«

»Nein, ich meine Piken. Wie lang sind die Speere, die ihr benutzt? In welcher Aufstellung kämpft ihr?«

Das dauert eine Weile. Schließlich brachte ein Gefolgsmann eine typische Waffe herein. Sie war ungefähr sechs Fuß lang, viel zu kurz, um sie gegen Kavallerie einzusetzen. Die Piken, die von den Schweizern und später von den Landsknechten verwendet wurden, waren achtzehn Fuß lang. Die Männer, die sich keine bessere Waffe als einen Speer leisten konnten, waren Bauern und kämpften in überhaupt keiner Aufstellung. Sie gingen wie Herden in den Kampf und starben in Herden.

»Wie lange kannst du die Clanmänner ohne Kampf zusammenhalten?« fragte Rick. »Um sie zu drillen.« Er mußte zuerst das Konzept des Drills und des Trainings erklären. Jetzt bewunderte nur noch Tylara seinen hervorragenden Verstand.

»Die Felder und die Herden würden vernachlässigt«, protestierte Drumold. »Und es gibt nicht genug zu essen, für eine solche Horde an einem Ort.«

»Es gibt Lebensmittel in den Höhlen.«

»Für die ZEIT«, widersprach Yanulf. »Und selbst dafür nicht genug.«

»Nicht genug für die ZEIT!« stimmte Rick zu. »Aber genug, um eine Armee im Training zu versorgen. Zu was soll es nützen, wenn wir das wenige, das wir haben, aufbewahren? Eine gut trainierte Armee kann die Legionen schlagen. Wir können einmarschieren –« Er dachte schnell. Es gab nicht genug Zeit für ein gutes Training, und die Männer zu lange ohne Kampf festzuhalten, wäre für die Moral verheerend. – »in sechs Zehn-Tagen.«

»Erntezeit!« schrie Drumold. »Nun weiß ich ganz genau, daß du verrückt bist. Zur Erntezeit beraubst du das Land der Bauern!«

»Du sagtest selbst, daß es eine schlechte Ernte gibt«, sagte Rick.

»Laß sie den Frauen und Kindern.«

»Und was essen wir im Winter?«

»Im Empire wird es ebenfalls Erntezeit sein. Wir nehmen ihr Getreide. Und sie müssen Kornspeicher haben, sonst könnten sie keine regulären Truppen unterhalten. Wir werden uns auch dieses Getreide nehmen.«

»Und du glaubst wirklich, daß du mit deinen Sternenwaffen eine Legion schlagen kannst?« sagte Drumold.

Nein. Ich kann es unmöglich. Aber sie sind nicht unbesiegbar – oder sie wären es nicht, wenn nicht jeder denken würde, daß sie es sind. Es gibt einen Weg, um das zu beweisen. »Sicher. Wir haben noch andere Waffen, die du noch nie gesehen hast. Aber Mason und ich können es nicht alleine tun. Wir brauchen eure Burschen, gut trainiert und gut bewaffnet.« Jetzt ist es aber Zeit, dieses Thema zu beenden, dachte Rick. Zur Hölle damit. »Wenn wir es tun, dann ist die späte Erntesaison die beste Zeit.«

»Das ist ein kühner Plan,« sagte Drumold.

Tylaras Bruder hatte still zugehört. Nun stand er auf. »Ich habe an das Imperium viele Kameraden verloren«, sagte er. »Und ich persönlich würde die Chance, es ihnen zurückzuzahlen, begrüßen.«

Tylara lächelte glücklich. »Es ist besser, im Feld zu verlieren und zu sterben, als in der ZEIT zu verhungern,« sagte sie. »Aber mit Ricks Hilfe werden wir nicht verlieren.«

»Du bist verrückt,« sagte Gwen auf englisch. »Dumm, blutrünstig und verrückt –«

»Ist es besser wenn wir alle verhungern, Tamaerthon und das Empire eingeschlossen? Hast du einen besseren Vorschlag?«

»Wir müssen nicht hierbleiben –«

»Nein«, sagte Rick. »Wir *müssen* nicht. Aber ich laufe dieses Mal nicht weg. Ich habe das Weglaufen aufgegeben.«

3

Drumold war als MacClallan Muir, Oberhaupt des Clans vor Garioch, gekleidet. Seine Kilts waren prächtig, seine Rüstung war mit Silberzeichen geschmückt. Gwen erkannte einige der Symbole wieder: der gehörnte Stier von Kreta, der mit gespreizten Beinen über einem Tonkrug stand; die antike, mit Kettengliedern verbundene Spiralform, die an praktisch jeder Ausgrabungsstätte der

Bronzezeit in Europa gefunden wurde und von der Yanulf sagte, daß sie die wachsende Ordnung vom uranfänglichen Chaos darstelle; ein Drache. Es gab noch andere Bilder, von denen sie dachte, daß es legendäre Kreaturen sein könnten – aber nach dem, was sie in den Datenbänken des Schiffes gesehen hatte, war sie sich nicht sicher.

Andere Clanführer hatten sich um Drumhold eingefunden, alle waren sie in ihre prachtvollsten Gewänder gekleidet. Einige der schottischen Tücher in den leuchtenden Farben hätten aus den antiken keltischen Grabmälern stammen können, die man in Dalmatien auf der Erde gefunden hatte. Der Glanz der Oberhäupter stand in strengem Kontrast zu der eintönigen Kleidung ihrer Krieger und den noch eintönigeren Roben der verschiedenen Priester.

Gwen konnte die Spur der vielen Eindrücke nicht weiterverfolgen. Es waren zu viele Götter, und jeder hatte eine Reihe von Priestern. Manche, wie Yanulf, waren vollbeschäftigt und geweiht; den vielen geringeren Göttern dienten meist Männer und Frauen, die eine andere Aufgabe innehatten – Handwerker, Grundbestizer, Frauen aus den Haushalten.

Und alle nahmen an dieser Zeremonie teil. Ehrfurchtsvoll öffneten sie ein grabähnliches Gemach, das in das granitene Kliff gehauen war, das die Hochwiese überragte; ehrfurchtsvoll hoben sie eine Steinkiste hervor und öffneten sie feierlich. Balquhain, Drumholds ältester Sohn, nahm eine Streitaxt aus der Kiste.

Die Axt war doppelschneidig und aus geschliffenem Feuerstein gemacht, der wie Bronze aussah. Gwen fühlte ein Kribbeln an ihrem Rückgrat. Diese Doppelaxt stammte vielleicht von der Erde und war viertausend Jahre alt!

Drumold nahm die Axt von seinem Sohn und hielt sie hoch, damit alle sie sahen. Dann ging er zu einem Altar aus Baumstämmen, der mitten im Dorf errichtet war. Dort war ein Widder angebunden. Drumold tötete ihn mit einem Schlag der Doppelaxt.

Er tauchte die Axt in das fließende Blut. Zwei Priester kamen mit Steinschalen mit brennendem Pech nach vorne und hielten sie über die Schneide der Axt. Dru-

mold schwang die glühende Axt und sang. Alle Anwesenden nahmen den Schrei auf.

Wo hatte Gwen das schon einmal gesehen? Dann fiel es ihr ein. Ein schottisches Gedicht, als Roderick Dhu den Clan einberief. Roderick sandte ein flammendes Kreuz durch die Berge, aber dies geschah in einem, dem Namen nach, christlichen Land. Hier nahmen sie eine Steinaxt mit zwei Feuern. Die rituelle schottische Beschreibung mußte älter sein, als ihm bekannt war.

Ein Priester sang einen Fluch, der jeden Clansmann befallen würde, der dem Symbol nicht die Ehre erwies, und ein Gefolgsmann nahm die Axt auf und rannte aus der Bergschlucht. Die Garioch-Clans waren für den Krieg gerüstet.

Der dritte Stern war für eine Stunde nach Einbruch der Dämmerung zu sehen, und für einige Stunden jede Nacht war es dunkel. Die zwei Sonnen von Tran näherten sich einander. Der Sommer ging zu Ende.

»Sind wir fertig, Capt'n?« fragte Mason.

»Nein, aber wir sind so weit, wie wir es je sein werden. Diese Burschen wollen nicht länger herumstehen.«

Mason nickte. »Yeah, sie mögen nicht gerne den Drill. Aber sie sind nicht schlecht. Capt'n, haben diese Schlachten, von denen Sie erzählten, wirklich stattgefunden?«

»Die meisten, ja. Ich habe sie ein bißchen durcheinandergeworfen. Um die Wahrheit zu sagen, ich kann mich nicht daran erinnern, daß es jemals eine kombinierte Einheit von Langbögen und Piken gab, aber Pike und Muskete waren für Hunderte von Jahren eine gute Mischung.« Rick grinste. »Abgesehen davon, heitern die Geschichten die Truppen auf.«

Und sie konnten Aufheiterung gebrauchen. Selbst mit all diesen Geschichten von Siegen – nach seiner Rechnung führte er die Hälfte der erfolgreichen Armeen der Geschichte – und den Demonstrationen ihrer Zauberwaffen, glaubten die meisten der Männer nicht wirklich daran, daß sie eine Legion des Empire besiegen konnten. Die Priester und der dritte Stern, um die Geschichten der Priester zu bestätigen, hatten genug von ihnen verängstigt, daß sie es wenigstens versuchten, aber nicht viele glaubten wirklich, daß sie gewinnen konnten.

Rick war sich selbst nicht sicher.

Die Bergschlucht war seltsam ruhig. Den ganzen Sommer über war sie erfüllt gewesen von den Klängen der Hämmer. Sie brachten ein Dutzend Schmiede herbei – einige mit dem Schwert –, um Eisenköpfe für die Piken zu schmieden. Die jungen Bäume eines ganzen Waldes mußten für die Schäfte der Piken herhalten.

Die Hämmer schwiegen, und ebenso die Schreie und Flüche der Ausbilder.

Die Drillzeit war vorbei. Nun war es Zeit zu marschieren.

Gwen fühlte sich miserabel. Ihr Bauch war angeschwollen, und sie wußte, daß sie schlimm aussah. Die Hebammen und selbst Yanulf hatten ihr versichert, daß alles ganz normal sei, aber sie konnten sie nicht beruhigen. Sie hatte eine zu lebhafte Vorstellungskraft und wußte zu genau, was selbst in einem modernen Hospital schiefgehen konnte. Auf der Erde hatte sie Freunde, die von der natürlichen Geburt schwärmten – aber sie bezweifelte, daß einer von ihnen gerade diese Natur meinte.

Sie konnte die Geräusche der versammelten Armee draußen hören. Sie waren dabei, in das Empire zu marschieren, und es gab nichts, was sie dagegen tun konnte.

Sie konnte nicht immer laufen. Auf Ricks Rat hin hatte Drumold die Pässe mit bewaffneten Clansmännern sichern lassen. Niemand würde Tamaerthon verlassen. Rick machte klar, daß dies speziell für Gwen Tremain galt. Er war sicher, daß sie mehr wußte, als sie ihm erzählte.

Es gab vieles, was sie ihm verraten konnte, aber Les hatte sie davor gewarnt. Er konnte doch nichts tun. Wer konnte überhaupt etwas tun? Ihr ursprünglicher Plan war, einen versteckten Ort zu finden, irgendwo, wo sie leben und warten konnte –

Aber sie konnte es nicht alleine tun, und wenn sie ehrlich zu sich selbst war, schämte sie sich, daß sie es wollte. Diese Leute waren menschlich, sie waren nicht nur Objekte einer anthropologischen Studie. Und sie standen dem Verhungern oder noch Schlimmerem gegenüber. Aber sie wünschte, daß sie so viel Vertrauen in Rick hatte wie Tylara.

An ihrer Tür kratzte es. »Ja?« rief sie.

Caradoc kam herein. »Wir gehen jetzt, Lady.« Er stand nervös an der Tür.

»Hast du sonst niemanden, dem du Lebewohl sagen willst?« fragte sie.

»Nein, Lady.«

»Ich habe dir schon ein Dutzend Mal gesagt, mein Name ist Gwen –«

»Aye.« Er zögerte. »Gwen. Ein schöner Name. Willst du mir Glück wünschen?«

»Natürlich.« Sie war nicht sicher, was sie sagen sollte. Dies war nicht das erste Anzeichen, daß Caradoc sich für sie interessierte, mehr als interessierte. Sie fragte sich, warum. In ihrem jetzigen Zustand war sie bestimmt nicht sehr begehrenswert, und als Kapitän von einem der Bogenschützenregimenter konnte er unter einem Dutzend Mädchen wählen.

Aber er schien von Gwen fasziniert zu sein und verbrachte so viel Zeit er konnte mit ihr. Er behandelte sie wie eine Göttin, was sehr schmeichelhaft war – und er war ein sehr attraktiver Mann.

Sie wollte die Männer am liebsten hassen. Alle. Aber

sie war einsam, und daß sie jemanden für sich selbst brauchte, war ein physischer Schmerz. »Komm zurück, Caradoc«, sagte sie. »Komm zurück zu mir.«

»Ich werde zurückkommen.« Er zögerte, dann kam er näher zu ihr. »Ich werde zurückkommen.«

Sie machte zwei Schritte vorwärts in seine geöffneten Arme. Sie ließ sich von ihm halten, aber sie spürte ihren Bauch, wie er sich an ihn preßte, und sie hatte Angst, schon wieder jemanden zu lieben, und sie haßte sich selbst, weil sie es wollte.

TEIL VI

DER FELDHERR

1

Die meisten Nebengebäude und Sklavenquartiere brannten, aber die Villa stand immer noch. Rick war überrascht, daß sie standhielt. Trotz allem, was er tun konnte, war es schwierig, die Leute, die dem Heer folgten, zu überzeugen, daß ihr Zweck die Beute war und nicht Plünderung und Raub. Er hatte Schwierigkeiten genug, die Armee selbst davon abzuhalten die Ordnung zu durchbrechen und sich ihnen anzuschließen, und nur ständige Drohungen, sie innerhalb von dreißig Meilen der imperialen Grenzen im Stich zu lassen, hielt sie zurück.

Hundert Kerzen brannten in der Villa, und fast das ganze Offizierskorps war in der Haupthalle dabei, sich zu betrinken. Dafür gab es genug Wein in dem kleineren Raum, in dem Rick die älteren Kommandanten versammelt hatte.

»Morgen früh werden sie zu nichts zu gebrauchen sein«, beklagte sich Rick. »Hört euch das an.«

»Sie werden okay sein«, sagte Drumold. »Das ist ihre Art zu feiern.«

»Sie sollten sich schämen und nicht feiern«, sagte Rick.

»Wir haben gewonnen«, protestierte Balquhain.

Tylara sah ihren Bruder verächtlich an. »Einen Kampf gewonnen, bei dem du nicht hättest dabeisein müssen«, sagte sie. »Treibt das örtliche Militär weg, und drei gewappnete Männer könnten es tun. Wurde dir nicht gesagt, daß du auf die Armee warten sollst?«

»Ich laufe vor keinem Kampf weg«, protestierte Balquhain.

»Das nächste Mal wirst du es müssen«, sagte Rick. »Oder ich schicke dich als Eskorte für den Wagentreck zurück.«

»Du wirst es nicht wagen –«

»Er wird es wagen«, sagte Drumold. »Wir haben alle geschworen, nach Ricks Kommando zu kämpfen!«

»Ich werde mit den Scouts morgen früh reiten«, sagte Tylara. »Wenn du nicht verstehst, was Rick von dir will, ich versteh's.«

Beide, Rick und Balquhain, sprachen auf einmal. »Es gibt keinen Grund, um das zu tun –«

»Es gibt«, sagte Tylara. »Die Landkarten, die heute zurückgebracht wurden, waren erbärmlich. Ihr werdet bessere brauchen.«

Sie sah Rick herausfordernd an.

Das Problem war, sie hatte recht. Dutzende von mittelalterlichen Armeen wurden geschlagen, weil sie keine elementaren Kenntnisse über das Gelände besaßen, in dem sie operierten. Rick hatte verächtlich gelacht, als er las, daß die Kommandanten der Kreuzfahrer nicht einmal die Stellungen ihrer eigenen Kolonnen kannten, aber nun begann er, ihre Probleme kennenzulernen. Es gab fast keine Landkarten, und niemand in seiner Armee dachte, daß Karten genauso wichtig waren wie Waffen.

Niemand außer Tylara, sie hatte in ihrem westlichen Land Erfahrungen mit Karten gesammelt, und sie hatte ein Auge für Entfernungen und Details. Ihre Männer würden ihr gehorchen, was hieß, daß die Abteilung, die sie befehligte, die Gegend auch auskundschaftete, anstatt in häufigen Abständen anzuhalten und nach Beute zu lechzen. Aber verdammt –

Es gab anscheinend keine andere Wahl. Sie waren tief in der imperialen Provinz, und wenn sie weitermarschierten, ohne die lokale Garnison auszukundschaften, würden sie alle getötet werden. »Tylara übernimmt die Scouts morgen«, sagte Rick.

»Balquhain wird bei der schweren Kavallerie bleiben.«

Balquhain öffnete den Mund um zu widersprechen, aber er sah den Blick seines Vaters und schwieg.

»Das ist eine wichtige Aufgabe«, sagte Rick. »Sie werden nur von deinem Vater und dir Befehle annehmen.«

Die schweren Kavalleriemänner waren ihm ein Greuel, und er hätte sie besser nach Hause geschickt, aber das stand außer Frage. Die Schwierigkeit war: Alle gerüsteten Männer waren Aristrokraten, und das hieß, daß sie solch blöde Vorstellungen, wie »die Verpflichtung des Adels, hinaus an die Front zu gehen und für die Ehre zu kämpfen«, hatten – das hieß aber auch, daß der größte

Teil seines Offizierskorps in den ersten fünf Minuten eines wirklichen Kampfes abgeschlachtet würde, und das wiederum würde die Infanterie demoralisieren. Irgendwie mußte er seine zweihundert gepanzerten Reiter heraushalten, bis die Piken und Pfeile die Angelegenheit bereinigt hatten. »Drumold, ich glaube, du solltest dein Banner deinem Sohn anvertrauen. Wir werden den gepanzerten Rittern die Ehre überlassen, es zu beschützen.«

Drumold nickte ernst, und Balquhain schien befriedigt. Tylara erntete ein Grinsen von ihrem Bruder. Manchmal dachte Rick, daß sie die einzige in der ganzen Armee war, die seinen Lektionen in Taktik Aufmerksamkeit schenkte.

Sie marschierten in gedeckter Ordnung. Das erste Piken-Regiment, ein Block von tausend, war vorne und zur Rechten. Hinten und links von ihnen befanden sich die Ersten Bogenschützen, dann die Zweiten Piken, die Hauptmacht und zweitausend stark. Die Zweiten Bogenschützen und Dritten Piken, noch ein Tausend-Mann-Block, folgten auf der Straße. Rick hielt die schwere Kavallerieeinheit bei sich direkt hinter den Ersten Piken. Auf diese Weise konnte er ein Auge auf sie haben. Wenn es jemandem einfallen sollte, etwas Dummes zu unternehmen, so würden es seine gepanzerten Eisenköpfe sein.

Die Wagen von Packpferde kamen zuletzt. Sie wurden von einem Schutzschirm von bewaffneten Bogenschützen, die unter Masons Kommando als MPs wirkten, eskortiert. Es hatte einiges erfordert, Drumold und seine Unterführer zu überzeugen, daß es eine gute Idee sei, die Lebensmittel in das Empire zu tragen. Es gab Geschrei und Geschimpfe. Rick machte gute Fortschritte, Wut vorzutäuschen. Er schauderte, wenn er an die Alternative dachte; die Armee müßte sich jedes Mal, wenn sie etwas essen wollten, in verschiedene Gruppen auflösen.

Tylaras Scouts schwärmten aus. Rick wünschte, er könnte mit ihr gehen, aber er wagte es nicht. Die Truppen sahen mehr wie eine Armee denn wie ein Mob aus, aber sie dachten immer noch, daß sie seine magischen Sternwaffen brauchten, um sie zu beschützen. Sie hatten kein wirkliches Vertrauen zu sich selbst, und das konnte verhängnisvoll sein.

Caius Marius Marselius, der Präfekt Cäsars von den westlichen Grenzgebieten, war verärgert. Er hatte gehofft, für die nächsten zwei Jahre jeglichen Ärger vermeiden zu können, um sich danach, auf seine Güter

in der Nähe von Rom zurückzuziehen und jemand anderem die Provinz anzuvertrauen. Als ein Mann der örtlichen Miliz von einer Invasion von Bergbarbaren berichtete, war er nicht überrascht, aber sichtlich verärgert.

Aber er war auch vorsichtig. Der Miliz-Offizier hatte nur leichte Kavallerie gesehen, aber er dachte, daß der Hauptteil der Barbaren wahrscheinlich im Schutz der Kavallerie folgte. Er war aber nicht in der Lage, hinter sie zu gelangen, um das herauszufinden.

Dies war ungewöhnlich genug, so daß Marselius aufmerksam wurde. Normalerweise brachen diese Stammesangehörigen herein wie eine Flut, raubten, was sie in die Finger bekamen, und rannten. Sie verschwendeten nie einen Gedanken an ihre Sicherheit. Marselius fragte sich, ob ein römischer Offizier abgefallen war und nun die Barbaren führte. Er konnte es sich zwar nicht vorstellen, aber möglich war es.

»Wir müssen in die Berge und ihnen eine Lehre erteilen«, sagte er zu seinen Vertrauten. »Seit unserem letzten Ausflug hinter die Grenze sind zehn Jahre vergangen. Eine lange Zeit.«

Der älteste Legat sah ihn neugierig an. Marselius lächelte schwach. Er wußte, was der Mann dachte. Bei Cäsars Präfekten war Eigeninitiative unerwünscht. Ein hervorragender Offizier mochte vielleicht eine Rebellion beabsichtigen. Cäsar brauchte keine Generale, denen die Legionen größeren Respekt als Cäsar selbst entgegenbrachten.

Und vielleicht hatte der Legat sogar recht. Marselius wußte, daß er für Cäsar keine Bedrohung war. Er wollte sich nur zurückziehen. Aber würde Cäsar das glau-
ben?

Eines Tages würde das Empire wegen dieses Argwohns fallen. Davon war Marselius überzeugt. Wenn Präfekten Angst hatten, ihre einfachsten Pflichten auszuführen –

»Ob wir ihnen in die Berge folgen oder nicht, wir werden diese Barbaren auf jeden Fall vernichten«, sagte er. »Wir werden sie nicht nur schlagen, sondern wir töten so viele, daß sie bei dem Gedanken an Cäsar zittern werden. Dafür benötigen wir aber eine volle Legion. Schickt nach den Reservisten, ruft die örtlichen Ritter zusammen, und bringt die Abteilungen von Malevenutum und Caracorum her. Wenn sie alle versammelt sind, werden wir angreifen.«

»Dadurch gewinnen die Barbaren Zeit, um Beute zu machen. Viele Landbesitzer werden ruiniert und werden in Rom protestieren«, sagte der älteste Legat.

»Laßt sie. In den Grenzbergen gibt es wenig Patrizier. Um Gottes willen, muß ich in ewiger Angst von Cäsars Zorn leben?«

Der Legat antwortete nicht. Er brauchte nicht zu antworten.

Vier Tage später hörte Marselius mit wachsendem Erstaunen die Berichte. Die Barbaren hatten nicht gehalten, um die Flachländer auszurauben. Sie marschierten geradeaus weiter in die Provinz.

»Bei Nachteinbruch haben sie die Villa von Patroclus Sempronius erreicht«, berichtete der Kommandant der Scouts.

»So weit?« das war der Ruin. Sempronius war der Cousin der Kaiserin. Schlimmer noch, die ansehnliche Stadt Sentinius lag direkt dahinter. Cäsar würde dem Präfekten, der zuließ, daß die Barbaren eine römische Stadt nahmen, nie, niemals vergeben. Sie mußten aufgehalten werden, und zwar schnell.

»Wie viele haben wir zur Verfügung?« fragte er den Legaten.

»Dreitausend, Präfekt.«

Das schloß die regulären Soldaten und eine beträchtliche Zahl von Reservisten unter ihren örtlichen Führern ein. Marselius seufzte voll Bedauern: er konnte sich an eine Zeit erinnern, als volle viertausend Reguläre in den Camps gehalten wurden. Zehn Jahre des Friedens in dieser Provinz hatten diese Zahl auf die Hälfte reduziert. Cäsar legte keinen Wert darauf, Armeen größer als nötig zu halten, aus Angst, sie könnten rebellieren.

»Dreitausend sollten mehr als genug sein«, sagte Marselius. Der Legat grinste sein Einverständnis. »Sie sind nur Barbaren. Sie haben keine Rüstungen und nur wenig Pferde. Was können sie gegen unsere Ritter tun?«

»Was, in der Tat? Laßt die Trompeten erschallen. Bevor die wahre Sonne aufgeht, will ich die Legion zwischen Sentinius und diesen Stammesangehörigen haben. Wir werden sie am Morgen, wenn man zwei Schatten klar sieht, angreifen.«

Rick seufzte vor Erleichterung, als er Tylara an der Spitze ihrer Kavallerie zurückkehren sah. Er mochte immer noch nicht, daß sie zu Patrouillen hinausging, aber er mußte zugeben, daß sie der beste Scout-Kommandant war, den er hatte.

Die Villa, in der er stand, war ein gutes Beispiel dafür. Sie war groß und bequem, und Tylara hatte nicht nur auf die vorrückenden Wachen gewartet, bevor sie die bewaffneten Gefolgsmänner unschädlich machte, die die Villa verteidigten; sie hielt auch die Truppen davor zurück, die Villa auszurauben und niederzubrennen. Nun konnten sie systematisch von ihren Wertsachen befreit werden. In dem Kornspeicher waren über tausend Scheffel Weizen, und in der Scheune gab es beides, Wagen und Pferde, um es transportieren. Er ging die breiten Stufen hinunter, um sie zu begrüßen, und half ihr von ihrem Pferd herunter. Nicht, daß sie Hilfe brauchte, aber er mochte es, nahe bei ihr zu sein.

»Ich habe die Legion gesehen«, sagte sie. Sie sprach leise, so daß es niemand sonst hören konnte.

»Wo?«

»Ungefähr dreißig Stadien entfernt.«

Die Römer benutzten Meilen, die tausend Schritten eines Legionärs entsprachen, aber Tylaras Leute blieben bei dem antiken griechischen Maß, das ungefähr einem Viertelkilometer entsprach. »Was taten Sie?«

»Sie waren von den Pferden gestiegen und schlugen Zelte auf. Ich ließ fünf Männer zurück, um sie zu beobachten. Zwei schlichen sich nahe an das römische Camp. Falls die Römer ihre Pferde satteln sollten, sagen sie uns unverzüglich Bescheid.«

Vielleicht habe ich mich gerade in dich verliebt, dachte Rick. So ist es, wenn ich es nicht schon vor Wochen tat. Er sah auf zu den Sonnen. Noch ungefähr eine Stunde Tageslicht, drei weitere Stunden Dämmerlicht, und dann immer noch genug Licht von dem Feuerstehler.

»Wir werden hier gegen sie kämpfen«, sagte er. »Der Platz ist so gut wie jeder andere.« Es gab einen See – nicht groß, aber groß genug, um die schwere Kavallerie zu stoppen – fünfhundert Meter im Süden. Er würde als Anker für die rechte Flanke dienen, und einen Kilometer zur Linken gab es einen dicht bewaldeten Spielplatz. Fünfzehnhundert Meter waren eine ziemlich lange Strecke, die er mit den Männern, die er hatte, halten mußte, aber in einem offenen Gebiet zu versuchen Karrees zu formen, hieß die Hölle herauszufordern.

»Schade, daß sie nicht die letzte Nacht gekommen sind«, sagte Rick. »Zwischen den Bergen hatten wir eine bessere Position. Aber diese Stellung hier tut es auch sehr gut. Wir müssen die Männer in die richtigen Positionen bringen, während es noch hell ist.«

Die Vorbereitungen dauerten nicht lange. Rick hatte ihnen immer und immer wieder gesagt, wie wichtig es ist, in Schlachtposition zu biwakieren, und anscheinend hatten sie es sich eingeprägt. Er brauchte die Regimenterfronten nicht zu begradigen.

Die Ersten Piken waren vorne und zur Linken, am Rande der Wälder, in denen sich eine Reihe bewaffneter Zugbegleiter befanden, die durch einige Bogenschützen verstärkt wurden. Die Zweiten Piken, seine größte Einheit, waren zweihundert Meter hinter und dreihundert Meter zur Rechten der Ersten Piken. Die Diagonale dazwischen war zu einem Graben ausgehoben, und dazwischen waren Pfähle gesetzt. Die Pfähle waren so in

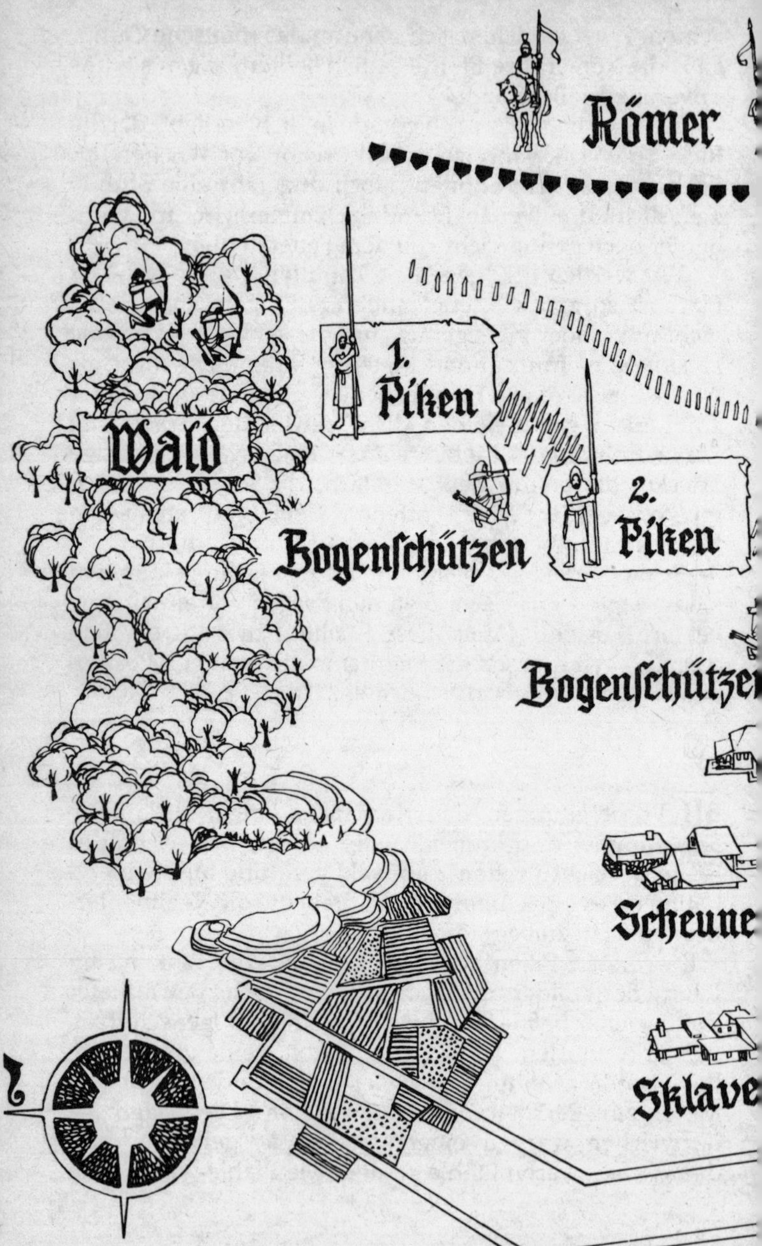
Römer
1. Piken
Wald
Bogenschützen
2. Piken
Bogenschützen
Scheune
Sklave

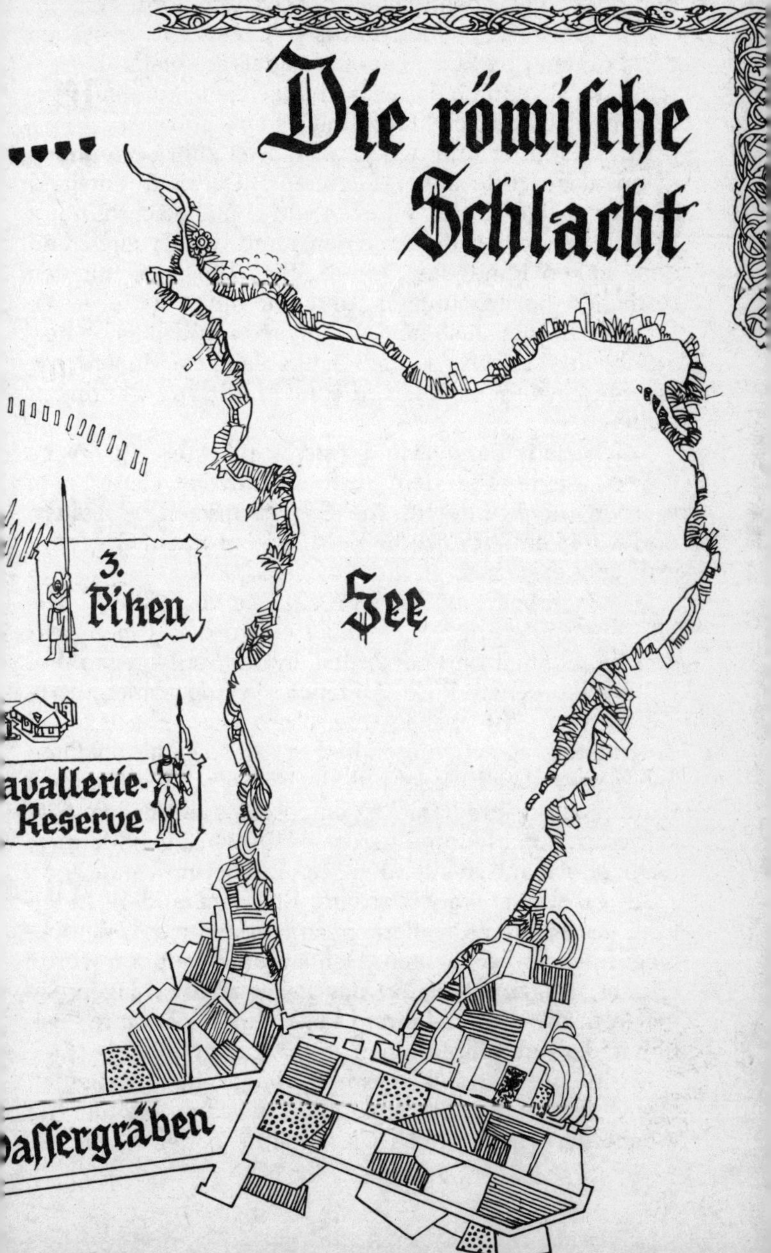
Die römische Schlacht
3. Piken
See
avallerie-
Reserve
assergräben

den Boden getrieben, daß sie schräg nach vorne zeigten. Sie waren in einem Karo-Muster aufgestellt, zwischen den Pfählen drei Fuß Abstand, so daß die Ersten Bogenschützen sich durch das Dickicht bewegen konnten. Hinter ihnen befand sich Mason mit seinem Gewehr.

Kurz dahinter und den ganzen Weg zum See entlang stand das Dritte Piken-Regiment. Dadurch entstand direkt vor der Villa eine Lücke von beinahe achthundert Metern, zwischen dem rechten Rand des Zweiten und dem linken Rand des Dritten. Rick füllte sie mit den restlichen Bogenschützen, und vor ihnen hatte er die Männer Löcher ausheben und Wagen und Büsche heranschleifen lassen, so daß ein zufälliges Muster von kleinen Löchern entstand, die die Pferde zu Fall bringen sollten.

»Zwischen diese Hindernisse möchte ich Wege haben«, sagte er zu dem Festungs-Offizier. Diese Pfade würden die Feinde für die Bogenschützen festhalten, und wären ein Weg für die Kavallerie zu einem Gegenangriff, falls es dazu kam.

Die Bauarbeiter waren eine Gruppe von Sklaven, die bei der Plünderung der Höfe befreit wurden. Ihnen wurden die Freiheit und ein Anteil an der Beute gegen ihre Hilfe versprochen. Ricks Angebot, sie zu bezahlen, hatte die Sklaven fast ebenso überrascht wie seine eigenen Truppen. Einige von ihnen hatten sich sogar als Soldaten beworben, aber Rick lehnte ab. Während des Kampfes wurden sie in ihre Baracken eingeschlossen. Er brauchte keine untrainierten und vertrauensunwürdigen Männer, die in einem entscheidenden Moment herumwanderten.

Als es dunkel war, beorderte Rick eine andere Abteilung der leichten Kavallerie nach vorne, um die Feindbewegungen zu beobachten. Den anderen Truppen wurde erlaubt, wegzutreten und das Lager aufzuschlagen; sie ließen ihre Waffen an ihrem Platz zurück, um ihre Position in der Kampflinie genau zu markieren.

Er ritt eine Stunde lang um das Lager, manchmal hielt er an, um mit den Clansmännern zu reden, die um ihre Wachfeuer saßen. Julius Cäsar hatte in der Nacht vor

Pharsalia einen Kratzer benutzt, um öbszöne Scherze aufzuzeichnen. Wie konnte man den moralischen Wert eines solchen Instruments messen? Rick führte lieber konventionellere Gespräche, bei denen er die Überraschung der Römer hervorhob, wenn die Sternenwaffen sie von ihren Pferden holen würden.

Schließlich war es geschafft, und er konnte in die Villa zu seinem Abendessen gehen. Es war fast Mitternacht.

»Ich habe noch einen Befehl«, sagte er zu dem Stabsoffizier. »Ich mache dich dafür verantwortlich, daß die Köche morgen früh bei Dämmerung auf sind. Bevor die Sonne eine Stunde hoch steht, möchte ich für jeden Mann der Truppe heißen Haferflockenbrei.«

Der Mann, der bis vor wenigen Stunden der Besitzer der Villa war, saß an der Tafel und blickte finster auf Rick und seine Offiziere.

»Cäsar wird deinen Kopf bekommen«, tobte er.

Rick musterte ihn neugierig. Der Mann war fett, ungefähr vierzig Erdenjahre nach Ricks Schätzung, und er sah nicht mehr wie ein Römer aus, als eine schwere Kavalleriebrigade einer Legion gleicht. Rick fragte sich, welche Gruppe von gekidnappten Erdenmenschen wohl seine Vorfahren waren. Dies war eine Frage, die er besser nicht stellte.

»Wenn Yatar es wünscht«, sagte Rick. »Aber du verlierst den deinen, bevor Cäsar etwas von unseren Köpfen weiß.«

»Ich bin ein Cousin Cäsars«, protestierte der Mann. »Cäsar wird mich loskaufen.«

»Wir werden sehen. Im Moment brauche ich Informationen. Wie vielen Truppen werden wir morgen früh gegenüberstehen?«

»Ich bin Spurius Patroclus Sempronius, und ich werde Rom nicht verraten«, sagte der fette Mann.

»Hah!« Balquhain stand auf und zog seinen Dolch. »Wir werden sehen, ob er es mag, wenn wir ihn Stückchen für Stückchen an Cäsar schicken.«

Sempronius wurde leicht grün, aber er preßte seine Lippen zu einer dünnen Linie aufeinander.

»Nicht nötig«, sagte Rick freundlich. »Alles was ich wirklich wissen muß, haben mir meine Scouts berichtet.« Er wendete sich wieder dem Gefangenen zu. »Sag mir eines: Was hält die Sklaven von einer Revolte ab? Es waren hier über hundert.«

»Dreihundert. Warum sollten sie revoltieren? Sie werden gut behandelt. Und Cäsars Legionen würden sie kreuzigen.«

Das oder eine Variante zu diesem Thema war die Antwort auf fast alle Fragen. Cäsars Legionen führten die Befehle aus, und Cäsars Offiziere zogen die Steuern ein. Cäsars freie Männer nahmen den Postdienst wahr, und Cäsars Sklaven hielten die Kanalisation der Städte in Ordnung.

»Gibt es keinen Senat?« fragte Rick.

»Sicher. Ich bin ein Senator von Rom.«

»Merkwürdig. Wann tritt er zusammen?«

»Wenn Cäsar es wünscht natürlich.«

Es stellte sich heraus, daß Cäsar dies alle fünf Jahre einmal wünschte. Die Zusammenkünfte waren kurz und taten nicht mehr, als Cäsars Beschlüsse zu bestätigen, oder einen neuen Beamten für Cäsar zu wählen. Doch verglichen mit den Versammlungen war der Senat nahezu allmächtig: Die Versammlung trat in jeder Regierungsperiode genau einmal zusammen, um öffentlich ihre Zustimmung zu geben, welchen Cäsar die Armee auch gewählt hatte. Ansonsten hatten die Bürger keine Stimme in der Regierung und wollten auch keine; sie waren froh genug, wenn Cäsar sie in Ruhe ließ. Zum Tausch bekamen sie Frieden und Ordnung und Schutz vor solchen Banditen, wie Rick einer war.

Spätes Empire, beschloß Rick. Das Militär war mehr aus der Zeit von Karl dem Großen, aber die Regierung war ganz bestimmt aus der herrschenden Periode des Römischen Empires. Die Armee hielt die Bürger davon ab, Schwierigkeiten zu machen, die prätorianischen Regimenter hielten den Rest der Armee unter Kontrolle, und Cäsar verbrachte die meiste Zeit damit, sich Sorgen zu machen, wie er die prätorianischen Wachen unter Kontrolle halten konnte.

Als Rick Sempronius dazu gebracht hatte, über Politik zu reden, konnte er ein paar Informationen mehr aus ihm herausholen. Das wichtigste war, daß es zwölf römische Meilen weiter eine Stadt gab.

Sie hatte einen Kornspeicher, und die Ernte war dieses Jahr gut gewesen. Alles was er zu tun hatte, war durch die römische Legion zu gehen, die ihn bewachte.

Tylara drehte sich schnell um, als sie hinter sich auf dem Dach Fußtritte vernahm.

»Ich dachte, ich hätte allen meinen Offizieren gesagt, sie sollen ins Bett gehen«, sagte Rick.

»Ich könnte nicht schlafen.«

»Ich auch nicht.« Er stieg über das Geländer, um zu ihr zu gelangen. Von dem flachen Dach der Villa hatte man eine gute Aussicht auf die Wachfeuer, die über das ganze Grundstück verteilt waren. Edward III. benutzte bei Crécy eine Windmühle als Kommandoposten. Diese Villa war weit besser.

»Glaubst du wirklich, daß wir gewinnen können?« fragte Tylara.

»Morgen? Ja. Es gibt keinen Grund, warum wir es nicht können. Wir haben mehr Truppen, und wir haben bessere Waffen.«

»Ich weiß, daß du nur noch wenig Blitze für deine Waffen hast«, sagte sie.

»Gwen muß es dir erzählt haben«, sagte Rick. Tylara nickte. »Und trotzdem kamst du mit uns und hast es deinem Vater nicht verraten.«

»Mein ganzes Leben glaubte ich, das Empire habe die besten Soldaten der Welt«, erklärte sie. »Aber nun werden wir sie schlagen, und es wird nicht an den Waffen liegen.«

»Waffen, Organisation – Tylara, nichts ist im Krieg

sicher, aber wenn das Ergebnis nicht ziemlich klar für mich wäre, ständest du nicht hier.«

»Wie willst du mich hier wegbekommen?«

»Wenn es nötig wäre, auf ein Pferd gebunden, das allein nach Hause findet«, sagte Ric.

»So unbeliebt bin ich bei dir?«

»Du weißt es besser, Du mußt es besser wissen«, sagte er. Er trat näher zu ihr. »Ich mag dich sehr gern.«

»Aber du hast eine Frau –«

»Gwen? Sie ist nicht meine Frau.«

»Ihr Kind, es ist nicht deines?«

»Yatar, nein! Wie kommst du darauf?«

»Niemand wollte fragen«, sagte Tylara. »Dann – gibt es sonst niemanden? Niemanden, zu dem du zurückkehren möchtest?«

Er legte seine Hände auf ihre Schultern. »Das einzige Mädchen um das ich mich sorge, bist du. Wußtest du das nicht?«

»Ich hoffte es.« Sie zögerte. »Rick, ich werde immer Lamil lieben, meinen Mann –«

»Und nie jemanden anders?«

»Ich liebe schon jemand anders.«

Der Brauch verlangte eine längere Trauerzeit, aber wenn es Rick nichts ausmachte, machte es ihr auch nichts aus. Als er zu ihr kam, wehrte sie sich nicht.

2

Er wurde bei Anbruch der Dämmerung geweckt, wie er es befohlen hatte, aber die Kavalleriescouts meldeten keine Zeichen einer Bewegung im römischen Lager. Rick sandte eine andere Scoutgruppe hinaus und versuchte sich wieder ins Bett zu legen; nach einer halben Stunde wußte er, daß es keinen Zweck hatte, und er ging hinaus, um zu sehen, daß die Männer alle ein warmes Frühstück bekamen. Wellington bestand am Morgen vor Waterloo auf eine heiße Mahlzeit, und er glaubte immer, daß die

Biscuits und die »Kraftbreis« genausoviel mit seinem Sieg zu tun hatten wie irgend etwas anderes.

Wenn die Römer früh angriffen, schien die Sonne seinen Bogenschützen in die Augen. Es gab nichts, was er gegen dieses Problem tun konnte.

Im Lager war alles ruhig. Es war nicht die Stimme von Soldaten, die in ihre Fähigkeiten vertrauten. Es gab sporadisches Gemurmel, kleine Scherze, die normalerweise zu einem Lachen angeschwollen wären, Spekulationen über verschiedene Frauen, sogar ein paar Versuche, fröhlich zu sein, aber jedes Gespräch erstarb wieder in Stille.

»Sie sind ängstlich, Capt'n«, sagte Mason. »Ich kann es fühlen.«

»Ich auch.«

»Es ist das Warten«, sagte Mason. Er schielte nach Osten. »Ich wünsche fast, sie würden kommen, und wir hätten es hinter uns, obwohl es besser ist, wenn die Sonne höher steht.«

»Sie werden früh genug hier sein. Lauf ein bißchen herum. Sieh ganz normal aus und sorge dafür, daß sie das Gewehr sehen.«

Mason grinste. »Den Patronengurt zeige ich ihnen aber besser nicht.«

»Dies wird nicht unser einziger Kampf sein«, warnte Rick. »Schieß nicht zuviel.« Er zögerte. »Falls irgend etwas dazwischenkommt, werde ich versuchen, Tylara herauszubringen. Die Römer werden versuchen, uns von der Straße abzuschneiden, die zurückführt. Wenn ich zu der Villa durchkomme, die wir zuerst plünderten, werde ich so lange auf dich warten, wie ich kann. Du tust das gleiche.«

»Gut. Ich würde mir nicht so viele Sorgen machen, Capt'n.«

»Machst du dir keine?«

»Fürs Sorgenmachen werde ich nicht bezahlt. Dafür gibt es Offiziere.«

Die Wahre Sonne stand halb hoch und der Feuerstehler drei Handbreit über dem Horizont, als der Scoutmelder einritt. Die Legion näherte sich.

»Kommen sie alle?« fragte Rick. »Wie sind sie formiert?«

»Sie sind alle zusammen«, berichtete der Scout. »Sie kommen in zwei großen Gruppen. Die Linke von ihnen aus geht leicht vor der Rechten.«

»Und wo ist Lady Tylara?«

»Wie Sie befahlen, zieht sie sich von ihnen zurück, behält sie aber im Auge. Sie schickt Boten, wenn sie ihre Einheit teilen.«

»Ausgezeichnet«, sagte Rick. Er wendete sich zu Drumold um. »Laß die Kampfhörner blasen.«

Die Gebirgsbewohner Tamaerthons waren offensichtlich keltischen Ursprungs, und Rick vermutete, daß sie Dudelsäcke hatten; aber entweder stammten ihre Vorfahren von einer Gruppe ab, die sie nicht gebrauchten, oder diese Kunst ging während der Jahrhunderte auf Tran verloren. Statt dessen bliesen sie ein langes, gedrehtes Horn, das ein wenig an eine dünne Tuba erinnerte. Auf Drumolds Wink erklangen sie, und die, die dem Lager folgten, begannen das Schlagen von Trommeln zu imitieren. Die Pikenmänner und Bogenschützen rannten zu ihren Waffen.

Rick kletterte auf das Dach der Villa. Für die Moral wäre es besser, wenn er in der Kampflinie blieb, aber er konnte sich keine mutmachenden Gesten leisten. Mehr als ein Kampf war verloren worden, weil der Kommandant nicht wußte, was mit seinen Einheiten passierte. Die Stabsoffiziere, die er gewählt hatte, mit ihm dort auszuhalten, mochten es ebensowenig, dort oben zu sein, aber er hatte die Wichtigkeit der Kommunikation immer wieder betont, bis schließlich einige verstanden, wie lebenswichtig er Boten brauchte, deren Befehle auch befolgt wurden.

Die Sicht nach Osten wurde teilweise durch niedrige Berge verdeckt, aber von der günstigsten Stelle des Daches konnte er gerade noch die scharlachroten und gelben Wimpel seiner leichten Kavallerie sehen. Sie stoppten am Abhang des Berges und sahen auf etwas hinunter. Er versuchte Tylara auszumachen, aber die Entfernung war zu groß. Er fühlte eine momentane Panik in sich aufsteigen. Vielleicht war sie von den Römern gefangengenommen worden. Aber es gab keinen Grund, sich jetzt darüber Sorgen zu machen.

Die Ersten Piken rückten glatt in ihre Formation, ein Rechteck, 125 Mann breit und 8 Mann tief. Die Schweizer hatten ihre Pikenmänner in genaue quadratische Blocks eigeteilt, aber er hätte noch eine Front bilden müssen, um diese zu schützen. Während er beobachtete, legten sie ihre Waffen nieder, handelten beinahe wie ein Mann. Auf diese Art waren sie nicht erschöpft, wenn der Kampf begann.

Vor ihm tauchte ein Wald von Piken auf, es waren die zweitausend Männer der Zweiten Piken. Durch den Feldstecher konnte er die einzelnen Landsknechte erkennen. Sie sahen nervös aus. Gut, er war es auch. Da kamen die Bogenschützen, um ihren Platz zwischen den gespitzten Pfählen, die ihre Position markierten, einzunehmen. Ihre Reihen waren nicht so geometrisch wie die der Pikenmänner. Nun, das wurde auch nicht von ihnen erwartet. Wenn die schweren Kavalleriemänner zwischen die Bogenschützen geraten sollten, um Mann gegen Mann zu kämpfen, wäre die Schlacht vorbei.

Sein Blick glitt zurück zum Horizont. Seine leichte Kavallerie machte Front zu ihm, und sie ritten wie der Teufel. Er hob den Feldstecher gerade rechtzeitig, um den ersten Feind über die niedrigen Hügel ungefähr zwölfhundert Meter entfernt, kommen zu sehen.

Die Römer trabten wie eine gepanzerte Flut auf sie zu. Tylara hatte keine Schwierigkeiten, die leichte Kavallerie-Einheit zu überzeugen, daß sie Panik simulieren sollten. Eher wäre es ein Problem gewesen, sie zu halten, während die Römer in Trab fielen. Es sah aus, als könnte nichts diese Stahlflut stoppen.

Sie ritten hart, vorbei an den Ersten und Zweiten Piken, den freien Weg hinunter, der zur Villa führte. Ihre Pferde waren, noch bevor sie innerhalb ihrer eigenen Linien waren, naß vor Schweiß. Tylara hatte die ganze Zeit bewußt geführt, und als sie ihr Pferd nun zügelte, hielten die anderen an. Einige von ihnen wollten vielleicht gar nicht. Eine Kavallerie-Gruppe – Rick nannte sie einen »Zug«, ein fremdes Wort – würde in den Süden, jenseits der Sklavenbaracken gehen, um sie zu warnen, falls die Römer versuchten, den Wald einzukreisen um sie von hinten anzugreifen, aber Rick hatte betont, daß es wichtig sei, zuerst anzuhalten, um zu demonstrieren, daß sie nicht *wirklich* wegliefen.

Wieder einmal wunderte sie sich über die Details, an die er dachte. Nichts schien für ihn unbedeutend. Jeder gute Anführer inspizierte die Clanwaffen, aber Rick sah auch nach ihren Stiefeln und Schlafdecken. Wer würde daran gedacht haben, Spaten mitzubringen? Oder Schleifsteine? Oder spezielle Abteilungen zu bestimmen, die Holz holten, um Feuer zu machen? Ohne ihn wären sie verloren. Er hatte recht, daß er auf dem Dach der Villa stand anstatt in der vordersten Front des Clans. Er hatte keine Angst vor dem Kampf, ganz gleich, was einige der jungen Krieger sagten.

Sie stieg vor den Stufen der Villa ab. Genau vor ihr saß ihr Bruder mit dem Banner ihres Vaters auf seinem Pferd, umringt von ihren Kavalleriemännern. Tylara grinste in sich hinein, als sie die Stufen zum Dach hinaufschritt. Diese jungen Leute hatten mächtig protestiert, daß ihr Platz in der vordersten Front der Schlacht sei, aber nun, da sie die Römer gesehen hatten, sahen sie nicht mehr so begierig dem Angriff entgegen.

Rick schaute durch seine weitblickenden Gläser. Feldstecher. Sie mußte dieses Wort behalten. Sie stieg über das Geländer, um zu ihm zu gelangen. Sein Lächeln erwärmte sie.

»Wie nahe kamst du ran?« fragte Rick.

»Langbogenschuß. Sie trugen Kurzbögen, und wir wollten deswegen nicht noch näher ran.«

»Du lernst dazu«, sagte Rick. Er murmelte etwas zu sich selbst, in seiner fremden Sprache, dann sprach er in ihrer, aber immer noch mehr zu sich selbst als zu ihr. »Lanzen und Schwerter. Keine Schilde.«

»Warum haben sie angehalten?«

»Um die Aufstellung zu besprechen«, sagte Rick. »Aber am ehesten wohl, weil sie hoffen, daß wir aus unserer Formation brechen und sie verfolgen.« Er wendete sich einem Stabsoffizier zu. »Geh hinaus zu jedem Regiment. Versichere dich, daß die Kommandanten verstehen, daß die Römer zum Angriff übergehen und sie in diesem Fall so tun sollen, als ob sie wegliefen. Sie wollen, daß wir uns zerstreuen. Wenn wir diesen Köder fressen, machen sie uns fertig. Den ersten Mann, den ich ohne Befehl aus der Formation brechen sehe, schieße ich von hier aus nieder.«

»Ich hätte diese Meldung besser selbst überbracht«, sagte Tylara. »Die Clansmänner werden es nicht gerne hören.«

»Sie haben es schon vorher gehört, und ich brauche dich hier. Beweg dich, Duhnhaig. Und komm zurück, wenn du es ihnen gesagt hast.«

Der siebte Führer sah Tylara merkwürdig an. Sie lächelte ihm ihren Dank zu und bedeutete ihm, sich auf den Weg zu machen.

»Du sprichst sehr grob mit wichtigen Anführern«, sagte sie zu Rick, nachdem Duhnhaig gegangen war.

»Verdammt noch mal – nein. Entschuldigung. Du hast recht. Aber es ist mein Fehler, wenn wir verlieren, ganz gleich, warum. Deshalb brauche ich dich hier, bei mir. Mit den Römern kann ich umgehen – um unsere eigenen Truppen muß ich mir Gedanken machen.«

Aus den Reihen der Römer war das Schmettern eines Horns zu vernehmen. Sie hatten sich zu zwei massiven Blocks geformt, jeder zehn Reihen tief, Reiter Knie an Knie, die Lanzen mit ihren Fahnen hoch haltend. Die Trompeten schmetterten wieder, aber es gab keine Bewegung.

Die Antwort kam von dem Trommeln der Clanfrauen und dem schrilleren Klang der Kriegshörner von Tamaerthon.

Präfekt Marselius fluchte leise. Er hatte gehofft, daß ihn die Barbaren entweder angreifen oder ausbrechen und laufen würden, aber sie taten nichts dergleichen. Er war sich mehr und mehr sicher, daß sie ein römischer Offizier führte. Er hatte noch nie gehört, daß Bergstämme in einer regulären Formation standen und auf einen Angriff warteten.

Diese Blöcke von Speermännern sahen auch bemerkenswert standfest aus. Über Jahrhunderte hinweg hatte Rom Taktiken ausgearbeitet, die mit jeder Situation fertig wurden. Wenn man Speeren gegenüberstand, sah die Standardpraxis so aus, daß man auf äußerste Bogenreichweite vordrang und sie mit Pfeilen reizte, bis sie angriffen, und dann machte man sie mit Schwertern nieder.

So würde es aber hier nicht gehen. Er konnte zu viele Bogenschützen sehen, die hinter diesen Gräben und Pfählen formiert waren, und er hatte schon Erfahrungen mit den Langbögen dieser Bergmänner gesammelt. Sie übertrafen alles an Reichweite, was ein Pferde-Bogenschütze bieten konnte, und ein Kampf der Bogenschützen kostete weit mehr, als er Gewinn brachte.

Die Standardtaktik gegen Bogenschützen war ein Ausfall mit Lanzen. Man ließ sie so schnell reiten, wie sie konnten, und verlor einige Männer zwischen ihnen; aber einmal dort, und der Kampf wäre vorbei. Falls sie mit Speermännern gemischt waren, wie sie es öfter taten, unternahm man das gleiche. Wenn sie Pfähle und Hindernisse aufgebaut hatten, mußten einige Zenturien absteigen und einen Pfad für den Rest schlagen.

Die Taktiker hatten die Situation von gemischten Bogenschützen- und Speerblöcken nicht berücksichtigt. Marselius selbst hatte noch nie von einer derartigen Situation gehört. Er hatte aber auch noch nie von Barbaren gehört, die so weit vorgedrungen waren und auf einen Kampf warteten, oder von Kavalleriescouts, die ihn vom Lager bis zum Schlachtfeld beobachteten.

»Die Männer werden unruhig«, sagte der älteste Legat.

»Laß sie. Wir brauchen Zeit, damit die Angst bei unseren Feinden wächst.«

»Wir ermüden auch die Pferde.«

Wahr genug. Ein Mann in Rüstung war eine schwere Bürde, sogar für ein Kriegsroß. Je länger sie belastet waren und still standen, desto langsamer waren sie nachher beim Angriff. »Blast Trompeten«, befahl Marselius. »Spielt falsche Signale. Marschmusik.«

Das Horn schmetterte, und vom Lager der Barbaren erfolgte die Antwort mit ihren eigenen Hörnern und Trommeln. Das, endlich, war Standard. Die Frauen der Bergmänner trommelten ununterbrochen. Es hieß, daß dies eine Art von Bitte an ihre barbarischen Götter bedeutete.

Er überprüfte noch einmal die Lage, erwog noch einmal seinen Entschluß, keine seiner Einheiten weder um den See noch um den Wald zu schicken, um die Stammeskrieger von hinten anzugreifen. Die moralische Wirkung eines Angriffs von hinten war oft verheerend, aber er vermutete, daß diese Barbaren dadurch nicht erschüttert würden. Wie auch immer, in diesem Gewirr von Bewässerungsgräben im Süden der Villa war seine Kavallerie nahezu kampfunfähig. Es war nicht die Teilung seiner Legion wert.

Er könnte sich zurückziehen. Die Stammeskrieger würden folgen, und er konnte sie auf offenem Gelände abfangen. Die Legaten würden es nicht gutheißen – es machte Angst. Und obwohl die Barbaren im Freien leichter zu besiegen waren, würden auch mehr von ihnen dahingehen. Nein. Man mußte sie lehren, nicht in das Empire einzudringen.

Es gab noch einen anderen Faktor. Die Villa war nicht niedergebrannt. Ein kühner Streich, und sie würde intakt in die Hände von Sempronius' Familie zurückfallen – vielleicht konnte er den Patrizier sogar noch lebend befreien. Anstatt hierfür gehaßt zu werden, erntete er von Cäsars Verwandten vielleicht noch Dankbarkeit.

Sie mußten angreifen, solange die Pferde noch frisch waren. Es gab nichts, was sie durch Warten gewinnen konnten. Er stellte sich in den Steigbügeln auf. »Blast die Signale für einen Lanzenangriff«, befahl er.

3

Die Stahlflut setzte sich in Gang, dann fiel sie in Trab. Die Lanzen senkten sich gleichzeitig, und die gepanzerten Reiter ergossen sich über sie, spornten zu einem Gegenangriff an. Rick fühlte einen letzten Stich Angst, schluckte hart und gewann wieder die Kontrolle über seine Nerven.

Sie kamen in einer einzelnen Welle, vier Reihen tief, ritten fast Knie an Knie, ihre Linie erstreckte sich beinahe von den Wäldern bis zum See. »Sie wollen uns überrollen«, sagte Rick. Er fragte sich, was er tun würde, wenn er der Kommandant der Feinde wäre. Ein Angriff auf das Haus? Das wäre sicher eine wirksamere Taktik als die, die die Franzosen bei Crécy angewendet hatten, wo sie in kleinen Häufchen von undisziplinierten, feudalen Lords gekommen waren. Diese Truppen waren um vieles besser, als alles, was Philip an diesem Augusttag bei sich gehabt hatte.

Sie waren fast in Reichweite der Bogenschützen. Rick konnte sicher sein, wo die Linie war, da er sie mit Pfählen markiert hatte. Die Bogenschützen erhoben ihre Bögen und spannten sie. Ein oder zwei Pfeile. Rick hoffte, daß die Unteroffiziere sich die Namen merkten. Sie hatten den Zeitpunkt des Loslassens sorgfältig errechnet: angenommen die schwere Kavallerie ritt 15 Meilen die Stunde, und die Zeit, die ein Pfeil bei der extremsten Reichweite braucht –

»Laßt die Möwen fliegen!« schrie jemand. Die Pfeile flogen hoch wie ein Schwarm, beschrieben einen hohen Bogen, und senkten sich auf die angreifenden Reiter.

Die Wirkung erfolgte im selben Augenblick. Die Reihen vor den Bogenschützen verloren ihre geometrische Präzision und lösten sich in eine Welle von im Rücken verwundeter Pferde auf. Es ertönten laute Schreie, als Pferde und Männer den Stich der eisenbeschlagenen Pfeile spürten.

Englische Langbogenschützen konnten alle zehn Sekunden einen Pfeil abschießen. Die tamaerthonischen Bogenschützen waren fast genausogut. Während die römischen Kavalleriemänner – Rick konnte sich immer noch nicht überwinden, eine Formation von gepanzerten Kriegern auf Pferderücken eine »Legion« zu nennen – die letzten 250 Yard zurücklegten, flogen die tamaerthonischen Möwen noch dreimal. Dann sprangen die Bogenschützen zurück über ihre Pfähle und feuerten weiter auf die Reihen der Feinde.

Trotz allem, was die Bogenschützen trafen, waren sie keine richtige Formation. Die Reiter galoppierten zu schnell, um anzuhalten, als sie die auf sie gerichteten Pfähle sahen, und versuchten, ihre Reittiere um sie herumzuführen, aber die Pferde liefen den anderen in den Weg, während verwundete und reiterlose Tiere ziellos zwischen ihnen herumrasten.

Mittlerweile hatten die Ersten Piken ihren anfänglichen Schock hinter sich – nur, es war kein richtiger Schock. Die erste Reihe der Pikenmänner kniete und hielt ihre Waffen mit der Spitze nach oben, genau auf die Augen der Pferde gerichtet. Die nächsten drei Reihen hielten die Waffen hoch, die Spitzen stießen über die Köpfe der knienden ersten Reihe hinweg. Sie präsentierten eine Wand von Stahlspitzen, der die Pferde nicht standhalten würden. Sie wichen ihr aus oder blieben stehen, einige mit einer Plötzlichkeit, die die Reiter abwarf. Nicht eine einzige Lanze fand den Weg zwischen die Pikenmänner.

»Das wäre die Zeit für einen Angriff«, murmelte Rick. »Aber ich kann nicht. Sie sind nicht diszipliniert genug, um in Formation stehenzubleiben.«

Die erste Reihe der Römer stieg ab, um die Piken mit

Schwertern anzugreifen. Sie waren mutiger als ihre Pferde, und einige gelangten unter die Pikenmänner, obwohl die meisten durch die schweren Spitzen niedergestoßen wurden. Die wenigen, die es geschafft hatten, zu den Pikenmännern vorzudringen, metzelten einige der ersten Reihe nieder, aber die hinteren Reihen stießen vor und schlugen sie nieder. Die Pikenmänner schrien ihren Triumph hinaus, und die ermutigende Stimmung übertrug sich auf alle.

Alles passierte auf einmal und viel zu schnell, als daß Rick etwas tun konnte, um den Kampf zu beeinflussen. Der Kampf auf Ricks rechtem Flügel war schon ziemlich vorbei, noch bevor die römischen Pferde den viel größeren Block Bogenschützen und Pikenmänner, der unterhalb der Villa aufgebaut war, erreichten.

Als die führende Welle der römischen Kavallerie die breite Front des Zweiten Piken-Regimentes erreichte, scheuten die Pferde vor der Wand von Spitzen, drängten sich auf ihre linke Seite, so daß sie vor den Bogenschützen zusammengedrängt wurden. Die Wagen, die gefällten Bäume und die anderen Hindernisse konzentrierten den Feind immer dichter, da jeder Reiter versuchte, einen der freigehaltenen Pfade hinunterzueilen.

Die grauen Möwen flogen auf den freien Pfad hinunter und streckten Pferde und Reiter nieder. Die Angreifer drangen tiefer ein. Die Reihe der Bogenschützen war hier sehr viel dünner als zwischen den Ersten und Zweiten Piken; sie mußte es auch sein, da die Front hier dreifach zu schützen war. Die Pfeile flogen weniger dicht, und die Sicherheit dieser Front, verglichen mit der massiven Wand von Pikenspitzen, zog die stahlgerüsteten Römer an wie ein Magnet.

Diejenigen, die durch Gräben und Bäume aufgehalten wurden, stiegen von ihren Pferden und drangen weiter vor, indem sie Kriegsschreie ausstießen.

»Jetzt!« schrie Tylara. »Benutzt eure Sternenwaffen! Jetzt!«

»Nicht sofort.« Rick beobachtete die Entwicklung der Situation. Die Römer zu Fuß waren gefährlich. Ihre

Rüstung schützte sie teilweise vor den Pfeilen. Aber sie waren auch sehr viel langsamer, und die Bogenschützen hatten mehr Gelegenheit zu schießen. Die römische Welle kam schwerfällig vorwärts, passierte die Waggons, umging die gefällten Bäume, übersprang oder umging die Gräben, wälzte sich auf die Bogenschützen zu, die jetzt keinen anderen Schutz als ihre Pfähle hatten. Die Bogenschützen fielen unfreiwillig zurück, und immer weiter zurück –

Sie wurden aufgehalten, da sie mit dem Rücken gegen die schwere Kavallerie und Drumolds Banner stießen. Sie stoppten für einen Moment, um eine weitere Salve von Pfeilen auf die Römer zu feuern, die zwischen den Pfählen gingen, ihrer letzten Verteidigungslinie.

»Jetzt!« sagte Rick. Er rief einem berittenen Boten vor ihm etwas zu. »Jetzt!« Er rannte die Treppe hinunter, schrie nach seiner Ordonnanz und seinen Boten. Es war Zeit, in den Kampf einzugreifen.

Tylara beobachtete ohne Angst den Eröffnungsangriff der schrecklichen Römer. Zu Rick hatte sie Vertrauen, wenn auch nicht in ihre Clanleute. Als sie die römische Welle gegen die Bogenschützen und Pikenmänner brechen sah, war sie sicher, daß sie gewonnen hatten.

Aber die Römer drangen weiter vor. Als sie abstiegen, um die Bogenschützen und das Banner ihres Vaters hinter der Schützenlinie anzugreifen, ergriff Tylara wieder die Angst. Verstand Rick nicht, daß die Hälfte der Clanmänner versuchen würde, sich selbst zu retten, egal auf welche Art, wenn dieses Banner fiel? Warum tötete Rick sie nicht mit seinen Donnerwaffen?

Es schien, als hätte er vergessen, daß er bewaffnet war. Er war weit mehr damit beschäftigt, seinen Boten Nachrichten zuzurufen. Nun rannte er zur Treppe. Tylara folgte ihm, fragte sich, was er vorhatte.

Der Lärm des Kampfes füllte ihre Ohren. Sie hörte Rick wieder schreien, aber sie konnte ihn nicht verstehen.

Direkt vor ihr, keine dreißig Yard von der Villa entfernt, tobte ein verzweifelter Kampf, die Römer marschierten vorwärts in den Pfeilhagel. Die Bogenschützen zogen sich zurück, immer noch in einer geordneten Reihe, aber hier und da brach ein Mann aus und rannte.

Die Römer mußten aufgehalten werden. Ihre leichte Kavallerie-Eskorte stand neben der Villa. Sie würden nicht sehr viel gegen gepanzerte Krieger ausrichten können, selbst nicht gegen Krieger zu Fuß. Aber die schwerer gepanzerten Männer ihres Bruders könnte man nun vielleicht einschalten – dort rannte Rick, und sein Offizier hielt ein Pferd für ihn bereit. Wollte Rick sie selbst gegen die Römer führen?

Das war Ricks Angelegenheit. Die leichte Kavallerie war die ihre. Sie rief ihnen zu aufzusitzen und führte sie vorwärts, um die Rückzugslinie der Bogenschützen zu stärken. Die Schützen ließen sie durch, und sie jagte, die Streitaxt schwingend, vorwärts. Sie wußte, daß sie damit nicht geschickt war, aber der einzige Weg, um sicherzugehen, daß die anderen angriffen, war, sie selbst anzuführen.

Ein Römer stieß mit einer Lanze nach ihr. Sie parierte mit der Axt, geriet in seine Reichweite, schwang die Axt herum, um ihn zu töten. Sie schlug in seinen Helm, drang aber nicht ganz durch, und während der Mann von dem Schlag taumelte, rannte ein Bogenschütze zu ihm und streckte den Römer mit dem Holzhammer nieder, den sie benutzt hatten, um die Pfähle einzuhauen. Der Römer fiel.

Andere Römer rückten vor. Viele der Bogenschützen hatten keine Pfeile mehr, und obwohl einige ihre Schwerter zogen und mutig stehenblieben, wichen andere zurück. Sie würden bald alle rennen.

Die römische Linie stoppte. Es gab Schreie und Rufe, und die Römer drehten sich um, von Entsetzen erfüllt –

Das Dritte Piken-Regiment hatte sich nach links gewendet und griff die Römer an. Sie formten einen unwiderstehlichen Rammbock aus Stahlspitzen und drangen vorwärts, trafen die Römer von der Seite und von hinten.

Es gab mehr Schreie. Die rückwärtigen Reihen der Zweiten Piken hatten ebenfalls in den Kampf eingegriffen, schwenkten, um einen Block von dreißig Mann im Quadrat zu bilden, und steuerten hinunter auf die Römer zu.

Nun dachten die Römer an nichts anderes mehr als Rückzug. Die, die immer noch auf Pferden saßen, versuchten, aus den schmalen Pfaden zwischen den Gräben herauszukommen, während die zu Fuß gehenden verzweifelt versuchten, ihre Pferde einzufangen und den Piken auszuweichen, die von beiden Seiten auf sie eindrangen. Eine weitere Salve von Pfeilen schlug eine Bresche in die römischen Reihen.

Sie waren aber immer noch gefährlich. Ein Römer griff Tylara an, und sie schwang wild ihre Axt, verfehlte ihn, gab ihm aber Grund, zurückzuweichen. Dann kamen die Pikenmänner wieder, und der Römer ließ sein Schwert fallen und fiel.

Tylara wendete sich gerade in dem Moment von der Schlacht ab, um nach Rick zu suchen, als sie ihn zu ihrer Rechten die schwere Kavallerie führen sah.

Rick brüllte, während er rannte, laute Befehle. »Dritte Piken nach rechts und angreifen.« Er schickte diesen Boten weg und rief nach einem anderen. »Zweites Bataillon der Zweiten Piken bildet einen Block, schwenkt nach rechts und greift an.« Nun hoffe ich nur noch bei Gott, daß der ganze Drill, den wir während des Sommers übten, eine Wirkung hat. Wir haben sie! Bei Gott, wir haben sie.

Es gab einen schwachen Punkt. Während die Dritten Piken in den Kampf eingriffen, ließen sie zwischen sich und dem See eine Lücke, während das, was die ganze Zeit ihre Front war, nun zu ihrer rechten Flanke werden würde, die völlig bloßgestellt war. Ein Angriff hier oder in der Lücke würde verheerend sein.

Es war aber nicht so. Die Römer hatten keine Reserve zurückgehalten. Schlechte Taktik. Es war immer lohnend, sich eine Reserve zu halten. Ohne Reserve kann man die Fehler des Feindes nicht ausnutzen, und der Sieg ging gewöhnlich an die Seite, die die wenigsten Fehler beging –

Er fand sein Pferd und schwang sich in den Sattel, winkte dabei den schweren Kavalleriemännern zu, ihm zu folgen. Er fluchte, als er sah, daß Drumold und sein Sohn führten. Er wollte das Banner nicht ausstellen. Aber dann sah er, warum. Die anderen hatten sich nicht bewegt, nun folgten sie zögernd ihrem Führer und Banner. Natürlich. Sie wollten am Kampf teilnehmen, und hier war Rick, der sie davon wegführte. Drumold hatte ein Wunder vollbracht, da es ihm gelang, sie die ganze Zeit festzuhalten.

Okay, das Banner kam auch mit. Nun wagte er es nicht, diese Reserve einzusetzen, bevor er sicher war, daß sie siegen würden. Er wünschte, er könnte sehen, was draußen an der Front der Ersten Piken passierte. Der Angriff dort wurde niedergeschlagen, und es würde verdammt viel Arbeit kosten, einen neuen zu arrangieren – aber die Römer hatten gezeigt, daß sie beständig waren, und er hatte nicht das Recht anzunehmen, daß ihr Kommandant ein Narr sei.

Sie umgingen die rechte – nun die hintere – Seite der Dritten Piken, brüllten Schlachtrufe, um die Infanterie nicht zu verunsichern. Er wollte nicht, daß sie in Panik gerieten, wenn sie fremdes Hufgetrampel hinter sich hörten.

Draußen an der Front standen die Dinge für einen Moment still. Der rechte Flügel der römischen Armee hatte sich zurückgezogen, und die Männer liefen umher. Es würde noch eine Weile dauern, ehe sie eine andere Formation für einen neuen Angriff gebildet hatten.

Die ersten Piken standen ungezwungen da und schauten neugierig zurück zum Hauptkampf. Balquhain hob das Clan-Banner hoch. Ein Beifallssturm lief durch die Reihen.

Die Bogenschützen, die sich den Ersten und Zweiten Piken angeschlossen hatten, waren zu ihren Pfählen zurückgekehrt, und einige von ihnen liefen vor den Pfählen umher, um die toten Körper auszuplündern, dabei gingen sie auf Nummer Sicher, daß das, was sie ausraubten, auch Leichen waren. Es schien keine Möglichkeit zu geben, das zu verhindern.

Innerhalb des Kessels ging das Gemetzel weiter. Die Fluchtwege waren mit Leichen vollgestapelt, und mancher unternehmungslustige Offizier der Zweiten hatte auf jeden Pfad ein paar Pikenmänner abkommandiert. Die Pikenmänner standen hinter Bergen von Leichen und hielten die Villa im Auge, verhinderten, daß irgendeiner floh. Die Römer innerhalb dieses Kessels waren so dicht aneinandergepreßt, daß sie ihre Waffen nicht mehr benutzen konnten. Auch wurden sie allmählich müde. Das war der Nachteil der Rüstungen. Der Schutz, den sie gaben, verlangte einen hohen Preis.

Ha! Der rechte Flügel der Römer hatte sich neu formiert. Rick benutzte seinen Feldstecher, um den scharlachroten Umhang und die goldenen Armbänder des Kommandanten ausfindig zu machen. Der Mann stand in den Steigbügeln, um den Kampf zu verfolgen. Es war offensichtlich, daß er nicht wußte, wo er angreifen sollte. Die beste Stelle – die Flanke der Dritten Piken – wurde durch Ricks schwere Kavalleriemänner geschützt; und wenn sie die Dritten Piken angriffen, stellten die Römer ihre Flanke zu einem Kavallerieangriff bloß. Mittlerweile hatte der römische Kommandant die Hälfte seiner Armee in dem Kessel verloren.

Aha. Er hatte vor, eine Truppe zwischen den Verbindungspunkt der Zweiten Piken und den Bogenschützen, die mit den Ersten und Zweiten verbunden waren, zu treiben. Wenn sie dort durchkamen, würden sie Ricks Einheit in zwei Teile schneiden, und sie hätten eine ausgezeichnete Chance, seine Hauptmacht zusammenzudrücken und gleichzeitig den Druck auf ihre Truppen, die in dem Kessel gefangen waren, aufzulösen. Es war eine gute Taktik, aber etwas einfältig. Wenn sie die

Bogenschützen bei ihrem ersten Angriff nicht auseinanderbrechen konnten, warum dachten sie, sie könnten es jetzt, da ihre Pferde außer Atem waren?

Aber was konnten sie sonst tun? Noch mehr Männer in den Kessel zu schicken, wäre noch schlimmer als nutzlos. Was würde ich tun, wenn ich –

»Wir stehen herum wie Feiglinge!« Dughuilas, der Führer des größten Unterclans, zog sein Schwert. »Ich will nicht, daß man sagt, ich hätte diesem Kampf zugesehen, ohne daran teilzunehmen.«

Oh, verdammt noch mal. Das fehlte mir gerade noch. »Halt!« brüllte Rick. Die Hälfte der Kavalleriemänner hatte ihre Waffen gezogen, und sogar Drumold sah begierig aus. »Wir schützen unsere Männer hier. Wenn wir diesen Platz verlassen, werden die Römer angreifen –«

Nicht gut. Sie hörten nicht zu. Rick zog seine Mark-IV-.45-Automatik und zielte dicht an Dughuilas linkem Ohr vorbei. Er feuerte.

Der Clan-Führer zuckte zusammen. Auf vier Fuß war die Explosion der Waffe genug, um ihn vom Weggehen abzuhalten. »Noch ein Schritt vorwärts, und ich schieße dich aus dem Sattel«, drohte Rick.« Und jeden anderen auch, der desertieren will.«

»Desertieren? Wir wollen kämpfen!« schrie jemand.

»Ihr werdet die Chance zu kämpfen noch bekommen. Ha! Sie wollen es versuchen.« Er wies nach draußen. Die römische Linie stürmte wieder vorwärts, diesmal in einer großen Kolonne, die wie ein Pfeil zwischen die Ersten und Zweiten Piken gerichtet war.

Und wieder gingen drei Pfeilsalven auf sie nieder, bevor sie die Pfähle erreicht hatten. Dieses Mal schoben sie sich vorwärts, achteten nicht auf ihre Verluste, führten die Pferde in das abgesteckte Gebiet, das nun von den Bogenschützen hastig geräumt wurde.

Es war die letzte römische Reserve. Rick stürmte vorwärts, ritt hart auf das Erste Piken-Regiment zu. Er hatte keine Angst, daß die anderen ihm folgen würden, und sie taten es auch nicht; sie machten sich für die Römer fertig. Gut, das war nun geklärt. Das wichtigste war nun, daß die Ersten Piken nach rechts schwenkten, um sich den Rücken zu decken, und dann angriffen. Sie hatten die Römer weit gründlicher fertiggemacht als diese Eisenköpfe.

Aber letztendlich würden die Führer der Clans doch die Chance zu kämpfen bekommen.

Sie werden kämpfen, und ich nicht, dachte Rick. Nicht, daß ich es unbedingt möchte. Aber dieser Kampf ist bis auf die Säuberungsaktion gleich vorbei, und ich habe nicht einen Schuß abgefeuert.

Dann grinste er, als ihm einfiel, daß er doch einen Schuß abgegeben hatte.

4

Die Schlacht war beendet. Wohin Rick auch ging, erhoben die Männer Freudenschreie. Die Verluste Tamaerthons waren leicht, und die Römer waren total geschlagen. Der Triumph war vollständig.

Aber dann fühlte er die gehobene Stimmung mit dem Adrenalin, das ihn aufrechtgehalten hatte, dahinfließen. In den Militärbüchern endet der Kampf mit dem Sieg. Die Schachfiguren ziehen sich in ihre Schachtel zurück, und alles ist ruhig.

Aber hier gab es keine Ruhe. Hier waren die Schmerzensschreie von Männern und Pferden, gemischt mit dem Triumphgesang und der Freude der Sieger. Ein Bogenschütze saß stumpfsinnig da, während er das Blut beobachtete, das von seinem Arm floß, der oberhalb des Ellbogens abgetrennt war. Ein römischer Krieger krümmte sich vor Schmerz, während die Pikenmänner ihm die Rüstung auszogen und ihn verfluchten, da er ihnen ihre Beute vollblutete. Und überall schrien die Pferde und Centauren und schieden voll von Blut dahin.

Die Centauren waren das Schlimmste. Manchmal schlimmer als die sterbenden Menschen und weit schlimmer als die Pferde. Die Tiere versuchten, ihre unvollkommen entwickelten Hände zu benutzen, um Pfeile herauszuziehen oder den Blutfluß zu stoppen. Sie waren nicht intelligent genug, um zu verstehen, was passiert war (würden sie in einer Million Jahren richtige Hände und eine hohe Intelligenz entwickelt haben?), aber sie waren empfindsam genug, um zu merken, daß etwas passiert war. Wie Hunde heulten und wimmerten sie und baten ihre menschlichen Herren um Hilfe, die ihnen nicht gegeben werden konnte. Gott sei gedankt, dachte Rick; Gott sei gedankt, daß die Römer nur wenige davon eingesetzt hatten.

Und Gott sei gedankt, daß das hier erledigt ist. Mit etwas Glück werden wir es nicht wieder tun müssen. Ich kann ohne Krieg auskommen. Die Kämpfe in Afrika waren nicht so schlimm. Die Helicopter kamen und brachten die Verwundeten weg. Man mußte sich das, was man getan hatte, nicht ansehen.

Er hatte keine Zeit mehr zum Grübeln. Es gab eine Million Details, um die man sich kümmern mußte. Das Gemetzel war zu stoppen, und die Römer mußten sich ergeben: Die aristokratische Gesinnung von Ricks schweren Kavalleriemännern half dabei. Es war unter ihrer Würde, einen Feind zu töten, der sich nicht verteidigen konnte. Einige von ihnen waren sogar intelligent genug zu bemerken, daß ihre Feinde auch dann noch weiterkämpfen würden, wenn die Schlacht schon verloren war und sie in dem Glauben blieben, daß sie so oder so getötet würden.

Sklaven, die von Mason und seiner MP geführt wurden, beraubten die Toten und entwaffneten die Gefangenen. Diese Aufgabe konnte den Clan-Kriegern nicht anvertraut werden. Und Rick hatte die Führer und diese wieder die Bogenschützen und Pikenmänner zu überzeugen, daß die Beute fair geteilt wurde. Die Idee, daß der Kampf von allen gewonnen worden war und deshalb auch alle die Beute teilen sollten, war für die Bergmänner neu.

Kavallerietrupps mußten ausgeschickt werden, um zu den geflüchteten Römern Kontakt zu halten und um nach frischen römischen Einheiten Ausschau zu halten. Auf dem Schlachtfeld mußten Pfeile zusammengesucht und wieder verteilt werden. Hebammen und Priester mußten die Verwundeten untersuchen. Gefangene mit tiefen Wunden in Brust oder Bauch mußten gnadenvoll getötet werden – es gab nichts, was man sonst für sie tun konnte. Andere Wunden wurden ausgebrannt oder ausgewaschen und verbunden – Gott sei Dank kamen sie nicht mit der Wahnsinnstheorie an, einen verwundeten Mann zur Ader zu lassen.

Und das ist etwas, was ich jetzt tun kann, dachte Rick. Ich kann medizinische Erkenntnisse lehren, die Keimtheorie der Krankheit und antiseptische Praktiken, und ich kann einige der Eingeweihten für Anatomie und Sektion interessieren. Aber wie können wir Penicillin entwickeln? Vielleicht können wir es gar nicht. Sulfat-Drogen? Ich weiß nichts über sie, leider. Keine Technologie. Keine chemische Theorie, keine Experimentatoren, keine wissenschaftlichen Methoden. Keine Chirurgen, und ich weiß nicht genug, aber ich kann einen Anfang machen. Ich kann sie lehren, wie man lernt, und eines Tages wird ein entzündeter Blinddarm kein Todesfall mehr sein.

Stallburschen und Gaffer mußten hinausgeschickt werden, um die gefangenen Pferde zusammenzutreiben. Die Centauren sollten hinausgehen, wohin sie wollten – die, die nicht tödlich verwundet waren. Die Berg-Glans waren nicht an sie gewöhnt und würden sie nicht behalten. Er mußte mehr MPs hinausschicken, damit keine Pferde gestohlen wurden oder mit der Beute wegliefen. Und die Opfer mußten gezählt werden.

Mittelalterliche Armeen überließen dies den Herolden. Nach Agincourt hatten die französischen Herolde das Schlachtfeld inspiziert und mit den englischen Herolden zusammengearbeitet, um die Namen der Toten und Gefangenen herauszufinden. Diese nützliche Organisation hatte sich auf Tran nicht entwickelt. Rick hatte versucht, die Probleme, die der Sieg mit sich brachte, vorauszusehen und sie für sie zu organisieren, aber dann hätte er überall zugleich sein müssen.

Und wo er auch hinging, hörten die Männer mit dem auf, was sie gerade taten, und jubelten ihm zu. Er könnte stolz darauf sein. Er hatte den Kampf gewonnen, und der Sieg hatte sich gelohnt. Ohne das Getreide waren die Bergleute verloren. Und auch die Freude war wichtig, wenn er die Kontrolle über sie behalten wollte. Die Männer wollten einen Kommandanten bejubeln, der für sie Siege errang. Aber er wünschte, sie würden die Arbeit erledigen und ihn in die Villa gehen lassen. Es war ein glänzender Sieg, aber er wollte das Schlachtfeld nicht länger sehen.

Tylara kam mit einem Gefangenen, den sie führte, in die Villa. »Ich habe den römischen Kommandanten gefunden«, sagte sie.

Man hatte ihn seiner Rüstung und der goldenen Armbänder entledigt, aber seinen roten Umhang hatten sie ihm gelassen. Aber selbst mit diesem war es für Rick schwer, in ihm den stolzen Offizier zu erkennen, den er den letzten Angriff organisieren sah.

Rick lud ihn ein, sich hinzusetzen, und schickte nach Wein. Der Römer schien überrascht. Er studierte sorgfältig Ricks Gesicht und hörte auf seine Sprache, dann schüttelte er den Kopf. »Du bist kein Römer.«

»Natürlich nicht«, sagte Ric.

»Ich dachte, diese Bar . . . diese Bergmänner müßten von einem Offizier geführt werden, der in Rom ausgebildet wurde.«

Rick lächelte leicht. Auf eine Art stimmte es sogar, aber nicht auf die Art, wie der Mann dachte. »Lord Rick Galloway, Kriegsführer des Heeres von Tamaerthon«, sagte Rick. Anmaßend, dachte er. Anmaßend, aber notwendig. Vielleicht konnte er diesen Mann brauchen. Worte kosten sehr wenig. »Ich habe Roms Taktik lange bewundert«, sagte Rick. »Ihre Männer kämpften gut, genau wie Sie.«

»Ah. Ich bin Cajus Marius Marselius, Präfekt der westlichen Grenzgebiete.«

»Präfekt. In dem Rom, das ich kenne, ist ein Präfekt militärischer sowie ziviler Gouverneur. Ist das Ihre Aufgabe?«

»Ja.« Ein Junge brachte Kelche mit Wein, und der römische Offizier trank durstig. »Danke«, sagte er zu Rick.

Rick studierte den römischen Offizier. Der Kopf blutet, aber er geht nicht gebeugt, dachte Rick. Ein stolzer Mann hält seinen Kopf nach der Niederlage hoch. Aber er weiß, daß er geschlagen ist, und vielleicht ist er vernünftig.

»Sie können ein großes Gemetzel verhindern«, sagte Rick. »Wir kamen wegen Getreide und Beute. Nun, da wir Ihre Armee geschlagen haben, hält uns nichts mehr davon ab, die Stadt Sentinius zu plündern. Ich würde das aber lieber nicht tun. Wenn Sie anordnen, daß die Reichtümer der Stadt und der Inhalt der Kornspeicher auf Wagen geladen und zu mir gebracht werden, betreten nur Offiziere die Stadt, um die Kornspeicher zu inspizieren. Wenn Sie es nicht tun, werden wir die Stadt stürmen, und niemand wird die Männer und die Strauchdiebe kontrollieren.«

Die Augen des Römers wurden schmal. »Du verlangst Tribut von Cäsar?«

Verdammt. Natürlich betrachtet er es so. »Nein. Ich verlange, was ich erobert habe. Ich will alles Getreide und viel von den Reichtümern. Das ist sicher. Die einzige Unsicherheit besteht darin, ob die Leute von Sentinius und die Stadt selbst dieses Ereignis überleben oder nicht. Glauben Sie wirklich, daß die Bürger der Stadt nun, da ich Ihre Legion zerstört habe, etwas gegen mich ausrichten können?«

Der römische Offizier schürzte gedankenvoll die Lippen. Er atmete tief und sagte dann: »Nein. Die Bürger sollten auf keinen Fall getötet werden. Wie soll ich das arrangieren«

»Sie sind frei und können gehen. Meine Kavallerie wird die Stadttore überwachen. Wenn morgen früh bei

Sonnenaufgang keine Wagen mit Getreide bereitstehen, werden wir mit der Stadt wie mit Sentinius verfahren.« Rick hielt inne. Er könnte die Sache noch schmackhafter machen. »Zusätzlich werde ich Ihre Soldaten und alle Ausrüstung, die wir nicht tragen können, an dem Tag freilassen, an dem wir Cäsars Grenzen überschreiten und in unsere Berge zurückkehren.« Rick zuckte die Achseln. »Was sollten sie mir nützen? Wir sind nicht so töricht, auf ein Lösegeld zu warten, das dann von fünf Legionen begleitet wird.«

Marselius schien verwirrt. »Nun bin ich sicher, daß Sie kein Barbar sind«, sagte er. »Wer sind Sie?«

»Damit brauchen Sie sich nicht zu befassen.«

»Vielleicht nicht. – Welche Sicherheit habe ich, daß Sie die Stadt nicht doch plündern, nachdem wir taten, was Sie wollten?«

»Sie haben das Wort eines Lords von Tamaerthon«, sagte Tylara kühl.

»Ich habe gesehen, daß Sie Ihren Offizieren zuriefen, die Gefangenen zu schonen«, sagte Marselius. »Sie sind kein Barbar.« Er schien darüber sehr zufrieden zu sein. »Sehr gut. Ich bin einverstanden. Aber darf ich fragen, warum dieses Unternehmen mit dem Getreide? In der Vergangenheit raubten die Bergstämme wegen anderer Güter –«

»Ich erinnere Sie daran, daß ich auch nach der gewöhnlicheren Beute fragte«, sagte Rick. »Kleine Wertsachen, Schmuckstücke. Kelche. Rocknadeln. Ziereréien. Juwelen. Ich bezweifle nicht, daß Ihre Bürger ihre wertvollsten Sachen behalten, aber machen Sie ihnen klar, daß sie genug protzige Luxusartikel mit herausschicken, damit meine Clanmänner zufrieden sind. Warum wir so viel Wert auf das Getreide legen, nun, wenn Sie es auf sich nehmen zurückzukehren – als mein Gast –, wenn die Beute herausgeschafft ist, werde ich es Ihnen erzählen. Es ist eine Geschichte, die sich anzuhören lohnt.«

Der letzte Wagen rollte westwärts. Es war ein beeindruckender Anblick; über tausend Wagen vollgeladen mit Weizen und Gerste und Hafer und Körnern, die Rick noch nie gesehen hatte und die auf einer Pflanze wuchsen, die einer riesigen Sonnenblume glich und sehr dem Reis ähnelten. Andere Wagen waren mit Zwiebeln, Spinat und anderem Gemüse beladen, das sie für den Winter brauchten. Fünfzig Waggons waren mit schweren Wertsachen beladen – Möbel und Kleider und Eisengeräte. Die leicht wiegende Beute – Ringe und Zierereien und persönliche Waffen – war unter die Armee verteilt worden. Die Wagen wurden von Vieh begleitet, das von den Schlachtenbummlern und freigelassenen Sklaven angetrieben wurde.

Ein beeindruckender Anblick. Drumold hatte nie etwas Derartiges gesehen. Jeder war sicher, daß es für alle genug Lebensmittel für zwei Winter gab –

Und sie hatten völlig unrecht.

Kolonnen von Pikenmännern und Bogenschützen bewachten den Wagenzug, und die leichten Kavallerietrupps waren an den Flanken und vorne, um sie zu warnen, falls die Römer den Versuch machten, die Beute von Sentinius zurückzuerobern. Rick bezog zwischen Masons Bogenschützen, die den Rücken deckten, Position.

Er rutschte in dem unbequemen Sattel herum, schenkte aber dem Gewicht der römischen Rüstung, die er trug keine Beachtung. Sie juckte. Er hätte die Rüstung lieber nicht getragen, aber ohne war es unmöglich. Er brauchte die Rüstung und eine persönliche Leibwache als Zeichen eines freien Mannes, der keinem Clanführer zu gehorchen hatte – und Mason in seinem Rücken, wenn es nur irgendwie möglich war. Diese Vorsichtsmaßnahme traf er nicht, weil er dem Feind nicht traute; das Problem war, daß ihn seine eigenen Offiziere möglicherweise hinterrücks umbrachten.

Die Armee war treu. Er hatte einen kompletten Sieg mit geringen Verlusten gewonnen: Ungefähr zwanzig Pikenmänner waren getötet worden, als die Römer mit der ersten Reihe zusammenstießen, noch mal zwanzig Bogenschützen und Pikenmänner wurden in dem verzweifelten Kampf niedergemäht, der den Tag beendete, und ungefähr dreißig schwere Kavalleriemänner, die nicht genug Verstand hatten, die Pikenmänner und Bogenschützen ihre Arbeit tun zu lassen, und dazwischenritten, um mit den geschlagenen, schweren Römern persönlich zu kämpfen. Die meisten der gepanzerten Krieger waren verwandt, und die Überlebenden gaben Rick die Schuld für ihre Verluste; wenn er den Angriff selbst geführt hätte, anstatt wegzureiten und die Pikenmänner zu führen, hätten sie keine Söhne und Brüder verloren . . .

Sie nahmen es auch übel, daß sie auf die Gelegenheit, eine römische Stadt zu plündern, verzichten mußten.

»Laßt sie«, hatte er zu Tylara und Drumold gesagt. »Wenn wir umkehren, um diese Jungen zu rächen, die wir bei Sentinius verloren, sind sie für Zehn-Tage zu keinem Kampf zu gebrauchen. Wir wären gegen jeden römischen Angriff hilflos. Vergeßt nicht, daß volle tausend Römer weg sind – mehr als genug, um uns alle zu töten, wenn wir uns zerstreuen. Ich bleibe lieber in einer starken Position stehen und warte, bis uns die Römer die Beute bringen.«

»Wir haben die römische Legion geschlagen«, sagte Balquhain. »Und eine andere kann erst die nächsten Zehn-Tage hier sein. Die Clan-Führer wissen das, und sie sagen, daß wir diese Zeit nutzen können, um die Provinz auszuplündern. Es muß hier viele Reichtümer geben.«

»Zu welchem Zweck?« begehrte Rick auf.»Wir haben mehr Getreide und Beute genommen, als wir in den Waggons unterbringen können. Es dauert Zehn-Tage oder mehr, bis wir das, was wir haben, zurück über die Pässe transportiert haben, und wir haben Glück, wenn wir alles im Garioch haben, ehe der Schnee fällt. Es hilft uns nicht, wenn wir noch mehr raffen, es schadet nur den Römern – und wenn die Dämonensonne am nächsten steht, werden wir sie vielleicht als Freunde brauchen.«

»Cäsar wird uns niemals behilflich sein«, sagte Drumold.

»Vielleicht nicht, aber nur ein Narr gibt seinen Feinden Grund, ihn zu hassen, und ich bin kein Narr.«

»Niemand sagt, daß du einer bist«, protestierte Balquhain.

»Dann laßt sie auf meine Art handeln, so wie sie es geschworen haben.« Und laßt mich zurück in die Berge gehen, ohne einen nutzlosen Kampf zu führen. Ich glaube nicht, daß es möglich ist, den Rest meines Lebens ohne einen weiteren Kampf wie diesen, zu verbringen. Um einen ausgewachsenen Mann einen Tag zu versorgen, braucht es einen Viertelscheffel Weizen. Die fünfzigtausend Scheffel, die wir nahmen, bringen uns alle unmöglich durch zwei Winter. Aber dieses Jahr können wir nichts mehr tun; und dafür bin ich dankbar. Ruhm ist ein Getränk, das einem in den Kopf steigt, aber die Rechnung an der Bar ist verdammt hoch.

Die Führer hatten den Beschluß akzeptiert, aber sie hatten sich immer noch zu beklagen. Rick hatte die Beute lieber selbst unter die Soldaten verteilt, als daß er diese Arbeit die Führer tun ließ. Sie fühlten, daß er versuchte, ihre Autorität zu untergraben.

Und sie hatten recht. Er hatte die Loyalität der einfachen Soldaten und Unteroffiziere erkauft, aber gleichzeitig setzte er sich dem Groll vieler Offiziere aus. Das Ergebnis war, daß er eine Rüstung tragen und das Jucken aushalten mußte. Wenn er überlegte, was er dafür bekommen hatte, dann dachte Rick, daß es ein guter Preis war.

Die Kavallerie begleitete den römischen Präfekten in der dritten Nacht des Marsches in das Camp. Frisch rasiert und in sauberen Kleidern sah er ganz anders aus als beim letzten Mal, als ihn Rick sah – aber er hatte es wohlweislich unterlassen, Juwelen zu tragen. Sein Schwert war in der Scheide befestigt, so daß es nicht herausgezogen werden konnte, aber sie hatten es ihm gelassen.

»Ich dachte nicht, daß ich Sie noch einmal sehe«, sagte Rick. »Ich dachte sogar, diese Truppen, die Sie zehn

Meilen im Süden stehen haben, planten vielleicht einen Angriff.«

»Wenn Ihre Informationen so gut sind, dann wissen Sie sicher auch, daß ich weniger als zweitausend Mann habe«, sagte Marselius. »Ich kam, um zu sehen, ob Sie Ihr Wort halten und meine Legionäre freilassen. Auch wünschte ich, diese seltsame Geschichte zu hören, von der Ihr sagtet, daß sie es wert sei, sie zu erfahren.«

»Dann werden Sie nicht enttäuscht sein«, sagte Rick. »Aber wird Cäsar nicht Ihren Kopf verlangen? Sicher wird er behaupten, daß Sie nicht alles taten, was Sie tun konnten, um uns für den Überfall auf sein Reich zu bestrafen.»

»Cäsar wird meinen Kopf wollen, ganz gleich, was ich auch tue«, sagte Marselius. »Er wird den Präfekten, der den Barbaren – Entschuldigung, aber dafür wird er Sie halten – erlaubte, mit der Beute einer römischen Stadt unbeschadet zu flüchten, nicht zimperlich behandeln.« Er zuckte die Achseln und hob einen Kelch mit Wein, um anzustoßen. »Aber Rom wird nicht gut beraten sein, wenn es das Gleichgewicht meiner Truppen zerstört. Ihre Kavallerie-Scouts würden Sie von meiner Ankunft ausführlich vorwarnen, und wenn wir Ihren Langbögen und Langspeeren vorher nicht die Stirn bieten konnten, wie könnten wir es jetzt? Ich habe noch nie solche Waffen wie diese Speere gesehen. Sie nennen sie Piken?«

»Ja.«

»Eine interessante Waffe«, sagte Marselius. »Ich habe noch nie von etwas Ähnlichem gelesen. Obwohl es Geschichten von einer Zeit gibt, in der die Römer zu Fuß kämpften und Wurfspeere trugen, aber die Aufzeichnungen sagen nichts von solchen Piken.« Der römische Gouverneur sah Rick neugierig an. »Bei unserem ersten Treffen sprachen Sie von ›dem Rom, das Sie kennen‹, als ob Sie nicht sicher wären, ob es das gleiche Rom wie unseres ist. Wissen Sie denn etwas über die römische Geschichte?«

»Mehr als Sie ahnen«, sagte Rick. »Rom war einst eine Nation von freien Männern. Seine Bürger waren seine

Armee, und ein römischer Bürger beugte sich vor keinem Mann.«

»Dann sind Sie ein Republikaner?« fragte Marselius.

»Sie wissen von der Republik?« fragte Rick.

»Es gibt Sagen. In Büchern meistens. Cäsar rät den Römer nicht gerade, solche Bücher zu lesen, aber ich habe Kopien gesehen. Livius und Claudius Nero Cäsar, und –«

»Die Geschichte von Kaiser Claudius! Das Werk hat hier überlebt?«

»Ja –«

»Für eine Kopie würde ich so ziemlich alles bezahlen«, sagte Rick.

»Es ist in einer fremden Sprache geschrieben, die nur wenige lesen kön . . .«

»Ich habe einen Offizier, der Latein lesen kann.« Ich habe vergessen, wo ich bin, dachte Rick. Ein Schatz wie dieser. Auf der Erde waren die Geschichten von Claudius schon seit Jahrhunderten verschollen. Ich frage mich, welche anderen vermißten Dokumente sie in diesem neuen Rom noch besitzen. »Wissen Sie, daß der Kaiser Claudius auf einer anderen Welt lebte?« fragte Rick. »Und daß Ihre Stadt Rom nichts anderes als eine Kopie ist, und die ursprüngliche Stadt am Tiber auf einer anderen Welt steht, die von einer anderen Sonne erhellt wird?«

»Wie können Sie davon wissen?« fragte Marselius erstaunt. »Ich habe es immer vermutet, aber die Priester sagen, es ist nicht wahr, daß Gott nur eine Welt erschuf und nur einen wahren König salbte, und dieser ist Cäsar –« er zögerte. »Christus kam nur einmal, und nur auf eine Welt. Die Priester sind sich dessen sicher. Aber ich war niemals sicher, daß dies unsere Welt sein mußte.«

»Sie war es auch nicht«, sagte Rick. Er fragte sich, wieviel er dem Präfekten erzählen sollte. Wenn die Römer sofort damit begannen, ihr ganzes Land intensiv zu bebauen, konnten sie genug Vorräte lagern, um einen Teil der Bevölkerung zu retten. Sonst würden fast alle sterben.

Es gab keinen Grund, ihm etwas über Sternenschiffe und die Shalnuksis zu erzählen. Doch es gab noch einiges zu berichten. »Ich komme aus einem Land so weit im Süden und so weit im Westen, daß man ein paar Wochen segeln muß, bevor man es erreicht«, sagte Rick. »Dort haben wir viele alte Dokumente, und daher wissen wir, daß die Geschichte der Welten wahr ist. Wenn Sie ein Zeichen wünschen, so sehen Sie in den Himmel. Der Dämonen-Stern kommt näher, und bald werden Feuer und Flut und Hungersnot in das Land kommen.«

Die Augen des Römers wurden schmaler. »Ich habe solche Sagen gehört«, sagte er. »Und ich habe noch eine andere gehört, daß Sie von weiter weg als der anderen Seite der Welt kommen.«

Nun, wer erzählt hier eigentlich? Rick spreizte seine Hände.

»Die alten Legenden sprechen die Wahrheit«, sagte er. »Was die andere Geschichte betrifft, so leugne ich sie nicht, aber ich bestätige sie auch nicht. Nun hören Sie zu, und ich werde Ihnen über die Zeiten berichten, die kommen werden. Es sind Zeiten, die einen rechtschaffenen Mann in Angst und Schrecken versetzen.«

TEIL VII

DIE SCHÜLER

1

Der Schnee lag hoch in den Pässen von Tamaerthon. Rick konnte die Winde aus dem Norden an den Wänden seiner Unterkunft vorbeiheulen hören.

In Tamaerthon gab es keine Paläste. Drumolds Wohnhaus, hundert Fuß lang und halb so breit, mit Wänden aus Erde und Stein, zehn Fuß dick, war das größte Gebäude, dessen sich das Bergland rühmen konnte. Als die Armee von dem Raubzug in das Empire zurückkehrte, bauten die Stammesmänner für Rick ein kleines Haus innerhalb der runden Befestigungsmauer in der Nähe von Drumolds Haus. Es war beinahe genausogroß wie das des Führers, was hieß, daß es ziemlich unmöglich war, die große Halle zu heizen. Rick verbrachte daher die meiste Zeit in dem kleineren Raum, den er als Büro gebaut hatte. Er hatte weißgetünchte Wände, auf denen er mit Holzkohle schreiben konnte.

Er hatte beabsichtigt, hier zu arbeiten, aber er fand das sehr schwierig. Es gab kein Glas. Das Beste, was sie für Fenster hatten, war dünnes, gefettetes Pergament; es gab kein gutes Licht, selbst nicht am Tage. Er begann zu verstehen, warum die nordischen Männer lange schliefen und ihre Abende mit Trinkgelagen und Gesang verbrachten. Was konnten sie sonst tun?

Zuerst hatte er gedacht, es wäre leicht, die Technologie auf Tran einzuführen. Nun wußte er es besser. Er mußte sich auf Werkzeuge konzentrieren; tatsächlich, Werkzeuge, um Werkzeuge zu machen, und oft hieß das, zu den ersten Anfängen zurückzugehen. – Draht, zum Beispiel. Er wußte, daß antike Juweliere eine kleine Anzahl von Drähten durch sorgfältiges Hämmern hergestellt hatten. Um die Zeit, in der das Schießpulver erfunden wurde, entdeckten die Venezianer die Kunst, Draht durch Löcher einer eisernen Platte zuziehen. Der Handwerker saß auf einer Schwinge, die durch ein Wasserrad angetrieben wurde, und packte den Draht mit Zangen, indem er sein Gewicht auf der Schwinge die Arbeit unterstützen ließ. Aber wie dick mußte eine Platte sein?

Und wie bohrte man Löcher in Eisen? Und wo bekam man das Kupfer her, aus dem man die Drähte herstellen wollte?

Und Stahl. Zu wissen, daß Stahl aus Eisen mit gerade der richtigen Menge Karbon besteht, ist sehr gut, aber wieviel ist die richtige Menge Karbon? Und wie soll man experimentieren, wenn man noch nie in einer Schmiede gearbeitet hat und nicht will, daß die Schmiede denken, man sei ein Narr?

Es gab ein Dutzend ähnlicher Probleme, und sie bereiteten ihm Kopfschmerzen. Zur Entspannung führte er die englische Gewohnheit der Teepartys ein. Natürlich hatten sie keinen Tee hier, aber sie hatten eine Pflanze, deren gekochte Blätter ein Kaffeegetränk ergaben. Rick gewöhnte sich langsam an den etwas bitteren Geschmack – und die Teezeit war eine angenehme Art, den Nachmittag zu verbringen. An den Abenden war er öfter betrunken, als es ihm recht war.

Manchmal lud er zwanzig oder dreißig Leute ein; manchmal niemanden außer Gwen, wenn sie es auf sich nahm, ihn zu sehen. Er war nicht unglücklich, wenn sie lieber in ihren Räumen am anderen Ende der großen Halle gegenüber seinem »Büro« blieb. Je näher ihre Niederkunft rückte, desto launischer wurde sie, und ihre Schwermut, kombiniert mit dem düsteren Wetter, war mehr als genug, um ihn zu deprimieren.

Aber er würde jeden Nachmittag Tee in seiner großen Halle trinken. Jede Zerstreuung war willkommen.

Corporal Mason klopfte den Schnee von seinem Schaffellmantel und stürzte sich an das Herdfeuer. Er wärmte dankbar seine Hände, bevor er sich zu den anderen umwendete. »Capt'n, es ist kalt hier draußen«, sagte er.

Tylara lachte. »Das ist noch ein milder Winter. Der Feuerstehler ist in die wahre Sonne getaucht, aber das Eis in der Mitte der Seen ist kaum dick genug, um darauf zu gehen.«

»Ich danke Gott, daß ich nicht in einem schlechten Winter hier war«, sagte Mason.

»Jeder Winter wird nun milder«, sagte Gwen. »Und jeder Sommer heißer.« Sie drückte ihre Teetasse gegen ihren Bauch und starrte in das Feuer.

»Aye«, sagte Tylara. »Man kann den Dämonen-Stern eine volle Stunde nach Sonnenaufgang sehen, beide Sonnen stehen dann am Himmel.«

»Ich habe vergessen, wie viele Erdtage wir nun hier sind«, sagte Gwen. Sie tätschelte ihren dicken Bauch. »Offensichtlich ungefähr acht Monate. Wir haben Weihnachten verpaßt.«

»Möglicherweise ist für die Römer jetzt Weihnachtszeit«, sagte Rick. »Oder nicht? Ich kann mich nicht erinnern, wann die katholische Kirche offiziell den Winteranfang als Weihnachtstag festlegte. Egal, wir können unseren eigenen Tag festlegen.«

»Wir werden teilen müssen«, sagte Gwen. »Yanulf trifft gerade Vorbereitungen für seine eigene Zeremonie . . . Ich vermute, um sicherzugehen, daß der Frühling kommen wird.«

»Nein«, sagte Tylara. »Wir wissen schon lange, daß der Frühling kommen wird, ob wir nun den Feuerstehler beschwatzen, aus der wahren Sonne zu gehen, oder nicht. Aber sollen wir für die Zeichen, daß der Winter enden wird, nicht danken?«

Mason schüttelte sich übertrieben. »Gott weiß, daß das etwas ist, wofür man dankbar sein muß«, sagte er. Er setzte sich nahe an das Feuer. »Bin froh, wenn es Frühling ist.«

»Nicht halb so froh, wie ich es sein werde«, sagte Rick. Er grinste Tylara an.

Ihr Lächeln war warm. »Wir feiern immer die Wiederkehr des Frühlings. Dieses Jahr wird es doppelt so freudig werden.«

»Sogar für deinenVater?« hänselte Rick.

Sie lachte. »Es ist seine Art, sich zu beklagen, daß ihn die Mitgift arm macht. Er wird auf unserer Hochzeit so viel wie drei trinken.«

Rick sah Gwen neugierig an. Caradoc, der während des Kampfes unschätzbare Dienste geleistet hatte und nun Kommandant der Bogenschützen-Kompanie war, die Ricks persönliche Wache stellte, befand sich oft in Ricks großer Halle. Gewöhnlich hatte er geschäftlich hier zu tun, aber manches Mal war das, was er zu besprechen hatte, trivial. Er richtete es immer so ein, daß er ein paar Worte mit Gwen sprechen konnte, bevor er ging.

Würde bei der Frühlingszeremonie eine Doppelhochzeit stattfinden? Offiziell war Gwen Witwe eines Erd-Soldaten; diese Geschichte lieferte eine akzeptable Erklärung ihres Zustandes. Nur Bauersfrauen hatten uneheliche Kinder. Da niemand genau wußte, wann Gwens Mann nach örtlicher Zeitrechnung »getötet« wurde, wurde beschlossen, daß ihre Trauerzeit mit der von Tylara endete.

»Bis zum Frühling dauert es noch lange«, sagte Rick. »Zu lange. Laßt uns jetzt eine altmodische Weihnacht feiern. Kein Truthahn hier, aber wir können eine Gans haben –«

Weit entfernt erklang ein Horn.

»Das sind die Burschen in dem unteren Dorf«, sagte Mason »Ich schätze, es ist besser, wenn ich nachsehen gehe.«

»Du brauchst bei dieser Kälte nicht hinauszugehen«, sagte Rick. »Das war kein Alarm.«

»Es ist okay, Capt'n«, sagte Mason. »Ich bin froh, wenn ich etwas Nützliches tun kann. Sonst bekomme ich noch Platzangst. »Er stand auf und zog seinen schweren Mantel über. Als er hinausging, blies der Wind Schneeböen in die große Halle.

Der Brief war auf dickem Pergament geschrieben. Er wurde zu Rick in sein Büro gebracht.

Der Römer hatte die gleiche Sprache wie Tylara gesprochen, und sie hatte Rick erzählt, daß es in den fünf Königreichen von Rustengo eine einheitliche Sprache gab. Aber der Brief war in Latein abgefaßt – Rick konnte genug davon lesen, um das zu erkennen. Er schickte nach Gwen und überreichte ihr den Brief. »Kannst du das lesen?«

»Gerade noch. Ich hatte in der High School drei Jahre Latein.« Sie setzte sich neben das Feuer und las mühsam.

»Von Cajus Marius Marselius, einst Präfekt des Westens, an Lord Rick, Kriegsführer der Stämme von Tamaerthon, viele Grüße. Friede sei mit Dir und Deinem Haus. Dieser Brief wird durch die Hand von Lucius, meinem freien Mann und Freund, überbracht, der Dir auch – ich glaube, das heißt ›Geschenke‹ übergibt und, wie ich hoffe, eine Nachricht – das Verb kenne ich nicht. Auf jeden Fall ist es ein Zukunftswort. Aus dem Zusammenhang vermute ich, daß es ›beachtet wird‹ heißt. Egal. Er sagt, ›Lucius hat die Vollmacht für mich zu sprechen.‹ Es ist mit vielen Schnörkeln unterzeichnet.« Sie gab Rick das Pergament zurück.

Er sah es neugierig an. »Keine Möglichkeit zu beweisen, daß es echt ist. Aber ich glaube schon. Wer sollte es fälschen?« Er nickte seinem freien Diener zu, einem jungen NCO, der aus einer römischen Sklavenbaracke ausgebrochen und in die Berge geflüchtet war. »Schick ihren Führer herein und sieh, daß die anderen zu essen und trinken und ein warmes Feuer bekommen. Sie sind meine Gäste.«

»Sir!« Jamiy stampfte ein ›Achtung!‹ und verließ den Raum.

Gwen kicherte. Rick sah sie schief an.

»Nun, es ist alles sehr lustig«, sagte sie.

»Ich neige dazu, dir zuzustimmen«, sagte Rick. »Masons Schuld. Er ist derjenige, der ihnen militärische Manieren beibringt – das meiste hat er von britischen Militärfilmen gelernt, glaube ich. Es amüsiert ihn.« Und, dachte er, es ist nicht wirklich so lustig. Es ist ein Ansatzpunkt zu einem militärischen Zeremoniell. Unter diesen Umständen bin ich nicht sicher, ob Mason im Unrecht ist. Wir werden möglicherweise noch öfter kämpfen müssen. Selbst wenn ich versuche, uns herauszuhalten, brauche ich disziplinierte Truppen.

Der Besucher war in wollene Kleider gewickelt, so daß nur seine Augen und die Nase herausschauten. Erst als er seine Schals abnahm – drei davon, mit dem, der sein Gesicht verhüllte – und den Kapuzenmantel und die dicken Handschuhe, sah Rick, daß es ein schon älterer, sehr dünner Mann war. Sein Bart und sein langes Haar waren fast weiß, und er hatte beinahe keine Zähne mehr.

Zahnheilkunde, dachte Rick. Man muß sie von Anfang an neu entwickeln. Gott sei Dank, daß meine Zähne in gutem Zustand sind, aber ewig wird das auch nicht mehr dauern. Wenn ich lange genug lebe, fallen sie mir alle aus. Die Zahnheilkunde ist auch ein Vorteil der Zivilisation, den man als selbstverständlich hinnimmt, bis es sie nicht mehr gibt.

»Konnten Sie den Brief meines Herrn lesen?« fragte der ältere Mann.

»Ja. Wie lautet deine Nachricht?«

»Haben Sie etwas dagegen einzuwenden, wenn ich mich setze? Meine Knochen sind alt, und die Kälte macht sie spröde.«

»Bitte, setz dich.« Rick wies auf einen Stuhl neben dem Feuer. »Die Sache muß dringend sein, wenn sie Euch zu Winteranfang hierherbringt.«

Lucius setzte sich schwerfällig. »So ist es. Aber zuerst –« Er beugte sich über eine Ledertasche, die er trug, und nahm eine dicke Rolle Pergament heraus. Er hielt sie an das Feuer, um sie zu wärmen, bis sie sich leicht aufrollte, dann hielt er sie Rick hin. »Marselius dachte, Ihr würdet sie vielleicht gut bezahlen«, sagte er.

Rick nahm sie neugierig. Die Buchstaben waren handgedruckt, in Blockform und leicht zu erkennen. Er las langsam. »Ich, Tiberius Claudius Drusus Nero Germanicus –« er brach ab, starrte darauf. »Ist es wahrhaftig eine Kopie der großen Geschichte von Kaiser Claudius?«

»Die beste meines Wissens«, sagte Lucius. »Ich habe keinen Grund es zu bezweifeln. Dann sind Sie zufrieden mit dem Geschenk?«

»Sicher bin ich das«, sagte Rick. Er runzelte die Stirn. Was sollte das nun kosten? »Ich bin geschmeichelt, daß sich Marselius an meine Interessen erinnert.«

»Er hat jedes Wort, das Sie sprachen, niedergeschrieben«, sagte Lucius. »Ich weiß es deshalb, weil er es mir diktierte.«

»Darf ich es sehen?« fragte Gwen.

Rick sträubte sich innerlich, die pergamentene Schriftrolle aus der Hand zu geben. Er wußte, daß es dumm war. Er konnte es nicht lesen und brauchte ihre Hilfe. Er gab die Rolle an Gwen weiter und beobachtete sie, damit sie es nicht beschädigte, aber sie hielt sie so zärtlich, wie sie vielleicht ein Baby gehalten hätte.

»Es gibt noch andere Dokumente«, sagte Lucius. »Eines scheint die Geschichte von einer Soldatengruppe zu sein, die von einer anderen Welt auf diese hier kam.«

»Wo befinden sich diese Dokumente?« fragte Rick.

»Präfekt Marselius hat sie«, sagte Lucius. »Auch diese könnten ihnen zum Geschenk gemacht werden.«

»Dein Freund ist sehr großzügig«, sagte Rick.

»Was will er zum Tausch dafür haben?« fragte Gwen.

Rick sah sie finster an, aber Lucius schien nicht verwirrt zu sein. »Ihre Freundschaft«, sagte er. »Und ein Bündnis.«

»Bündnis?«

»Vielleicht sollte ich damit beginnen, was geschah, nachdem Ihr uns verließet.« Lucius rutschte auf seinem Stuhl hin und her.

»Jamiy!« rief Rick. »Tee, bitte!«

»Sir.«

»Also, was passierte?« fragte Rick.

»Die Legionen der westlichen Grenzgebiete riefen Marselius zum Cäsar aus«, sagte Lucius. »Ich sehe, das überrascht Euch nicht, und tatsächlich war es unvermeidlich, wenn Marselius nicht nach Rom zurückgerufen werden wollte, um exekutiert zu werden. Die Soldaten, die Ihr freiließet, hatten keine angenehmen Aussichten zu erwarten, und Marselius war bei allen Truppen sehr beliebt – und sie konnten den Dämonen-Stern sehen. Sie hatten die Sagen gehört. Wir hatten sie alle gehört. Sie glaubten Marselius, als er ihnen erzählte, was er von Euch über die Zeiten der Nöte, die kommen sollen, gehört hatte. Wenige der Provinz, Soldaten oder Bürger, glauben, daß unser gegenwärtiger Cäsar weiß, was zu tun ist – oder tatsächlich tut.

Natürlicherweise sandte Marselius zuerst nach seiner Familie. Sein Sohn und seine Enkelkinder befanden sich auf den Familiengütern bei Rom. Ich war der Privatlehrer des Haushaltes, wie ich es seit dreißig Jahren bin. In den letzten Jahren arbeitete ich in den Bibliotheken des Marselius und seines Sohnes. Der Brief, der den jungen Publius anwies – ich nenne ihn den jungen Publius,

Vot + 1/2 a t2
Vo
a x = 0
Vx = Vox
= Vo cos Θ
x = v x t
ay = g
(g) ? meed better valve
= Vo sin Θ - gt
1/2 g t 2 Vo sin Θ
Range = 2 x
TRAN
SUN
SECONDARY SUN

obwohl er ein älterer Mann ist, als Ihr es seid, mein Lord – der Brief, der den jungen Publius anwies, zu seinem Vater zu kommen, instruierte auch mich, viele Dokumente, eingeschlossen diese Geschichte von Claudius, mitzubringen.« Lucius seufzte. »Ich fürchte, wir begingen viele Vertrauensbrüche, aber Marselius versicherte mir, daß die Pergamente für alle, die die kommenden Zeiten überleben, aufgehoben werden.«

Jamiy brachte eine Kanne Tee und drei Steinschalen herein. Während er das Tablett abstellte, beobachtete Rick Gwen. Sie schien von den Nachrichten, die mit den Dokumenten kamen, nicht gerade entzückt zu sein. Rick wünschte, er hätte einen Grund, um sie hinauszuschikken. Ich könnte sie einfach rausschmeißen, überlegte er. Er brauchte zu niemandem höflich zu sein – gut, ausgenommen Tylara und ihr Vater.

Was verbirgt sie vor mir? »Jamiy.«

»Sir.«

»Sag Major Mason, daß unsere neuen Gäste wichtige Dokumente brachten und ich wünsche, daß die Dokumente niemand außer mir sieht – ganz gleich, wer danach fragt! Hast du verstanden?«

»Sir.« Jamiy stampfte zum Einverständnis.

»Ausgezeichnet. Du bist entlassen. Lucius, Ihre Geschichte ist faszinierend. Aber hat Marselius eine Chance? Wird Cäsar nicht die anderen Legionen gegen ihn senden?«

»Sicher wird er es versuchen«, sagte Lucius. »Aber weder der Cäsar noch die Armee mögen Winterlager. Sie werden bis zum Frühling warten. Und im Frühjahr wird Marselius eine Überraschung für Cäsar haben.« Er grinste zahnlos. »Marselius hat viele Sklaven freigelassen und trainiert sie mit den langen Speeren, die Ihr Piken nennt. Er hat Ihre Methoden gut studiert, auch übt er mit den Langbögen, die bis jetzt nur die Bergstämme benutzten.«

»In der Tat, eine Überraschung für Cäsar –«

»Eine Überraschung für dich«, sagte Gwen. »Welchen Vorteil hast du jetzt noch?«

»Ihr braucht keinen«, sagte Lucius. »Marselius bietet Euch ein Bündnis an.«

»Eine Falle, um dich wieder in die Ebene zu locken«, sagte Gwen.

Rick schaltete auf englisch, und sagte: »Gwen, bring deiner Großmutter bei, wie man Eier auslutscht. Und hör bitte auf, uns zu unterbrechen. Ich möchte alles über die Lage erfahren, und du hilfst mir nicht gerade dabei.«

»Es tut mir leid«, sagte sie. »Ich – ich glaube, ich bin etwas ängstlich. Ich möchte es selbst nicht ich bin still, Rick. Und, es tut mir leid.«

»Wir wissen, daß Ihr keinen Grund habt, Marselius zu trauen«, sagte Lucius. »Aber er erwartet nicht von Euch, daß Ihr Eure Soldaten schickt, um ihm zu helfen. Er wünscht nur Eure Zusicherung, daß Ihr die westlichen Provinzen nicht plündert. Wir werden Euch für diesen Gefallen gut bezahlen. Marselius beabsichtigt, viele der Parks und Spielanlagen in Kornfelder zu verwandeln. Er will in den Hohen Bergen Vorratslager anlegen. Wir werden viel behalten, aber es wird genug sein, um Euch mehr zu geben, als Ihr vom Empire rauben könnt.«

»Habt Ihr Höhlen, um es aufzubewahren?« fragte Gwen.

»Wenige, Lady.« Lucius schaute nachdenklich auf. »Die alten Dokumente betonen alle die Wichtigkeit von Höhlen als einzig sicheren Platz, wenn das Feuer und die tödlichen Regen fallen. In den nördlichen Bergen gibt es Höhlen, und in der Nähe von Rom gibt es welche. Vielleicht können wir diese nehmen. Aber wir haben nicht die geringste Chance, wenn wir auch noch Eure Bergstämme bekämpfen müssen.«

Es könnte klappen, dachte Rick. Und in diesem Fall kann ich noch mehr tun. Wenn Marselius in einen Bürgerkrieg verwickelt ist, kann ich zu ihm stoßen. Die Armee wird mir folgen, und mit Verbündeten im Empire kann ich Rom selbst nehmen. Eine zivilisierte Gegend, mit guten Entwicklungsmöglichkeiten. Wer kann mich aufhalten? Und er schritt erobernd vorwärts und um zu erobern.

William nahm ganz England mit weniger Männern, und die Engländer waren die besseren. Gut, besser auf lange Sicht. Sie sahen es in jener Zeit nicht auf diese Weise. »Ein Mann, so stark«, sagten die Chroniken von ihm. »So hart war er und heiß, daß es kein Mann wagte,

etwas gegen seinen Willen zu tun.« Aber selbst seine Feinde sagten, daß ein Mann mit einem Herz aus Gold England durchqueren könnte. Ich könnte besser als Cäsar regieren . . .

Nein. Ich bin kein Eroberer, und das Angesicht einer Schlacht ist kein lieblicher Anblick. Ich wäre eher ein guter Lehrer – und wir bräuchten nicht wieder zu kämpfen. »Es ist nicht allein meine Entscheidung«, sagte Rick. »Aber ich werde Drumold den Rat geben, das Angebot anzunehmen. Und ein anderes Angebot zu machen. Unterhalb unserer Berge gibt es Land in den Hügeln. Die Römer tun wenig damit, da sie besseres haben. Doch bei uns gibt es Kleinbauern ohne Land, und unser bestes ist nicht besser als diese Hügel. Laßt uns das Land in Frieden bearbeiten, und vielleicht werden wir Geschenke für Marselius haben, zum Tausch für die Geschenke, die er uns anbietet.«

»Rick, du kannst den Tribut nicht umkehren«, sagte Gwen in Englisch.

»Das beabsichtige ich auch nicht«, antwortete Rick. »Aber der Handel stabilisiert weit mehr als der Tribut.« Er wendete sich wieder Lucius zu. »Es wird viele Einzelheiten zu besprechen geben, aber ich glaube, wir können uns einig werden. Mit dem Näherkommen des Dämonensternes wird es genug Gemetzel und Tod geben. Wir brauchen nicht noch mehr dazu beizutragen.«

2

Rick benutzte Holzkohle, um eine weitere Gleichung zu der Rechnung auf der weißgetünchten Wand hinzuzufügen. Er wünschte, er wäre ein besserer Physikstudent gewesen. Er konnte sich nicht mehr an die Grundgleichungen der harmonischen Bewegung erinnern, und er war sich nicht sicher, ob er sie richtig abgeleitet hatte. »Newton war ein neunmalkluges Schätzchen«, mumelte er in seinen Bart.

Die Wand war bedeckt mit Gleichungen und Notizen.

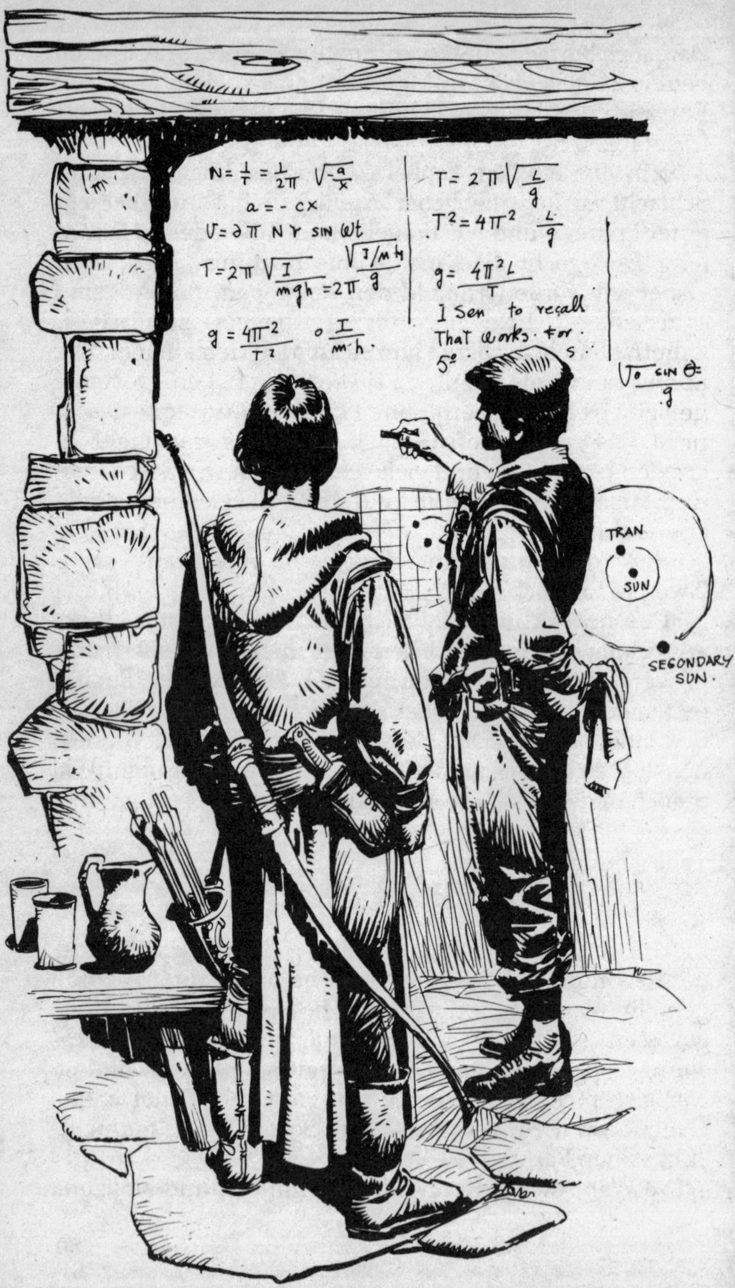

a = - cx
T = 2π √(L/g)
T² = 4π² L/g
g = 4π²L/T
I Sen to recall
That works for
TRAN
SUN
SECONDARY SUN.

Ein ganzer Abschnitt war nur mit einer Liste von Dingen bedeckt, die er brauchte, wie Papier und bessere Lampen und einen ausreichenden Vorrat an Bleistiften und Tinte – einfach alles, was man brauchen würde, so daß er eine Kopie der Logarithmentafel von seinem Taschenrechner abschreiben konnte, bevor die Batterien dafür zu Ende gingen. Ein anderer Abschnitt enthielt die besten Daten über Pflanzenerträge, die er zusammentragen konnte. Daneben waren Diagramme von Pflugplänen und Fruchtfolgeschemata von Feldpflanzen.

Es gab endlose Details. Diese Arbeit würde nie enden; aber sie befriedigte mehr, als es der Aufbau der Armee getan hatte. Durch den Raubzug hatten sie Zeit gewonnen, aber nun konnte er etwas Dauerhaftes unternehmen. Tamaerthon könnte ein Zentrum des Lernens werden, ein Platz, dessen Sicherheit auf soliderem Boden als der militärischen Macht beruhte. Wenn er nur genug Licht hätte, um zu arbeiten . . .

Als er das Klopfen an seiner Tür vernahm, drehte er sich erleichtert um. Die Arbeit war befriedigend, aber eine Unterhaltung war eine willkommene Abwechslung.

Caradoc stand unsicher im Flur. »Komm herein«, lud Rick ein. »In der Flasche auf dem Tisch ist guter Wein.«

»Danke dir.« Caradoc goß sich einen Becher Wein ein und sah neugierig auf Ricks Holzkohlegleichungen und die Diagramme des Tran-Systems. Rick wußte, daß Gwen Caradoc lesen gelehrt hatte, und der Bogenschützenkommandant hatte in der Vergangenheit viel Interesse für Ricks Arbeit gezeigt. Heute jedoch sagte er gar nichts.

Rick runzelte die Stirn. »Probleme? Sprich dich aus, Mann.«

»Ich bin wegen Lady Gwen bekümmert«, sagte Caradoc. »Sie sitzt und starrt in das Feuer und möchte niemanden bei sich haben. Es kann nicht gut sein, daß sie immer alleine sein möchte.«

»Laß sie nicht alleine. Bleib bei ihr.«

»Lord, ich versuchte es, aber sie hat ein wildes Temperament.«

»Das hat sie.« In letzter Zeit war sie dazu übergegangen, mit Dingen zu werfen. Er sah auf seinen Kreidekalender. Tylara wurde auch immer launischer. Sicher hatte der lange Winter viel damit zu tun, aber sie schien über etwas nachzugrübeln – etwas, über das sie nicht diskutieren wollte. Ich bin von unglücklichen Frauen umgeben, dachte er. Und ausgerechnet jetzt, wo sich die Dinge so gut entwickeln.

Was immer Tylaras Problem auch sein mochte, für Gwens Launen gab es eine einfache Erklärung. »Ihre Zeit kommt«, sagte Rick. »Ich habe zwar keine persönlichen Erfahrungen, aber es wurde mir erzählt, daß alle Frauen abscheulich sind, wenn die Geburt ihres Kindes bevorsteht. Besonders ihres ersten Kindes.«

Und, dachte er, auf Gwen würde das in besonderem Maße zutreffen. Sie weiß nicht einmal, wann das Baby genau kommt. Der Tag auf Tran war etwas mehr als 21 Stunden lang, und die Schwangerschaftszeit schien 290 Tage lang zu sein, im Gegensatz zu 270 Tagen auf der Erde; aber würde das auf Gwen auch zutreffen? Niemand wußte es. Sture Mathematik; multipliziere 270 mit 24 und dividiere durch 21 und das Ergebnis ist 300 Tage. Wieviel der menschlichen Physiologie reagierte auf die verstrichenen Stunden und auf den Tag- und Nachtrhythmus? Und war der Mond der Erde auch mit im Spiel? Die Menstruationszyklen der Frauen schienen mit Luna übereinzustimmen, aber Trans Doppelmonde waren kleiner und näher als der der Erde. Hatten sie einen Einfluß?

»Du machst dir Sorgen um Gwen, oder?« fragte Rick.

»Ja, Lord. Und vor dem Raubzug glaubte ich, sie mache sich auch Sorgen um mich. Nun weiß ich es nicht mehr.«

»Sie betrauert ihren Mann«, sagte Rick. »Aber du hast recht. Sie ist zuviel alleine. Ich werde mit ihr darüber sprechen.«

»Dein Freund macht sich Sorgen um dich«, sagte Rick.

Gwen saß nahe am Feuer. Sie sah ohne zu lächeln auf. »Oh, laß mich allein.«

»Um Gottes willen, Gwen, hör auf damit!«

»Warum?«

»Denkst du, deine Probleme sind einmalig?« fragte Rick.

»Ja.«

»Okay, dieses Mal gebe ich meinen Senf dazu«, sagte Rick. »Sieh, ich habe mit den Hebammen gesprochen. Und Yanulf. Sie glauben, daß alles normal ist –«

»Die medizinischen Experten«, spottete Gwen.

»Gut, sie haben eine Menge Babys auf die Welt geholt«, sagte Rick.

»Sicher. Und verloren eine Menge Mütter. Rick, die Angst bringt mich um den Verstand!«

»Sicher hast du Angst«, sagte Rick. »Macht es dir etwas aus, wenn ich mich setze?«

»Mach's dir bequem.«

»Danke. Sieh, ich habe hier möglicherweise eine Bevölkerungsexplosion gestartet, aber ich habe sie die Anfänge der Keimtheorie der Krankheiten gelehrt«, sagte Rick.

»Du konntest es nicht«, sagte Gwen. »Ich habe es auch versucht.«

»Du hast es nicht auf die richtige Art versucht. Ich erzählte ihnen, daß Krankheiten von kleinen, dünnen Teufeln verursacht werden und daß geweihte Seife und gekochtes, heißes Wasser sie vertreiben würden. Das können sie akzeptieren.« Er sah nachdenklich aus. »Du weißt, daß ich wahrscheinlich recht habe mit der Bevölkerungsexplosion. So passierte es ungefähr auf der Erde.«

Noch vor dem Ende des neunzehnten Jahrhunderts starben Frauen oft an ›Kindbettfieber‹ Aber dann kam Ignatz Semmelweis mit seiner Theorie, daß das Kindbettfieber durch die schmutzigen Hände der Ärzte verursacht wurde. Seine Kollegen zwangen ihn, nicht zu sagen, daß es ihr Fehler sei, aber obwohl er seine Tage in einem Irrenhaus beendete, glaubten ihm anscheinend doch genug von ihnen – danach überlebten viel mehr Frauen, um ihre Kinder großzuziehen und noch mehr zu bekommen.

»Es gibt keinen Weg zu überleben, wenn wir die Dinge hier nicht ändern wollen«, sagte Rick. »Es ist nicht leicht, aber ich versuche vorauszusehen. Vielleicht können wir einige Probleme, wie wir sie auf der Erde hatten, hier vermeiden.«

»Vielleicht können wir es auch nicht.«

»Sieh, verdammt, hör auf damit«, sagte Rick. »Du machst dir selbst diese Depressionen. Halt den Kopf hoch, dann wirst du mich auch verstehen.«

»Es tut mir leid«, sagte Gwen. »Ich versuche es wirklich. Aber es scheint alles so nutzlos zu sein.«

»Warum? Weil wir nicht nach Hause können? Wir können uns hier ein Zuhause schaffen«, sagte Rick. »Und – verdammt, Gwen, wir sind hier sehr viel nützlicher, als wir es je auf der Erde gewesen wären. Dort gab es keine Chance, daß irgend etwas, was wir tun würden, die Geschichte verändern würde, aber hier können wir es. Die politische Geschichte haben wir schon verändert. Wir bekamen Frieden mit dem Empire und Land, um es zu bebauen. Selbst wenn Marselius verliert, können wir diese Grenzhügel lange genug behalten, um die Ernte einzubringen. Und mit den neuen Pflügen, die die Schmiede anfertigen, bestellen wir die Felder. Wir haben diesen Menschen schon geholfen, und es gibt noch viel mehr, was wir tun können!«

»Sicher, ich habe eine zweifelhafte Stellung. Die Barden versuchen, Balladen über den Raubzug zu machen, und sie verrennen sich in die Tatsache, daß ich gegen niemanden gekämpft habe. Sie können nicht herausfinden, ob ich ein Kriegsführer oder nur ein Zauberer bin. Aber was immer ich auch bin, jeder möchte von uns lernen.«

»Gwen, wir können eine Universität eröffnen! Gut, wir beginnen mit der Grundschule. Aber wir können ein Lernzentrum gründen, das diese Welt *wirklich* ändern wird. Sieh, was wir alles lehren können! Nur die Idee der wissenschaftlichen Methode und der experimentellen Wissenschaft wird zu einer Revolution führen. Und die Mathematik. Wir sind keine Genies, aber wir wissen mehr über Geometrie und Algebra, als auf der Erde durch fast die ganze Geschichte gewußt wurde. Medizin. Zahnhygiene. Physik. Sogar Elektrizität. Ich bin nicht auf

Transistoren aus, aber ich kann Batterien machen, und Vakuumröhren, und – was, zur Hölle, ist los mit dir? Du siehst aus, als hättest du ein Gespenst gesehen.«

»Rick, um Gottes willen – du hast keine Radios gebaut, oder?«

»Noch nicht. Ich habe noch Probleme, Draht herzustellen. Aber –«

»Nicht! Bitte, bitte nicht.« Ihre Stimme war wirklich von Panik erfüllt.

»Ich sehe«, sagte Rick. Er stand auf und ging zu ihr, dann nahm er ihre Hände in die seinen. »Glaubst du nicht, es ist Zeit, daß du mir darüber erzählst?« fragte er. »Um Gottes willen, Gwen, was – was hat dir Les erzählt, und warum kannst du es mir nicht sagen?«

Tränen schossen in ihre Augen. »Jetzt sind wir sicher«, sagte sie. »Nur, verändere nichts! Gar nichts. Oh, Rick, ich habe Angst –«

»Ich weiß, du hast Angst. Aber ich weiß nicht, warum. Gwen, bitte. Bitte, erzähl es mir.«

Sie verbarg ihr Gesicht in den Händen und wollte nicht mehr sprechen.

Drei Tage später traf ein Bote aus dem Westen ein. Drumold versammelte seine Berater in der Großen Halle, um die Nachrichten zu hören.

Der Bote war ein junger Clanmann, der stolz auf seine Mission war. Er überbrachte Drumold Grüße und sprach dann zu Tylara. »Vor sechs Tagen zogen ein Dutzend Lords und Ritter von Drantos nach Tar Kartos. Sie reisten in großer Eile und konnten nicht weiter. Ein Lord fragte, ob die Lady Tylara noch lebte. Alle waren überglücklich, als sie hörten, daß Ihr sicher in Eures Vaters Halle seid. Dann baten sie meinen Herrn, einen Boten zu Euch zu senden, und ich ging diese Nacht noch. Sie baten mich, Euch als die Große Lady, Equetessa von Chelm zu grüßen und Euch zu sagen, daß sie es bedauern nicht kommen zu können. Sie bitten Euch, zu ihnen zu kommen.«

»Equetessa von Chelm? Aber ich wurde aus diesem Land vertrieben«, sagte Tylara. »Wer sind sie?«

Als Antwort hielt ihr der Bote einen Siegelring entgegen.

»Camithon? Aber ich sah ihn sterben«, sagte Tylara. »Er wurde von den Zinnen geworfen.«

»Ein Trick, um dich zu ihnen zu bringen«, vermutete Drumold. »Sarakos haßt dich doch.«

Der Bote sah betroffen aus. »Sagt Ihr, daß der Clan Ebolos den Feinden von MacClallan Muir hilft?« fragte er.

»Nein, nein«, protestierte Drumold. »Aber ich verstehe nicht, was sie von meiner Tochter wollen.«

»Noch verstehe ich es«, sagte der Bote. »Aber Calad, mein Herr, hörte ihrer Geschichte lange zu. Dann befahl er mir, diese Worte zu lernen: ›Ich habe erfahren, was von größter Wichtigkeit für alle Clans von Tamaerthon ist. Ich bitte, daß MacClallan Muir und seine Tochter, die Lady Equetessa, in größter Eile nach Tar Kartos kommen.«

»In diesem Winter?« fragte Drumold. »Na, er wird warten können, bis der Schnee von den Pässen geschmolzen ist.«

»Mein Herr sagt, nein.«

»Vater, du magst warten«, sagte Tylara. »Aber ich habe nie gehört, daß Calad leichtfertig Alarm schlägt oder daß er nicht weiß, wie hoch der Schnee in den Pässen liegt. Was mich betrifft – kehrst du jetzt zurück?« fragte sie den Boten.

»Sobald Ihr mich entlaßt«, sagte er.

»Dann sag deinem Herrn, daß die Witwe Equetessa von Chelm so schnell wie möglich kommt.«

»Tylara, ist das weise? fragte Rick.

»Was hat Weisheit damit zu tun? Sarakos soll meinetwegen in meinem Ratssaal sitzen, aber sie sind immer noch meine Leute.«

Verdammt, dachte Rick. Natürlich sollte sie gehen. »Ich veranlasse alles«, sagte er. »Wir können am Morgen aufbrechen.«

»Ich hatte gehofft, daß du mit mir kommen würdest«, sagte Tylara. Zum ersten Mal wieder lächelte sie ihn an.

Drumold seufzte. »Sag Calad, deinem Herrn, daß MacClallan Muir innerhalb von Zehn-Tagen bei ihm sein wird und daß die Lady Equetessa ihn begleiten wird.«

Tar Kartos lag an der westlichen Kante der gebirgigen Hochländer, die Tamaerthon umgaben, und war über die Jahrhunderte zu einer von starken Mauern umgebenen Stadt gebaut worden. Nach fünf Tagesreisen über die gefrorenen Lochs war Rick froh, als sie die düstere Festung erreichten.

Calad, Oberhaupt des Clans Ebolos, war dem Namen nach Drumold, als MacClallan Muir, untergeben, aber das war ein Punkt, den niemand zu sehr betonen wollte. Als Drumolds Gesellschaft in Calads Ratshalle gebeten wurde, forderte man Drumold auf, den Platz gegenüber Calad einzunehmen, und überließ die Frage, welches Ende der Tafel nun Kopf und welches Fuß war, jemand anderem, der sich Sorgen darüber machen wollte.

Außer Calad und seinen Ratgebern waren ein halbes Dutzend Ritter und Bheromänner von Drantos anwesend. Bevor sie vorgestellt werden konnten, rannte Tylara hinauf zu ihrem Führer – einem älteren Soldaten, dessen zerfurchtes Gesicht von einer schlimmen Narbe überzogen war. »Camithon!« weinte sie. »Ich konnte es nicht glauben, selbst als ich deinen Ring in der Hand hielt und hörte, wie sie dich beschrieben. Ich sah, daß du von der Zinne von Schloß Dravan gestoßen wurdest.«

»Nay, Lady, ich wurde nicht gestoßen. Bevor sie das tun konnten, riß ich mich los und sprang. Wie könnte ich nicht die Stellen kennen, an denen der Wassergraben nahe an die Mauern reicht? Einmal weg von Dravan erhielt ich Hilfe von der Landbevölkerung, bis ich den Protektor Dorion und den Jungen Wanax treffen konnte . . . Und dann müßt Ihr noch wissen: Ich bin Lord-Protektor von Drantos.«

»Protektor –«

»Aye. Dorion wurde in der Schlacht mit Sarakos getötet. Das zu sagen, heißt wenig. Er wurde von Donnerwaffen in Fetzen gerissen. Aye, an meiner Seite, und wir waren beinahe eine Meile von dem Kampf entfernt.«

»Mörser«, sagte Rick.

Camithon sah ihn negierig an.

»Lord Rick ist unser Heerführer. Er weiß von diesen Waffen«, erklärte Drumold.

»Wo befindet sich der Wanax Ganton?« fragte Tylara.

»Den Burschen hat das Fieber erwischt«, sagte Camithon. »Er ruht sich in diesem Schloß aus.« Der alte Soldat hielt inne. »Wir sind als Bittende gekommen«, sagte er. »Wir erbitten Tamaerthons Hilfe gegen Sarakos. Doch in Wahrheit kommen wir nicht nur als Bittsteller. Wir bringen Neuigkeiten, die Ihr nicht unwillkommen finden werdet.«

»Es wird am besten sein, die Neuigkeiten zu hören«, brummte Drumold. »Ich bin beinahe erfroren. Welche Neuigkeiten bringt Ihr, daß sie nicht darauf warten können, bis Ihr zu uns kommt?«

»Laßt ihn ausreden«, sagte Calad. »Ich sandte nicht leichtfertig nach Euch. Protektor, erzählt MacClallan Muir von dem Krieg in Drantos.«

»Nachdem Schloß Dravan gefallen war, floh ich zu der Armee von Protektor Dorion«, sagte Camithon. »Wir erwischten Sarakos in einer unvorteilhaften Situation und dachten, ihn in einer großen Schlacht zu zerstören. Ich weiß nicht, wer an diesem Tag gewonnen hätte, aber plötzlich wurden unsere Ritter niedergemäht wie der Weizen mit der Sense. Sarakos hatte sich mit den Männern von den Sternen verbündet, die über teuflische Waffen verfügten.« Er hielt inne, um Drumolds Gesichtsausdruck zu studieren. »Ihr sagt nichts dazu?«

»Wir wissen es schon«, sagte Drumold.

»Seltsam«, grübelte Camithon. »Doch, das macht das Erzählen leichter. Nachdem Sarakos und seine Verbündeten uns geschlagen hatten, flohen wir in die Berge, von wo aus wir weiterzukämpfen gedachten. Sarakos machte unsere Aufgabe leichter, da seine Soldaten das Land verwüsteten. Er warf jeden Bheromann in Drantos hinaus, um seinen Platz mit einem seiner Favoriten zu besetzen. Sie versklavten das Volk, so daß Gemeine und Adlige bereit waren, zu uns zu stoßen. Wir kämpften keine großen Schlachten – wir wußten, daß wir sie nicht gewinnen konnten. Aber wir brachten Unruhe ins Land, brannten die Felder ab, töteten die Boten, streckten seine neuen Ritter nieder und auch die Bheromänner, wenn sie ihre Dörfer in Besitz nahmen. Sarakos kannte keinen Frieden in Drantos. Viele seiner Pferde verhungerten oder wurden geschlachtet. Auch starben viele seiner Soldaten an Hunger und an der Seuche, und noch viel mehr flohen. Vor dem Frühjahr wird er noch mehr verlieren, da der Schnee die Straße zu den Fünf Königreichen versperrt hat, und wir haben die Ernten in Drantos vernichtet.

Es war, nachdem der Winter gekommen war, als wir über Euren großen Sieg über die Römer erfuhren. Ich habe schon vorher einmal gesehen, was die Bogenschützen von Tamaerthon in einem Kampf alles tun können, und ich dachte mir, daß wir mit den Truppen, die ich unterhalte und zusammenrufen kann, und mit der Hilfe von einigen Tausend Eurer Bogenschützen Sarakos aus Drantos vertreiben und die Lady Tylara in ihre Witwenländer zurückführen können. Um dies zu fragen, bin ich gekommen.«

Drumold lehnte sich weit vor zu Rick. »Was denkst du darüber?«

»Lord Camithon«, sagte Rick, »habt Ihr die Sternenmänner und ihre Waffen vergessen?«

»Nein«, sagte Camithon. »Das sind die guten Nachrichten, die ich bringe. Die Sternenmänner haben sich geteilt. Viele sind vor Sarakos geflohen. Weniger als ein Dutzend sind geblieben. Sicher können Euch ein Dutzend Männer nicht erschrecken.«

»Woher wißt Ihr, daß sich die Sternenmänner aufteilten?« fragte Rick.

Camithon lächelte grimmig: »Ich habe ein Geschenk für MacClallan Muir und seine Tochter gebracht.« Er wendete sich einem Offizier zu. »Bring den Gefangenen herein.«

Der Offizier ging und kam einen Augenblick später mit einem Mann zurück, der wollene, bäuerliche Hosen und eine dicke Jacke trug. Er hatte einen dürren Bart, der seit Wochen nicht rasiert war, seine Hände waren mit eisernen Armbändern gefesselt, die mit einer fußlangen Kette vernietet waren.

Er stand finster da, sah trotzig auf die Ratstafel, bis er Rick entdeckte. Er starrte ihn einen Moment an, dann schrie er, »Captain! Um Gottes willen, Captain, helfen Sie mir!«

Es war Soldat Warner.

Trotz des lodernden Feuers war Ricks Unterkunft kalt. Und es ist nicht nur die eisige Luft, dachte Rick. Er konnte fühlen, wie die Kälte von dem Platz ausstrahlte, an dem Tylara am Herd saß.

»Ich dachte, du wärest erfreut«, sagte sie. »Sind deine Feinde nicht meine Feinde? Sarakos kann getötet werden, und ich kann mich von dem brennenden Haß gegen ihn befreien –«

»Wir wissen das nicht«, sagte Rick. »Tylara – Tylara, jedes Mal, wenn ich daran denke, was Sarakos dir getan hat, werde ich krank. Ich hasse ihn genauso wie du. Ich liebe dich!«

»Du tust aber nicht so.«

»Mehr als du denkst«, sagte Rick. »Mein Wunsch ist, Tamaerthon ohne endlosen Krieg stark zu machen. Sollen wir das alles um der Rache willen riskieren?«

Bevor sie antworten konnte, klopfte es an der Tür. »Kommt herein«, rief Rick erleichtert.

Warner war rasiert, und man hatte ihm bessere Kleider gegeben. Er war beinahe rührend dankbar, als Jamiy ihn hereinbrachte. »Ich danke Gott, daß Sie hier sind, Captain. Danke Gott –«

»Nimm Platz«, lud Rick ihn ein. »Jamiy, gieß ihm einen Becher Wein ein.«

Warner setzte sich dankbar. Er stürzte den Wein hinunter, und Rick füllte seinen Becher wieder. »Nimm's nicht so schwer«, sagte er. »Bevor du betrunken bist, möchte ich noch deine Geschichte hören.« Er lachte. »Weißt du, es ist noch keine Woche her, da wünschte ich, du wärst in meiner Nähe. Ich versuchte, ein paar Gleichungen von Newton abzuleiten. Glaubst du, du kannst dich an die College-Physik erinnern?«

»Ja, Sir«, sagte Warner. »Uh – Ballistik?«

»Vielleicht«, sagte Rick. »Aber vorwiegend nur allgemeine Wissenschaft.« Er wechselte zu dem örtlichen Tran-Dialekt über. »Warner, dies ist Lady Tylara. Wir möchten beide deine Geschichte hören.«

»Ja, Sir. Aber könnte ich zuerst noch etwas Wein haben?« Warner trank gierig. »Wo soll ich beginnen?«

»Wir wissen, daß Parsons mit Sarakos ein Bündnis einging«, sagte Rick. »Und daß ihr ihm geholfen habt, den Kampf gegen die Armee von Drantos zu gewinnen. Was passierte danach?«

»Zuerst war es ganz gut«, sagte Warner. »Capt'n, ich kann das besser in Englisch erzählen.«

»Mach weiter. Ich übersetze für Tylara.«

»Ja, Sir. Gut, wie ich schon sagte, zuerst war es sehr gut. Wir hatten gewonnen und nahmen das Land in Besitz. Parsons gab jedem von uns ein paar einheimische Mädchen. Es war ein bißchen komisch, seine eigenen Sklaven zu haben, aber so sind die Dinge nun mal hier. Wir hatten Frauen und Juwelen und jede Menge gutes Essen und sehr guten Wein, und alles war so, wie Parsons sagte, daß es werden würde. Wir lebten wie Könige. Selbst draußen im Feld hatten wir Diener. Wir übernahmen die besten Häuser als unsere Quartiere, und wir brauchten nicht sehr viel zu kämpfen – nur wenn die Einheimischen etwas angefangen hatten, mit dem sie nicht fertig wurden. Dann kamen wir mit den Maschinengewehren und den Mörsern.

Alles ging ein paar Monate sehr gut, aber dann kam alles anders. Guerilla-Krieg. Capt'n, es war wie in Vietnam, nur schlimmer, da wir keine Hubschrauber oder LKWs oder sonstwas hatten. Wir mußten auf Pferden reiten, und in der Zeit, in der wir dorthin ritten, waren die Charlies schon in die Berge verschwunden. Außerhalb des Schlosses waren wir nirgendwo sicher. Wenn wir durch die Wälder ritten, wußten wir nie, welcher Pfeil oder Armbrustbolzen einen töten würde.

Es hörte nicht auf, und es sah auch nicht aus, als ob es besser werden würde. Diese Menschen haßten uns, und wir konnten sie nicht *alle* töten. Und es gab eine Art Hungersnot, selbst für uns – und wir hatten mehr zu essen, als diese armen Bastarde, die mit uns waren. Und Parsons! Er wurde so gemein, daß man nicht in seine Nähe kommen durfte. Er nahm an, das wäre alles unser Fehler – wir waren nicht diszipliniert genug –, aber er hatte es so bestimmt. Und eines Tages hatten es ein paar von uns satt und liefen weg.«

»Wie viele?« fragte Rick.

»Zweiundzwanzig«, sagte Warner, »Gengrich und ich organisierten alles. Wir gingen nach Süden zu dem Stadt-Staat-Gebiet. Wir mußten irgendwie leben, und so arrangierten wir es, daß wir uns an die Stadt-Republik von Kleistinos vermieteten. Sie gaben uns und unseren Frauen zu essen – die meisten von uns brachten eines oder zwei der Mädchen, mit denen wir gelebt hatten, mit –, und wir brauchten nicht mehr zu kämpfen. Man verlangte dafür von uns, im kommenden Frühjahr eine große Karawane nach Süden zu begleiten, und diese Arbeit hörte sich leichter an als die, die wir für Parsons erledigen mußten.«

»Und wie kamst du hierher?«

Warner schaute einfältig. »Ich war betrunken und verlor in einer Taverne das Bewußtsein, und als ich aufwachte, hatte ich diese Handschellen-Dinger an. Der örtliche Tavernenwirt hatte mich an die Rebellen von Drantos verkauft.«

»Verstehe. Entschuldige, ich erzähle jetzt besser Tylara, wie alles gelaufen ist.« Rick faßte Warners Geschichte zusammen.

»Sie sind keine Rebellen«, sagte Tylara kalt, als Rick zu Ende gesprochen hatte. »Sie kämpfen für ihr Zuhause gegen Banditen.«

»Ja, Lady«, sagte Warner. »Wenn Ihr es so sagt –«

»Sie *sagte* es so«, meinte Rick. Er wechselte ins Englische, um zu sagen: »Ich wäre vorsichtig, wenn ich du wäre. Sie hat ein hitziges Temperament und einen scharfen Dolch.« Er goß sich einen Becher Wein ein. »Welche Waffen trägt Gengrich mit sich rum?«

»Einen von den Mörsern«, sagte Warner. »Und natürlich unsere Gewehre und Pistolen.«

»Also hat André einen Mörser und die Granatwerfer. Wie viele Mörserbomben?«

»Ich schätze ein Dutzend«, sagte Warner.

»Die Sternenmänner sind ziemlich geschwächt«, sagte Tylara. »Und Sarakos hat viele seiner Krieger verloren.«

»Sie sind nicht mehr so stark, wie sie es waren«, stimmte Warner zu. »Captain, planen Sie, gegen sie zu kämpfen?«

»Ich weiß es nicht.«

Tylara sah ihn kalt an.

»Liebling, du verstehst das nicht«, sagte Rick. »Sie denken, weil wir mit den Römern so leicht fertig geworden sind, könnten wir mit Parsons genauso verfahren. Sie wissen es nur nicht besser. Wenn nur eine Mörserbombe am richtigen Ort hochgeht, habe ich kein Pikenregiment mehr sondern einen desorganisierten Mob. Und Yatar weiß, was die Maschinengewehre mit meinen Bogenschützen machen werden!«

Tylara stand auf und ging zur Tür. »Jamiy«, sagte sie. Sie zeigte auf Warner. »Bring ihn in sein Quartier.«

»Er soll gut behandelt werden, aber er darf nicht entkommen«, sagte Rick. »Warner, ich bin wirklich froh, dich zu sehen. Wenn wir alle überleben, wirst du Professor in der einzigen Universität von Tran.«

»Gerne«, sagte Warner. »Es ist besser, als ums Überleben zu kämpfen.«

Rick wartete, bis Warner und Jamiy gegangen waren, dann wendete er sich mit einem Seufzer Tylara zu. »Okay, Liebling, laß uns drüber reden.«

3

Ihr eben noch kalter Blick wurde nun zu einem sehr unglücklichen. »Ich möchte mich nicht mit dir streiten«, sagte sie.

»Himmel, ich genieße es auch nicht gerade –«

»Bitte, laß mich aussprechen. Den ganzen Winter warteten mein Vater und ich, daß du mit ihm offiziell über unsere Zukunft redest.«

»Ich habe gewartet, bis ich sicher war, daß du mich auch willst«, sagte Rick. »Und ich war mir nicht sicher, wann die richtige Zeit dafür ist.«

»Ich hoffe, daß du mich willst.«

»Ich will. Gott weiß, daß ich will. Ich liebe dich«, sagte Rick.

»Wie ich dich liebe. Mehr als du ahnst. Unsere Bräuche sind nicht die deinen. Noch nie in unserer Geschichte heiratete eine Frau, bevor sie gerächt war, doch – doch ich bin gewillt es zu tun. Rick, deine Wege sind fremd. Du bist nicht so, wie mein Mann war. Du bist ein Krieger, aber du wünschst dir, nicht zu kämpfen. Ich sah, wie Männer dich beleidigten, und doch tatest du nichts, obwohl schon weniger schlimme Worte Blut forderten –«

»Ist es das, was du willst? Soll ich Köpfe sammeln?« Die Clanmänner von Tamaerthon behielten schon länger nicht mehr die Köpfe ihrer Feinde als Trophäen, aber es gab viele Legenden von Helden, die es taten.

»Schweig«, sagte sie. »Nein. Sollst du nicht. Ich habe inzwischen verstanden, daß dir das Töten kein Vergnügen bereitet, obwohl du kein Schwächling bist. Und ich habe dich in der großen Schlacht gesehen, und noch einmal, als du von der Schule sprachst, die du gerne gründen möchtest. Ich weiß, was dich mehr erfreut. Ich habe dich von den Dingen erzählen hören, die du gerne lehren möchtest, und wie sie jedem helfen würden – den Clans von Tamaerthon und allen anderen auf dieser Welt. Es gibt viel über dich, was ich nicht verstehe, aber es gibt auch vieles, das ich kenne, und ich kam, um dich zu lieben. Nicht so, wie ich Lamil geliebt habe. Das war nahezu unerträglich – nein, sieh nicht weg und sei nicht traurig. Ich war auf meine Hochzeitsnacht mit Lamil nicht begieriger als darauf, wann du mich besitzen wirst. Zwischen uns ist mehr, als zwischen Lamil und mir jemals war. Lamil war stattlich, aber er war auch leichtsinnig. Er hatte keinen Dämon, der ihn antrieb, wie du. Noch habe ich einen, doch ich habe gelernt, was Pflicht ist, und nun reitet mich der Dämon nicht weniger. Du und ich, wir mögen zueinander gehören, aber wir streben auch nach etwas. Nicht nach Reichtum, sondern nach etwas Größerem.«

Er ging zu ihr und legte seine Hände auf ihre Schultern. »Warum stehen wir dann noch so herum –«

Sie nahm sanft seine Hände herunter und schritt davon. Ihr Gesicht überzogen Sorge und Trauer. »Bitte. Das mußte gesagt werden. Rick, als ich Sarakos in Drantos sicher glaubte, schluckte ich meinen Haß gegen ihn hinunter, obwohl er mich wie Feuer verbrannte. Ich dachte, du müßtest das gleiche fühlen, daß der Mann, der, der – Götter! daß ein Mann, der mir solches antat, leben soll!«

»Du kannst es nicht wissen«, sagte Rick. »Gott, Liebling, du kannst es nicht wissen.«

»Ich träumte, daß ich ihm die Haut abziehen würde«, sagte Tylara. »Doch, da wir an das glauben, was du für Tamaerthon – aye, für die ganze Welt – tun willst, lebte ich mit dem Wissen, daß Sarakos niemals bestraft werden würde. Wie auch mein Vater und mein Bruder. Wir waren einverstanden – du bist für Tamaerthon sehr wichtig, und wir können dich nicht festhalten. Für dich gibt es keinen Grund, in Tamaerthon zu bleiben – außer dem, was ich hoffe, was du für mich empfindest –, doch wir brauchen dich. Und deshalb starb ich nicht, indem ich versuchte, mich selbst zu rächen. So wie ich Sarakos hasse, so wächst meine Liebe zu dir immer mehr. Einst lebte ich nur, um ihn zu töten, nun habe ich dich.«

»Aber du willst, daß ich Sarakos für dich töte.«

»Nun ist es möglich«, sagte sie.

»Nein. Was hat sich geändert?« fragte Rick. »André Parsons hat weniger Männer, aber er hat immer noch mehr als genug Waffen, um uns zu zerstören, und ohne die Pikenmänner ist Tamaerthon verdammt. Traust du Marselius? Ich vertraue ihm so lange, wie er vor meinem Pikenregiment Angst hat, aber auch nicht länger. Und vielleicht müssen wir noch gegen Cäsar kämpfen.«

»Bist du sicher, daß sich nichts geändert hat, mein zukünftiger Mann?« fragte Tylara. »Die Sternenmänner sind uneins. Sarakos verlor seine halbe Armee. Ist das gar nichts?«

»Ist es genug?«

»Ich weiß es nicht. Dies sind Dinge, die du weißt«, sagte Tylara. »Aber eines weiß ich, Chelm ist mein. Lamil hinterließ keinen anderen Erben. Du hast gehört, wie es den Menschen dort ergeht. Sie sterben. Dort herrscht endloser Krieg. Die ZEIT nähert sich. Habe ich ihnen gegenüber keine Verpflichtung? Und hast du nicht eine noch größere?«

»Ich? Ich war noch nie dort.«

»Du brachtest die Sternenmänner hierher«, sagte Tylara. »Nun sind sie wie Wölfe in dem Land. Hast du keine Verantwortung dafür?« Tränen traten in ihre Augen. »Mein Lieber. Mein Vater fühlt, wie ich fühle. Wenn du wirklich glaubst, daß nichts getan werden kann, um dieses Land von den bösen Männern zu befreien, dann werden wir Camithon ohne Hilfe auf seinen Weg schicken. Aber ich bitte dich, denk darüber nach.«

Sie mußte das sagen. Meine Verantwortung. Ich brachte sie hierher. Ich wollte es nicht, und ich – was, zur Hölle, soll das Wortspiel? Ich brachte sie. Aber verdammt – »meine Universität ist wichtiger, als du ahnst«, sagte Rick. »Wir können diese Welt ändern. Sollen wir das alles riskieren, nur um Sarakos zu töten?«

»Mein Lieber, ich weiß, daß es keinen anderen wie dich gibt«, sagte Tylara. Es war kein Spott in ihrer Stimme. »Aber können nicht die Lady Gwen und der Mann Warner viel von dem lehren, was du lehren wolltest?«

Da geht mein letztes Argument dahin, dachte Rick. Oh, verdammt. »Ja. Können sie«, sagte er. Gott helfe mir, sie hat recht. Und niemand sonst kann Sarakos und Parsons aufhalten. Kann ich es? Sarakos ist kein Problem. Seine Truppen und seine schwere Kavallerie waren anscheinend nicht wirkungsvoller als die der

Römer, und meine Pikenmänner haben inzwischen sehr viel mehr Selbstvertrauen. Aber ich brauche immer noch gesammelte Formationen, und Parsons hat die Mörser und mindestens ein Dutzend Schützen, mehr als genug, um die Piken für Sarakos' schwere Kavallerie zu zerstreuen.

Ein Scharmützel mit den Bogenschützen könnte Parsons überrumpeln, wenn wir ihn an einem geeigneten Ort erwischen. Aber er ist verdammt zu schlau, um sich auf diese Art fangen zu lassen. Er wird immer genug Kavallerie bei sich haben, um die Bogenschützen auf Distanz zu halten. Also, wie konnte er die Erdtruppe getrennt vom Rest der Armee erwischen –

»Du hast einen Plan«, sagte sie. »Ich habe diesen Blick schon mal gesehen.«

»Etwas, das Warner sagte. Tylara, selbst wenn alles gut abläuft, werden eine Menge Menschen getötet –«

»Mehr werden sterben, wenn wir nichts tun!«

»Nein. Nicht annähernd so viele.« Er seufzte und nahm sie in die Arme. »Ich hatte die Auswahl unter Hunderten von Frauen«, sagte er. »Ich könnte hundert Frauen *haben*. Und, natürlich, mußte ich mich in dich verlieben.« Er küßte sie. Sie standen lange Zeit eng aneinandergedrückt.

Dann stieß sie ihn sanft weg. »Im Frühling«, sagte sie. »Und nun – wir müssen Lebensmittel für Camithons Armee senden, bevor er noch mehr Männer und Tiere an den Hunger verliert.«

»Ja.« Und tausend andere Details. Die westlichen Clanmänner zusammentrommeln und sie in neuen Taktiken drillen. Mehr Piken und mehr Pfeile. Ausrüstung – und Getreide-Wagen. Politik. Es war hart genug, die Clans zur Zusammenarbeit anzuhalten; nun hatten sie den Protektor Camithon und den jungen König, um den sie sich noch Sorgen machen mußten.

Und immer noch mehr Einzelheiten. Patrouillen, um die Pässe zu sichern, und die Tatsache, daß sich Tamaerthon für einen Krieg rüstete, so lange wie möglich geheimzuhalten. Ein zweiter Schutzwall. Falls Spione unweigerlich herausfanden, daß sich die Clans mobilisierten, so waren sie immer noch nicht in der Lage zu berichten, daß sie mit Piken drillten. Und darin lag das größte Geheimnis von allen.

»Warum lächelst du?« fragte Tylara.

»Es würde lange dauern, das zu erklären«, sagte Rick. Wie konnte er ihr erzählen, daß er daran gedacht hatte, seinen inneren Kreis »Das Manhattan-Projekt« zu nennen? Aber natürlich konnte er diesen Namen nicht benutzen. Das würde Parsons so klar vorwarnen wie ein Bericht, daß in Tamaerthon jemand Massen von Dünger und Sulfat sammelte.

Sie brauchten ein sicheres Gebiet, um den Salpeter von dem Dünger zu trennen. Sein Schulwissen war nicht gut genug, um Sulfat-Drogen oder Penicillin herzustellen, aber etwas so Einfaches würde kein Problem sein. Salpeter 75 Prozent, Holzkohle 15 Prozent, Sulfat 10 Prozent: fünfzehn zu drei zu zwei, eine Formel, die über Jahrhunderte in den Kesseln des Krieges getestet worden war. Und sie würden eine Mühle ohne Metallteile brauchen, in der sie das Zeug mahlen konnten.

Und es gab noch tausend andere Details. Das Geschäft des Krieges. Sie sangen Balladen über Helden, aber es waren die Details, die den Feldzug gewannen.

Oder verloren.

TEIL VIII

JANITSCHAREN

1

Gwens Entbindung verlief sehr schwierig. Das Baby war groß, und sie war klein. Sie hatte viele Stunden lang schwere Wehen, und danach lag sie Wochen krank danieder. Sie erinnerte sich an wenige Einzelheiten. Aber etwas blieb lebhaft in ihrem Gedächtnis: der Moment, als Yanulf ihr das Kind an die Brust legte. Und das konnte nur einige Sekunden nach der Geburt des Jungen gewesen sein.

Sie erinnerte sich nicht mehr daran, daß sie Yanulf erzählt hatte, den Jungen »Les« zu nennen, aber sie bereute es nicht. Eines Tages würde sie in der Lage sein, Les von seinem Vater zu erzählen und ihm die Botschaft mitzuteilen, die der Pilot für sein Kind hinterließ.

Es dauerte eine lange Zeit, bis sie ihre Kraft wiedergewann. Wochenlang konnte sie ihren Sohn nur einmal am Tag stillen. Glücklicherweise wurden zwei andere Kinder kurz vor Les geboren, beide von robusten Clanfrauen mit überschüssiger Milch. Später fragte sich Gwen, ob dies nicht der Ursprung des antiken Brauches der Pateneltern war; ohne die Hilfe der anderen Frauen wäre Les gestorben.

Allmählich wurde sie sich wieder des Lebens außerhalb ihrer Wohnung bewußt. Zuerst empfand sie ein Gefühl der Bitterkeit, da Rick und Mason noch nicht von Tar Kartos zurückgekehrt waren und auch Caradoc nicht erlaubt hatten, zurückzukommen. Sie hatte einen Brief von Rick, der ihr sagte, daß die Universität nächsten Sommer beginnen konnte, falls der Friede mit Marselius hielt. Sie war erfreut. Alles schien gut zu verlaufen.

Dann fand sie heraus, daß viele der jungen Männer weg waren. Alle Offiziere und Unteroffiziere von Ricks neu gebildeter Armee waren auf Tar Kartos versammelt, wie auch alle Schmiede. Als sie herauszufinden versuchte, warum, erfuhr sie nichts. Keine der Frauen wußte, warum ihre Männer in die westlichen Berge geschickt worden waren. Einige dachten, es sollte ein weiterer Raubzug stattfinden, wenn das Eis in den Lochs und auf den Pässen geschmolzen war, aber niemand war sich dessen sicher. Es gab keinen Weg, das herauszufinden. Zum ersten Mal, seit sie nach Tran gekommen war, hatte Gwen Angst, daß sie die Kontrolle über die Situation verlor.

Die Sonne stand in einem Winkel von dreißig Grad, und der Schnee auf den niedrigeren Pässen war schon geschmolzen, als Yanulf die Erlaubnis erhielt, Tar Kartos zu besuchen. Er kehrte zurück und berichtete ihr unter

dem Siegel der Verschwiegenheit, daß Rick einen Krieg plante, um Chelm für Tylara zurückzugewinnen.

»Aye, Lady«, sagte er. »Sie sagten mir, daß ich noch vor der Sommersonnenwende nach Schloß Dravan zurückkehren könne. Selbst während wir sprachen, lief die feurige Axt durch den Garioch.«

Gwen war entsetzt. Das war der Untergang all ihrer Pläne. »Aber – das ist Wahnsinn! Er führt Krieg gegen die Sternenmänner?«

»Aye. Niemand weiß, was Lord Rick vorhat, aber es wird gesagt, er hat einen Plan, um beide zu vernichten, die Sternenmänner und Sarakos. Ich weiß, daß er jeden Karren im Land gebraucht, um Mist zu einem Platz in der Nähe von Tar Kartos zu fahren, wo er eine Wassermühle bauen ließ.«

Mist. »Und er sammelt auch Schwefel?«

Yanulf schaute überrascht auf. »Aye. Dünger und Schwefel. Aber ich weiß nicht, welchen Zauber er damit vollbringen kann.«

»Aber ich«, sagte Gwen. »Schießpulver.« Jeder Karren im Land war wahrscheinlich eine Übertreibung, aber dennoch hieß das, daß Rick eine Menge Schießpulver herstellte. Warum hatte er sich für Krieg entschieden, Schießpulver gegen Maschinengewehre? »Yanulf, ich muß mit ihm sprechen«, sagte Gwen.

»Das wäre nicht weise«, antwortete der Priester. »Ihr müßt wieder zu Kräften kommen. Außerdem marschiert die Armee los, sobald die Clans Tar Hastigar erreichen. Ihr kommt wahrscheinlich nicht an, bevor der Krieg beginnt.«

»Dann muß ich erst recht mit ihm reden.«

»Eure Angst sieht man deutlich«, sagte Yanulf. »Glaubt Ihr nicht, daß Lord Rick in der Lage ist, die Sternenmänner zu schlagen? Drumold glaubt es –«

»Ich weiß es nicht«, sagte Gwen. Was plante Rick? Er tat eigentlich keine törichten Dinge. Er mußte glauben, daß er es schaffen konnte. Und wenn er es – »Aber es gibt vieles, das er wissen muß, bevor er in diese Schlacht zieht. Wir müssen zu ihm.«

Yanulf beobachtete sie aufmerksam. »Es ist wichtig für Euch.«

»Es ist für jeden auf dieser Welt wichtig«, sagte Gwen. »Für diese Welt wie auch für andere Welten.«

»Könnt Ihr ihm nicht eine Nachricht schicken?«

»Keine, der er glauben würde«, sagte Gwen. »Auch wage ich es nicht, jedermann zu erzählen, was gesagt werden muß. Es wäre sehr unweise, es zu schreiben. Nein, ich muß selbst gehen, und zwar schnell.«

»Ich glaube Euch«, sagte Yanulf. »Ich werde arrangieren, was ich kann. Aber wir werden nicht schnell reisen, meine Lady, Ihr würdet eine schnelle Fahrt nicht überleben. Und wir werden Ammen für Euer Kind brauchen und Soldaten, die Euch begleiten. Das wird einige Zeit dauern.«

»Wir haben so wenig Zeit«, sagte Gwen.

»Ich werde tun, was ich kann.«

»Es wäre besser, wenn wir warten«, sagte Camithon. »Die Frühjahrsregen sind kaum vorüber, und der Schlamm wird tief sein. Wir werden nicht schnell reisen können.«

Von der Ratstafel kam zustimmendes Gemurmel. Rick war erfreut zu sehen, daß Drumold und Balquhain gar nichts sagten, aber darauf warteten, daß Rick sprach. »Noch wird es Sarakos können«, sagte Rick. »Aber mehr als das; wir haben nicht genügend Lebensmittel, um noch länger zu warten und noch Vorräte mit uns herumzutragen. Mason hat die neuen Truppen gut trainiert.«

»Ich hätte lieber mehr Zeit für sie gehabt«, sagte Mason. »Aber ich glaube, sie sind gut genug.«

»Also können wir durch eine Verzögerung nicht viel gewinnen«, sagte Rick. Er wies auf die Landkarte auf der Ratstafel. »Übermorgen am Mittag marschieren wir los. Wir nehmen die direkte Route die Straße entlang. Morgen in der Dämmerung möchte ich die Scouts vorschikken, um sicherzugehen, daß die Nachricht unserer

Reise nicht vor uns nach Drantos gelangte. Und nun die anderen Details.« Er rollte verschiedene Pergamente auf und verneigte sich vor dem Jungen, der am Ende der Tafel saß.

»Majestät, dies sind Ratsbeschlüsse«, sagte Rick. »Der wichtigste verkündet eine Generalamnestie für alle Taten vor diesem Frühjahr und garantiert, daß jeder Mann seinen Vater beerbt. Wenn wir die Grenzen von Drantos erreichen, werden diese Verordnungen so schnell wie möglich im ganzen Land ausgerufen.«

»Ihr batet mich, den Verrätern, die sich gegen meinen Vater erhoben, zu vergeben«, sagte der Junge. Seine Stimme erhöhte sich. »Niemals!«

»Ihr müßt«, sagte Rick ungeduldig. »Wie sonst können wir die Landbevölkerung gegen Sarakos gewinnen? Denkt darüber nach, Majestät. Wollt Ihr lieber auf Eures Vaters Thron sitzen oder Euer Königreich aus dem Exil beobachten?«

»Wenn jeder Mann seinen Vater beerbt«, sagte Calad, »wie wollt Ihr dann unsere Clanmänner und Verbündeten belohnen?«

»Sarakos hat genug offene Ämter geschaffen«, sagte Rick. »Länder ohne Erben für diejenigen, die lieber Bheromänner von Drantos als Clanmänner von Tamaerthon werden wollen. Eines dieser Dokumente gibt MacClallan Muir das Recht, die besitzlosen Ländereien in zwei Länder zu verteilen. Ein anderes Dokument gibt der Lady Tylara das gleiche Recht für Chelm.«

»Mein Lord«, sagte der Junge. »Der Preis für Eure Hilfe ist hoch.«

Rick sagte nichts. Einen Augenblick später sagte Camithon: »Er ist nicht so hoch, wie er sein könnte. Wir kamen als Bittsteller nach Tamaerthon, und wir verließen es mit Hoffnungen auf den Sieg. Unterzeichne, Bursche. Du wirst keinen besseren Handel abschließen können.«

Rick brachte die Pergamentrollen ans Ende der Tafel. In den vergangenen Wochen hatte er angefangen, den jungen König zu mögen. Der Junge war intelligent genug, sich dem Unvermeidbaren zu fügen.

»Was bedeuten diese anderen Pergamente?« fragte Ganton.

»Eines ist ein Vertrag über das Bündnis zwischen Tamaerthon und Drantos«, sagte Rick. »Es enthält eine Zusicherung an das römische Empire, in das Bündnis einzutreten, falls der Cäsar es wünscht.« Und beide, Camithon und Drumold, dazu zu bewegen, dem zuzustimmen, hatte viele Nächte des Argumentierens gekostet; Nächte, die Rick lieber damit verbracht hätte, die Schlacht zu planen. Schließlich hatte sie der wachsende Dämonen-Stern mehr überzeugt als jedes Argument, das Rick anführen konnte. Wenn der eindringende Stern näher kam, würden die Länder im Süden zu heiß sein, um dort weiterzuleben. Demnach hätten sie Horden von Flüchtlingen zu erwarten, einen Zufluß, den sie unmöglich akzeptieren konnten. Und die Flüchtlinge würden bewaffnet kommen – ein Wandern der Stämme, wie es in den Zeiten von Julius Cäsar geschah. Es würde ein starkes Bündnis erfordern, sie zu zwingen, sich anderswo anzusiedeln.

»Ein weiteres Dokument bestimmt, daß Ihr in dem Haushalt von Lady Tylara lebt, bis Ihr volljährig seid«, sagte Rick.

Ganton lächelte. »Oh, das gefällt mir. Sie ist nett«, sagte er. Er sah zu Camithon auf. »Wenn der Lord-Protektor einverstanden ist, willigen wir ein«, sagte er förmlich. Er nahm den Stift und kritzelte seinen Namen auf jede Pergamentrolle.

Ein Problem weniger, um das ich mir Sorgen machen muß, dachte Rick. Wenigstens haben wir einen Anfang gemacht, um diesen Wirrwarr zu ordnen, dem ich nach dem Sieg gegenüberstehe.

Wenn wir siegen.

Gwen kam in Tar Kartos an und fand die Festung, bis auf Caradoc und eine Kompanie berittener Bogenschützen, leer vor.

»Lord Rick erhielt die Nachricht, daß Ihr kommen würdet«, sagte er. »Er konnte nicht warten, aber er bat mich, hierzubleiben und Euch zu grüßen. Er gab mir das für Euch.« Der Kommandant der Bogenschützen überreichte ihr ein Pergament.

Gwen rollte es auf. »Gwen«, stand da. »Ich habe Camithon schon den Befehl geschickt, zu den außerhalb von Drantos stehenden Einheiten zu stoßen. Diese Operation erfordert eine sorgfältige Zeitplanung, und ich muß jetzt gehen, wenn wir sie noch treffen wollen. Ich kann nicht auf Dich warten.

Wenn Du es immer noch eilig hast, mit mir zu sprechen, wird Caradoc Dich begleiten. Nimm deine Chancen wahr. Ich beabsichtige den Kampf sobald ich kann aufzunehmen, so gerätst du vielleicht mitten in die Schlacht. Ich glaube, wir gewinnen, aber im Krieg ist nichts sicher.

Ich gebe Dir den Rat, in Tamaerthon zu bleiben. Selbst wenn wir verlieren, können sie uns nicht vernichten. Es werden genug Einheiten übrigbleiben, die Tamaerthon halten werden, ganz gleich, was passiert. Die Universität ist wichtiger als der Krieg. Ich habe Larry Warner zurück zum Garioch geschickt. Zum Soldaten ist er nicht gerade geeignet, aber als Professor wäre er bestimmt viel besser. Wenn ich nicht zurückkomme, sollst du meinen Anteil an dem Raubzug bekommen, und das sollte wahrhaftig genug sein, um eine Schule anlaufen zu lassen.

Ich hätte beinahe den Befehl gegeben, daß sie Dich in Tar Kartos festhalten sollen, aber ich bin neugierig genug auf das, was Du weißt, zu dem ich die Wahl lieber Dir überlasse. Ich hoffe, Du bleibst dort.« Das Pergament war nicht unterzeichnet.

Sie sah zu Caradoc auf. »Wie lange wird es dauern, bis wir sie einholen?«

»Sie gingen vor neun Tagen«, sagte er. »Und sie beschlossen, hart zu marschieren. Wir können schneller als sie reisen, aber ich bezweifle, daß wir sie früher als in Zehn-Tagen treffen.«

Schon möglich, dachte sie. Ja. Vielleicht kriege ich ihn dazu, diesen Krieg abzublasen, bevor es zu spät ist.

Vielleicht komme ich aber auch zu spät. »Ich werde mit dir kommen, sobald ich für die Kindermädchen und mein Baby ein Quartier gefunden habe«, sagte Gwen. »Wir müssen Rick finden, bevor er die Sternenmänner bekämpft.«

Sieben Tage später erreichten sie die Rückendeckung von Ricks Einheit. Bis zur Front durchzubrechen, dauerte noch einen Tag. Das Land war bewaldet und bergig, und die einzige Straße war mit Gepäckkarren und Menschen, die dem Heerzug folgten, vollgestopft. Gegen Abend erreichten sie die Gegend, wo sich das Land öffnete und die Straße durch weite Felder lief. Die Armee hatte sich über eine Front von drei Meilen Breite in Schlachtordnung verteilt. Bevor sie die vorderste Ecke der Front erreichten, wurden sie von einer Straßensperre aufgehalten. Trotz Gwens Schimpfen und Caradocs Rang wurden sie zurück zum Hauptquartier geleitet, einem Pavillon, drei Meilen hinter den Linien.

Das Hauptquartier war mit der Ordonnanz und Stabsoffizieren besetzt. Spione kamen und gingen, offensichtlich bereitete man sich auf die Hauptschlacht am nächsten Tag vor. Niemand schien zu wissen, warum Rick die leichte Kavallerie und einige schwer beladene Waggons drei Kilometer weiter die Straße hinauf zu dem einzigen Dorf in der Gegend schickte.

Kurz vor dem Abend hörte Gwen Schreie und sah dann verschiedene Gruppen schwerer Kavalleriemänner nach Nordwesten die Straße hochreiten. Die Sonne ging unter, als sie sie zurückkommen hörte. Die berittenen Bogenschützen folgten ihnen in vollem Galopp, und einige Minuten später folgten Rick und seine persönlichen Wachen.

Er hielt an, um Boten mit Befehlen auszusenden, und kam dann in den Pavillon. Gwen hätte ihn nicht wiedererkannt, wenn sie ihn nicht reden gehört hätte. Er war mit einem Kettenpanzer und dem scharlachroten Umhang gekleidet, den Marselius ihm als Geschenk

gesandt hatte. Sein Helm war so geformt, daß er nur die Nase frei ließ, wie die der schweren Kavalleriemänner, und er trug Stahlschuhe. Als er hereinkam, half ihm Jamiy, seinen Helm und seine Schuhe auszuziehen, aber den Rest der Rüstung behielt er an. Er saß Gwen gegenüber an der Tafel. »Man sagte mir, daß du hier bist«, sagte er. »Du entschuldigst, wenn ich dir das sage, aber du hättest dir keinen schlechteren Zeitpunkt aussuchen können.«

»Warum?«

»Weil ich eine Schlacht zu planen habe«, sagte er. »Morgen früh, noch vor der Dämmerung, und das heißt, diese Nacht gibt es noch eine Million Einzelheiten zu besprechen. Wenn du etwas zu sagen hast, Gwen, dann mach es bitte schnell. Ich möchte dich sicher auf dem Weg nach Tamaerthon wissen, bevor die Schlacht beginnt.«

»Deine Besorgtheit rührt mich.«

»Was soll das nun wieder heißen? Du hättest in Tar Kartos bleiben können. Ich wollte, du hättest es getan. Ich beabsichtige nicht, morgen zu verlieren, aber wenn doch, zähle ich auf dich, damit du die Universität gründest. Ich denke immer noch, daß es das Wichtigste ist, was wir für diesen Planeten tun können.«

»Das Wichtigste, was du tun kannst, ist, diesen Krieg abzublasen«, sagte Gwen.

»Bist du schließlich doch noch bereit, mir die Wahrheit zu erzählen?« fragte Rick. »Das klingt nach einer Feier.« Er drehte sich zur Tür um. »Jamiy, eine Flasche Wein bitte. Und bitte die Lady Tylara, zu uns zu kommen, wenn sie eintrifft.«

»Sir. Ich glaube, ich höre ihre Patrouille kommen.«

»Gut. Okay, Gwen, warum ist es so wichtig, und warum hast du es mir nicht früher erzählt?«

»Es war nicht mein Geheimnis«, sagte Gwen. »Warum kannst du die Dinge nicht ihren Lauf nehmen lassen? Alles ging so gut. Wir hatten einen Ort, um uns zu verstecken, und genug zu essen. Parsons wollte diese blöde Droge anbauen –«

»Darüber läßt sich streiten«, sagte Rick.

Sie sah alarmiert auf. »Warum?«

»Parsons und Sarakos haben nicht sehr viel Halt in diesem Land. Sie werden gut daran tun, ihre Armee zu füttern, anstatt Tausende von Morgen von diesem Wahnsinnskraut anzupflanzen.« Er zuckte mit den Achseln. »Es ist egal, sowieso. Mit ein wenig Glück werden Parsons und Sarakos beide morgen früh tot sein.«

»Und wie?«

Rick grinste ohne Humor. »Ich habe diesen Platz sehr sorgfältig ausgewählt. Um gerade auf diesem Fleck mit Parsons zusammenzutreffen, mußte ich die Zeit ganz genau auskalkulieren. Da draußen haben wir ein hübsches schlammiges Feld – besser für meine Infanterie als für Sarakos' Kavallerie geeignet. Ideal für eine Schlacht. Natürlich gibt es auch andere Plätze wie diesen hier, aber der da hat eine Besonderheit. Es gibt nur ein Dorf ungefähr dreißig Kilometer die Straße hinauf.«

»Ich verstehe nicht –«

»Sumpfige Felder. Ein Dorf. Wir hielten es letzte Nacht und heute fast den ganzen Tag, aber wir ließen uns von Sarakos heute nachmittag von dort vertreiben. Wir mußten schnell laufen. Wir hatten keine Chance, es niederzubrennen. Warner sagt, Parsons und seine Leute mögen es nicht, auf dem Feld zu schlafen. Was glaubst du, wo sie heute Nacht ihr Hauptquartier aufschlagen –«

»Was planst du?« fragte Gwen.

Rick sah auf seine Uhr. »Der härteste Teil war die Verschmelzung«, sagte er. »Es kostete mich Wochen, bis ich ein Streichholz hatte, das langsam und zuverlässig brannte, und ich kann den Zeitpunkt, an dem es zündet, immer noch nicht genau bestimmen. Zwölf Fässer Schießpulver herzustellen war gar nicht so schwierig, und es war auch keine Kunst, sie in dem Dorf zu verstekken. Eine Stunde oder so vor der Morgendämmerung wird André Parsons eine Hölle von Überraschungen erleben.«

»Du willst sie also alle töten? Und ihre ganze Ausrüstung zerstören?«

»Sicher, das hoffe ich. Ich wünschte, es gäbe einen anderen Weg, aber ich kann keinen finden. Ich kann nicht einmal mit ihnen verhandeln. Wenn André wüßte, daß er gegen mich und nicht nur gegen Einheimische kämpft, wäre er viel argwöhnischer. Wo, zur Hölle, bleibt der Wein?« Er rief nach seinem Burschen.

»Du siehst nicht gerade angenehm überrascht aus«, sagte er. »Ich dachte, du lebst in Angst, daß Parsons uns finden und es den Shalnuksis berichten könnte. Nun brauchst du dir keine Sorgen mehr zu machen.«

»Oh, Junge!« sagte sie. »Und ich versuchte vorsichtig zu sein. Ich erwarte nicht von dir, daß du gewinnen kannst –«

»Danke für das Vertrauen.«

»Rick, das ist kein Spiel! Wenn du gewinnst – wenn du gewinnst –, wirst du dann fähig sein, das *Surinomaz* für die Fremden anzubauen?«

Was soll das? fragte sich Rick. Er hatte ihre Unruhe bemerkt, als er ihr erzählte, daß Parsons vielleicht nicht in der Lage sei, die Pflanzen für die Fremden anzubauen. Und nun das.

Könnte ich es tun? Wahrscheinlich. Ich habe genug Verbündete, und ich kann mit Camithon und dem König sprechen, vorausgesetzt, wir können genug Getreide importieren. Aber ich habe wenigstens einen verdammten Grund, um nicht mit den Fremden handeln zu wollen. Warum macht sie sich Sorgen um *Surinomaz*? Und wie kann ich sie dazu bringen, mir zu erzählen, was sie weiß?

Er zuckte die Schultern. »Ohne die Ausrüstung, die Parsons hat? Nicht leicht. Das »verrückte Kraut« ist hier keine gewöhnliche Pflanze, und es zu kultivieren, ist nicht gerade einfach, da man viel gutes Land braucht, auf dem Getreide wächst. Aber Gwen, ich habe den Legenden zugehört, die über die Gefahren sprechen, die der Handel mit den Himmelsgöttern mit sich bringt.«

Jamiy kam mit Wein und Zinnbechern herein. »Die Lady Tylara ist sicher zurückgekehrt«, sagte er. »Sie wird kommen, wenn sie mit ihrem Bruder gesprochen hat.«

Der Bursche zögerte. »Ich glaube nicht, daß sie erfreut war, als sie hörte, daß die Lady Gwen hier ist.«

Rick lachte. »Ich erwartete nicht, daß sie sich freut«, sagte er. »Danke.« Er füllte die Becher. »Sieh, wovor hast du Angst?«

»Ich weiß nicht, wo ich anfangen soll.«

»Vielleicht kann ich etwas dazu sagen«, sagte Rick. »Ich habe mir auch ein paar Gedanken darüber gemacht. Versuch es damit. Die fremde Sonne kommt in Sechshundert-Jahres-Intervallen, und das ist die einzige Zeit, in der sich die Shalnuksis für diesen Planeten interessieren. Das war ungefähr 1400 A. D., 800 A. D., 200 A. D., 400 B. C., 1000 B. C., und 1600 B. C. Die Sprachen sind Indo-Europäisch, und du hast mehrere Male Ähnlichkeiten zu dem Mykenäischen und Griechischen festgestellt. Das war um 1600 B. C. oder etwas später; die Periode der fremden Sonne ist nicht genau alle sechshundert Jahre. Okay so weit?«

Sie nickte. »Es ist die früheste Periode, derer ich sicher bin. Die Archäologen auf der Erde haben wilde Dispute über die Sprachen der Mittelmeerländer in dieser Zeit –«

»Sie würden bestimmt gerne wissen, was wir wissen«, sagte Rick. »Okay. Die 1000 B. C.-Expedition blendete sich damit ein. Vielleicht war das zu dem Zeitpunkt, als sie die Kelten brachten. Oder um 400 B. C. Um 200 A. D. gibt es keine Fragen – das ist das Römische Imperium um die Zeit von Septimius Severus, und dafür haben wir Lucius' Pergamente. Dann, um die Zeit Karls des Großen brachten sie eine Gruppe hierher, und dafür gibt es genug Beweise. Karl der Große wurde zum ganzen römischen Eroberer am Weihnachtstag 800 A. D. gekrönt, und sie müssen einige von diesen schweren Kavalleriemännern nicht lange vorher aufgelesen haben. Das bringt uns auf 1400 oder so. Es gibt keine einzige Spur von diesem Besuch. Warum nicht?«

Gwen sagte gar nichts, Rick lehnte sich vor, um ein Stück Torf auf das kleine Herdfeuer zu legen.

»Wir wissen, daß sie diesen Zeitpunkt nicht übersprangen«, sagte Rick. »Du sagtest mir, du hättest die

Das kalte Land
TA BOROS
DIE FÜNF
KÖNIGREICHE
DAS
IMPERIU
Fruchtbares
Plateau
Salzsumpf
DRANTOS
TAMAERTHON
TA HAKOS
Salzebene
Sumpf
1
2
3
4
5
6
7
8

JANITSCHAREN

LEGENDE

——— Straße	① Schloß Dravan
- - - - - Pfad	② Edron
+—+—+ Grenze	③ Rustengo
	④ Viys
	⑤ Nikeis
	⑥ Tar Kartos
	⑦ Garioch
	⑧ Roma

Sprachen von Tran von vor sechshundert Jahren studiert. Aber niemand weiß etwas über Langbogen-Taktiken, so daß sie keine Engländer, Schotten oder Waliser gebracht haben konnten. Vielleicht Franzosen. Die Franzosen lernten nichts von Crécy, noch hörte jemand etwas über die Schweizer Piken. Niemand weiß, wie man Rüstungen aus Blech macht, aber sie wurden um 1400 in Europa benutzt. Wen brachten sie also? Es gibt kein Zeichen von gemischten Rassen. Keine Orientalen, Schwarze oder Indianer.

Und 1400 liegt schon gut in dem Zeitalter des Schießpulvers, aber sie haben hier nie davon gehört. Ist das vernünftig? Und es sind nicht nur die Waffen. Die Magna Charta 1215. Niemand hat je davon gehört. Thomas von Aquin, Roger Bacon, Malatesta, alle dreizehntes Jahrhundert. Um 1400 lebte ein ganzes Rudel von Genies, und niemand hat je von ihnen gehört. Selbst Lucius nicht, der sein Leben damit verbrachte, in alten Dokumenten zu stöbern, oder Yanulf, der über Heldenpoeme verfügt, so alt, daß selbst eine Version von Homer dabei ist. Die 1400er Expedition verschwand, ohne eine Spur zu hinterlassen.

Was passierte, Gwen? Tötete jemand den größten Teil von ihnen?

Sie sah unglücklich auf. »Les dachte es. Wegen dem gleichen Grund, den du ihnen nun gibst. Warum gab es keine Entwicklung auf Tran? Du kannst nicht *alles* auf das unstabile Klima abschieben«, sagte sie. »Aber er wußte es nicht genau. In dem Computer gab es keine Daten darüber.«

»Also deshalb wolltest du keine Elektrizität. Oder etwas anderes. Du warst gar nicht um Parsons besorgt, es waren die Shalnuksis, vor denen du Angst hast.«

»Natürlich. Aber wenn Parsons weiß, wo wir sind, wird er es ihnen sagen.« Sie nahm einen tiefen Atemzug. »Rick, hast du alles geglaubt? Geheime Höhlen. Feuer vom Himmel. Und diese Gedichte über das Unglück, das der Handel mit den Bösen Himmelsgöttern mit sich bringt? Sie bringen wunderbare Geschenke, aber sie holen sie wieder zurück. Feuer wird vom Himmel fallen, und der einzig sichere Platz ist in den tiefen Höhlen. Und es gibt noch ein anderes, das du, glaube ich, noch nicht kennst – über einen Tabu-Platz, auf dem nichts wächst, und ein See mit einem Glasboden –«

Rick nickte ernst. »Sie machen keine halben Sachen, oder? Atombomben –«

»Ich *weiß* es nicht. Aber selbst ohne das Wissen von Yanulfs Epen dachte Les in dieser Richtung. Deshalb wollte er, daß ich weglaufe. So weit von Parsons weg wie nur möglich.«

»Und warum hast du mich nicht gewarnt, daß Parsons meutern will?« fragte Rick. »Damit du jemanden hast, der mit dir geht?«

»Ja, Rick. Es tut mir leid.«

»Sicher. Aber ich verstehe nicht, warum du mir das alles nicht schon früher erzählt hast.«

»Nun, ich wußte nicht, was du dann tun würdest. Rick, es tut mir leid, daß ich dich im dunkeln tappen ließ, aber nach all dem geht es uns ziemlich gut. Wir haben einen sicheren Unterschlupf, genug zu essen, einen Platz für eine Universität – ich dachte schon daran, bevor du daran dachtest, aber es schien besser, es deine Idee sein zu lassen. Alles lief bestens. Warum sollte ich die Dinge komplizieren, indem ich dir Probleme vorlegte, an denen du doch nichts ändern könntest? Und ich hatte Angst, daß du Parsons warnen könntest. Trotz allem waren sie einst deine Männer –«

»Wahrscheinlich hätte ich das auch getan. Ich würde es auch jetzt noch tun, wenn ich nicht dabei wäre, sie so oder so zu töten.« Er leerte seinen Weinbecher und fluchte. »Wenn ich das alles vorher gewußt hätte, würde dieser Krieg wahrscheinlich nie stattfinden. André kann Sarakos ja nicht so lieben.«

»Du verstehst immer noch nicht«, sagte Gwen. »Du mußt ihn jetzt warnen. Rick, egal wer morgen gewinnt, wir müssen sichergehen, daß der Sieger genug Macht hat, um *Surinomaz* anzubauen.«

»Die Hölle werden wir tun. Du sagtest gerade, daß der

Handel mit den Shalnuksis nicht sehr angenehm ist. Also verschwinden wir einfach. Wir verstecken uns in den Höhlen, wenn sie auftauchen. Sollen sie nach ihren Drogen pfeifen.«

»So einfach ist es nicht«, sagte Gwen. »Rick, du sagtest, deine Universität sei für die Leute von Tran wichtig. Sie scheint dir sehr am Herzen zu liegen.«

»Sicher. Ich möchte etwas tun, das die Mühe wert ist«, sagte Rick.

»Diese *Surinomaz*-Pflanze ist wichtiger als deine Universität«, sagte Gwen. »Und für weit mehr Menschen als die auf Tran. Sie ist für die ganze menschliche Rasse wichtig.«

2

Rick füllte seinen Weinbecher nach. »Ich glaube, du solltest deine letzte Aussage besser erklären«, sagte er vorsichtig. »Du hast mir schon oft genug gesagt, daß dieses *Surinomaz* für die Shalnuksis nicht so viel wert ist. Wie kann das Zeug dann für die ganze menschliche Rasse wichtig sein?«

»Das ist eine lange Geschichte«, sagte Gwen.

Rick sah auf seine Uhr. »Wir haben noch ungefähr vier oder fünf Stunden, bevor das Schießpulver hochgeht. Das müßte eigentlich reichen. Erzähl mir nur dieses eine Mal die ganze Geschichte. Ich bin es müde, immer zu versuchen, im dunkeln zu operieren.«

»Du hast es nicht schlecht gemacht bis jetzt«, sagte Gwen. »Okay. Wenn die Shalnuksis ein Schiff aussenden und herausfinden, daß es keine Ernte gibt und keine mehr geben wird, werden sie kein Schiff mehr schicken. Aber wenn sie glauben, daß es gute Ernten geben wird, werden sie es so einrichten, daß die Schiffe jedes Jahr, in dem die Pflanzen gut sind, kommen. Möglicherweise werden sie Les schicken müssen.«

»Jesus Christus, Gwen, liebst du diesen Kerl immer noch?«

»Ich weiß es nicht. Manchmal. Nicht, daß es mir etwas ausmacht.« Sie sprach trotzig. »Sieh mich nicht so an. Ich weiß, was du denkst, und es ist falsch. Rick, er schmiß mich nicht einfach so raus. Ich hätte auch mit ihm gehen können.«

»Und warum gingst du nicht?«

»Weil sie unser Baby nicht am Leben gelassen hätten.«

»Sie? Wer? Und warum nicht?«

»Die Konföderation. Sie züchten ihre menschlichen Bediensteten. Selbst wenn sie mein Kind am Leben gelassen hätten, hätte ich es nicht aufziehen dürfen. Alle ihre menschlichen Kinder wachsen in einer Schule auf.«

»Gwen, über was, zur Hölle, redest du? Züchten Menschen?«

»Wegen der Treue«, sagte Gwen. »Aber manchmal nehmen sie ›wilde‹ Menschen von der Erde in ihre Zucht auf, um den Unternehmungsgeist anzuregen. Les hatte eine wilde Großmutter, und sie wollen nicht noch mehr wilde Gene in dieser Linie erlauben. Rick, ich weiß, das klingt phantastisch.«

»Phantastisch. Das ist ein gutes Wort«, sagte Rick. »Wie lange geht das alles nun schon so?«

»Wenigstens fünftausend Jahre.«

Fünftausend Jahre. »Und du glaubst das?«

»Ja. Alles, was ich in der Datenbank des Schiffes gesehen habe, stimmte damit überein. Und sieh, wie lange sie schon nach Tran kommen.«

»Aber fünftausend Jahre? Gwen, die ganze Zeit, und sie machten nie einen offiziellen Besuch bei einer Regierung auf der Erde. Die ganze Zeit handelten sie mit uns, ohne einen Vertrag –«

»Sie können nicht und wollen nicht«, sagte Gwen. »Sie dulden keine Barbaren in ihrer Konföderation. Sie haben eine stabile Union von beinahe hundert Rassen. Die meisten von ihnen hatten nie Perioden des unkontrollierten Wachstums. Wenn sie auf eine unstabile, aggressive Rasse stoßen, gibt es gewöhnlich Krieg. Sie haben einige Rassen, die sie für hoffnungslos barbarisch hielten, ausgerottet. Als Ergebnis haben sie das erreicht, was menschliche Philosophen immer wollten, aber nie glaubten, daß wir es je erreichen könnten: universaler Friede und Ordnung und Stabilität.«

»Wenn sie so verdammt friedliebend sind, warum berauben sie dann immer noch Tran? Warum werfen sie Atombomben auf ihre letzte Expedition?«

»Die Shalnuksis sind nicht friedlebend«, sagte Gwen. »Bei dieser Angelegenheit haben sie nur keine andere Wahl. Sie sind eine langlebige Rasse, und Tran ist – Les nannte es ein familiäres Geschäft. Die Shalnuksis wollen nicht, daß Tran industrialisiert wird, und die Konföderation weiß nichts von Tran.«

»Da war ein Polizei-Inspektor. Agzaral. Er weiß alles darüber«, sagte Rick.

»Agzaral und einige andere Menschen wissen es. Sie halten es vor ihrer Regierung geheim.«

Warum sollte es in einer Bürokratie, die fünftausend Jahre alt war, keine Korruption geben? »Und dein Freund Les hilft ihnen, es geheimzuhalten?«

»Ja.« Gwen kämpfte mit den Tränen. »Rick, es ist nicht, was du denkst. Es ist so schwer, es zu erklären! Hast du je von den Janitscharen gehört?«

»Sicher. Sklaven-Soldaten des Ottomanischen Reiches. Auch in der Verwaltung. Sie kämpften sehr gut für die Türken gegen das Reich. Sie wurden in ihrer Kindheit als Tribut von den christlichen Untertanen genommen und in Schulen aufgezogen, lebten in Baracken, und es wurde ihnen nicht erlaubt zu heiraten – Gott Allmächtiger! Gwen, worauf willst du hinaus?«

»Auf das, was du vermutest. Menschen sind keine Mitglieder der Konföderation, aber menschliche Soldaten und Polizisten und Verwalter, wie Inspektor Agzaral, führen die Politik der Konföderation aus. Darum hat die Erde einen speziellen Status – sie wird nicht in die Konföderation aufgenommen, noch stört sie sie. Sie brauchen ein Geschlecht von wilden Menschen, um es mit ihren zahmen Janitscharen zu vermischen.«

»Sklaven-Soldaten. Zur Treue gezüchtet, und in Kinderhorten großgezogen – Gwen, glaubst du das alles?«

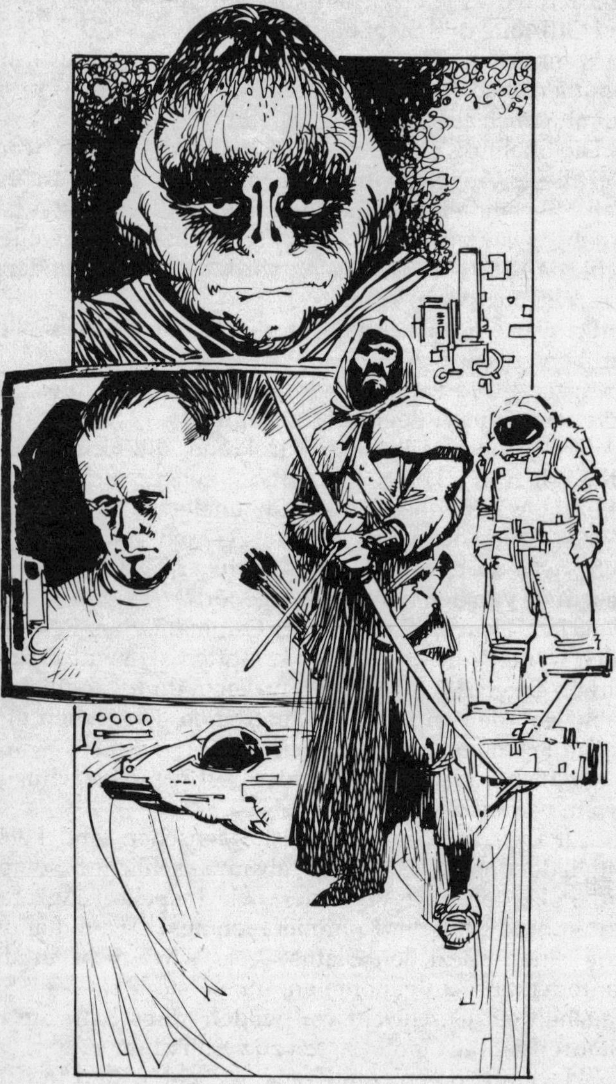

»Ja. Warum sollte Les das erzählen? Warum sollte er sagen, daß er ein Sklave ist?« fragte sie. »Er weinte, als er mir das erzählte. Er sagte, er fühle wie ein Hund, der seinen Herrn angreift, wie ein Verräter –«

»Wenn sie so treu sind, warum verrät *er* sie dann? Alles wegen dir?«

»Nein. Oh, vielleicht zum Teil«, sagte Gwen. »Aber das ist nicht der wirkliche Grund. Rick, er sagte, es sei wichtig, daß die Konföderation nie von Tran erfahre – er sagte, der regierende Rat der Konföderation ist beunruhigt, jetzt, weil die Menschen der Erde nun in den Weltraum gehen. Manche Vertreter des Rates wollen die Erde zurück ins Steinzeitalter versetzen. Agzaral glaubt, daß das schon bald geschieht. Siehst du nicht, daß die Menschen auseinandergerissen werden? Sie werden zur Treue gegenüber der Konföderation gezüchtet, aber sie sind auch Menschen. Sie wissen nicht, was sie tun sollen oder wem sie trauen können.«

»Erwartet dieser Rat tatsächlich, daß die menschlichen Soldaten die Erde bombardieren?« fragte Rick.

»Der Konföderationsrat weiß auch nicht, wem er trauen soll«, sagte Gwen. »Aber es gibt Menschen, die beweisen, daß es das Beste wäre, was man tun könnte. Daß wilden Menschen nicht einfach erlaubt werden kann, mit ihrer verrückten Idee vom unkontrollierten Wachstum und ununterbrochenen Fortschritt weiterzumachen. Sie haben den Frieden für Tausende von Jahren durchgesetzt, und das ist für sie wichtiger als ein Planet, auf dem sie noch nie gelebt haben. Aber andere Menschen wollen die Erde retten. Der Rat weiß nicht, was er tun soll, und Agzaral und seine Leute auch nicht.

Einige der Janitscharen – ich kann sie ebensogut auch so nennen«, sagte sie. »Einige der Janitscharen wollen die Konföderation zwingen, die Erde in die Mitgliedschaft aufzunehmen. Das würde heißen, daß der Konföderationsrat sich in die Regierung der Erde einmischt. Die Menschen müßten die Politik der Konföderation akzeptieren. Stabilität. Begrenztes Wachstum. Das Ende von dem, was wir als Fortschritt bezeichnen.

»Ich sehe«, sagte Rick. »Sie nennen es ›Stabilität‹. Aber es ist ein anderes Wort für eine Gesellschaft, die sich über Tausende von Jahren nicht geändert hat. Stagniert. Oder dekadent.«

»Das ist beinahe das gleiche, was Les sagte. Seine Gruppe wollte mehr tun, als nur die Erde vor der Zerstörung zu retten. Sie wollen – Rick, es klingt abgedroschen, aber sie wollen, daß die Menschheit frei bleibt.«

»Aber wo kommt Tran ins Spiel?« fragte Rick.

»Wenn sie die Erde bombardieren oder wenn sie aus der Erde nur ein anderes dekadentes Mitglied der Konföderation machen, dann bleiben die Menschen auf Tran immer noch frei. Mit etwas Glück wird einer von Agzarals Leuten – möglicherweise Les selbst – hierhergeschickt, um die Droge abzuholen. Nur, dieses Mal wird er nicht wieder so kurzfristig gehen. Sie können Übersetzungen ihrer Textbücher bringen. Wissenschaftliche Ausrüstungen. Und sie haben den Grad von Bürokratie erreicht, den du nach fünftausend Jahren Stagnation erwartet hast. Agzaral glaubt, daß sie vielleicht ein Schiff auf dem Aufzeichnungsgerät verlieren und hierhersenden können, wenn die Shalnuksis weg sind.«

»Es sei denn, daß die Shalnuksis ihr Bestes tun werden, um jeden zu töten, der Tran helfen kann, sich aus der Eisenzeit weiterzuentwickeln.«

»Ja. Das werden sie. Sie werden ziemlich sicher die Gruppen bombardieren, die mit ihnen handelten. Aber vielleicht vertrauen sie diese Mission Les oder einem seiner Freunde an. Sie mögen keine langen Reisen zu Orten, die vom Weg abliegen. Jedenfalls ist das eine Chance. Und eine andere ist, sich zu verstecken. Sie werden nicht jedermann auf Tran töten. Sie können es sich gar nicht leisten, da sie in sechshundert Jahren wieder Drogenhandel betreiben möchten.«

Rick schüttelte den Kopf. »Sie haben doch die Sterne. Warum handeln sie mit Drogen?«

»Du verstehst nicht den wirklichen Grad der Dekadenz«, sagte Gwen. »Wer sind die harten Drogenbenutzer auf der Erde? Es sind nicht die Armen und Unterdrückten, die große Partys mit Mengen von Kokain feiern.«

»Und ich nehme an, die Shalnuksis machen viel – was? Geld? Haben sie Geld? Egal, sie profitieren auf jeden Fall von dem Drogenhandel.«

»Sie müssen«, sagte Gwen. »Aber ich frage mich, ob sie es nur des Profites wegen tun. Es muß ein Spiel für sie sein. Aufregung.« Sie dachte einen Moment nach. »Nimm die Mafia als Beispiel. Sicher sind die High-Society-Macker schon sagenhaft reich. Sie können in den Ruhestand treten, ganz legal, aber sie tun es nicht. So ungefähr muß es auch für die Shalnuksis sein.«

»Wenn wir also keine Drogen anpflanzen, haben deine Freunde keinen legitimen Grund hierherzukommen.«

»Ja. Und das erste Schiff hier bombardiert vielleicht den Planeten, bevor wir Zeit hatten, uns darauf vorzubereiten.«

»Und deshalb hast du dich versteckt?«

»Ja. Das war alles, woran wir denken konnten. Les hatte nicht viel Zeit, um mit mir zu sprechen. Er hatte Angst, daß das Schiff abgehört wurde. Er mußte mir alles im Bett zuflüstern. Er wollte mich nicht hier zurücklassen, aber ich wollte seine verdammte Maschine nicht mein Baby abtreiben lassen, und eine andere Wahl gab es nicht. Er sagte mir, daß ich weglaufen und mich weit weg von dem Ort verstecken soll, auf dem sie *Surinomaz* anbauen. Als wir hörten, daß Parsons eine Verschwörung gegen dich anzettelte, dachten wir, daß ich eine bessere Chance hätte, wenn ich bei dir bliebe. Les sagte mir sogar, ich solle dich heiraten. Vielleicht hätte ich das auch getan, wenn du nicht deine rabenschwarzhaarige Schönheit getroffen hättest –«

Rick wußte nicht, was er dazu sagen sollte. Hätte er Gwen attraktiv gefunden, wenn er Tylara nicht getroffen hätte? Es war schwer, sich das vorzustellen, und es war sowieso zu spät, um sich darüber Sorgen zu machen.

Es war zu spät, sich überhaupt um etwas Sorgen zu machen. Er sah auf seine Uhr. Wenigstens noch fünf und eine halbe Stunde. Und am Morgen galt es, eine Schlacht

zu schlagen. Der Kampf schien nun gar nicht mehr so wichtig. Was war los? Angenommen, was Gwen sagte, war wahr. Was sollte er daraufhin unternehmen?

»Ich wünschte, du hättest mir das früher erzählt«, sagte Rick. »Es macht – es macht alles, was wir bis jetzt taten, bedeutungslos.«

»Nicht wirklich. Du hast gut gehandelt.«

»Ich habe überlebt. Sieh, wir brauchen Andrés militärische Ausrüstung nicht. Ich vermute, du hast ein Kommunikationsgerät bekommen. Du mußt eines haben, wenn du erwartest, daß Les dich wiederfindet.«

Sie nickte. »Ich habe einen Sender-Empfänger. Er sagte mir, wann ich zuhören soll, und daß ich nicht antworten soll, bis ich einen sicheren Code gehört habe.«

»So. Ich glaube, ich kann die verdammten Pflanzen für die Shalnuksis anbauen. Vielleicht können wir es so einrichten, daß sie nicht zu viele Leute mit ihren Bomben töten. Tylara sagt, die Höhlen unter Schloß Dravan seien sogar tiefer als diese im Garioch. Aber es ist pures Glück, was wir tun können, da du mir nicht genug erzählen willst, um einen intelligenten Plan zu machen.«

»Ich wünschte, ich könnte«, sagte Gwen. »Aber ich vertraue deinen Fähigkeiten nicht richtig. Wir – Les und ich – dachten, daß Parsons recht hat: daß du zu unerfahren bist, daß Parsons sehr viel bessere Chancen hat.

Aber Rick, es war kein blindes Glück. Sicher, alles wofür du gearbeitet hast, war für das Überleben, aber du bist ein Mann mit ethischen Grundsätzen. Ich glaube nicht, daß es nur Glück war. Ethische Aktionen sind vielleicht die besten Überlebenstaktiken überhaupt. Ich wünschte, ich hätte auf diese Weise gehandelt. Statt dessen vertraute ich Parsons, wissend, daß er brutale Taktiken anwendet – und er versagte total. Ich wünschte, wir hätten dich vor der Meuterei gewarnt und dir alles erzählt, was wir wußten.«

»Ich auch.«

Er dachte über das nach, was sie gesagt hatte. Hatte er ethisch gehandelt? Er hatte es versucht, und das hatte zu zählen.

Ethik als die beste Überlebenspolitik, selbst ohne vollständige Informationen? Er war sich nicht sicher, ob er das als allgemeinen Lehrsatz akzeptieren konnte, obwohl es hier und jetzt funktioniert hatte. Was man jedenfalls ganz sicher behaupten konnte, war, daß, wenn man nach ethischen Regeln handelte und überlebte, man leichter mit sich selbst leben konnte.

Was, dachte er, einen anderen Punkt ins Spiel bringt. Er seufzte und drehte sich zur Tür um. »Jamiy.«

»Sir.« Der Bursche kam in den Pavillon.

»Wir nahmen heute nachmittag einen von Sarakos' Offizieren gefangen«, sagte Rick. »Bring ihn zu mir, und bring mir Pergament, Feder und Tinte.«

»Ja, Sir.«

»Warum willst du ihn hier haben?« fragte Gwen.

»Ethik. Du sagtest, die beste Handlungsweise sei die ethische. Ich bin nicht sicher, daß ich das glaube, aber ich bin sicher, daß ich kein Geschäft mache, wenn ich hier sitze und warte bis eine Bombe auf ein Dutzend Männer fällt, die ich auf diesen Planeten brachte.«

Ihre Augen weiteten sich. »Was hast du vor?«

»Was ich schon früher hätte tun sollen«, sagte Rick. »Ich bin dabei, André Parsons einen Brief zu senden und ihm anzubieten, mit mir zu verhandeln.«

3

»Mann, bist du blöd?« fragte Drumold überrascht. »Wir hätten gewonnen, und du willst es einfach wegwerfen.« Er sah auf Rick. »Ich dachte, du wärest treu –«

»Sie sind seine Landsleute«, sagte Tylara. »Wie es auch Gwen ist. Wir sind es nicht.«

»Du weißt es besser«, sagte Rick ärgerlich. »Aye. Sie sind meine Landsleute. Ich brachte sie hierher, wie Tylara mich erinnerte. Und da ich sie brachte, bin ich für die Menschen, die sie unterdrücken, nicht weniger verantwortlich wie für meine eigenen Männer, oder?« Und dann, verbittert: »Ihr seid nicht in Gefahr. Dughuilas wird nie müde zu sagen, daß ich nie in einer Schlacht gekämpft habe. Ihr braucht mich nicht.«

»Wenn du durch Dughuilas Worte verletzt bist, so werde ich dir seinen Kopf bringen lassen«, sagte Drumold. »Oh, wir reden Unsinn. Du weißt sehr gut, welchen Wert du für uns hast. Wie wir es auch wissen. Ohne deine Führung kämpfen wir, wie wir kämpften, bevor du kamst, wie ein Mob. Es ist dein Werk, das die Römer bedrängte. Wenn wir dir nicht oft genug gesagt haben, daß wir deinen Wert kennen, dann sage ich es dir jetzt. Sei nicht durch voreilige Worte beleidigt, die unbedacht ausgesprochen wurden. Ich zweifle nicht an deiner Treue, und ich kann gut verstehen, daß du deine Landsleute zu retten wünschst. Aber denk an das Risiko!«

»Ich habe daran gedacht«, sagte Rick. »Es ist zum größten Teil mein Risiko. Ich habe den Schlachtplan für euch ausgearbeitet. Die Katapulte und Schleudern sind auf ihrem Platz, und ihre Offiziere wissen genausogut wie ihr, wie man sie benutzt. Ihr wißt, welche Waffen Parsons besitzt – wenn sie überleben. Ich habe ihm nichts von dem Schießpulver erzählt, das neben dem Dorf vergraben ist, und er kehrt bestimmt dorthin zurück, wenn unser Gespräch ihn nicht überzeugt.«

»Mir gefällt das alles nicht«, sagte Drumold.

»Noch gefällt es mir.« Tylara zeigte auf Gwen. »Was sagte sie, das dir den Verstand raubte?«

»Ich wollte nicht, daß er das tut!« protestierte Gwen.

»Es würde zu lange dauern, um das zu erklären«, sagte Rick. »Aber ich sage euch dies. Wenn ich heute nacht oder morgen getötet werde, ist der einzige Weg um die ZEIT zu überleben, auf Gwen zu hören und zu tun, was sie euch sagt.« Er sah auf seine Uhr. »Es ist Zeit zu gehen. Ich sagte Parsons, daß ich ihn und Elliot und noch einen anderen auf der Straße in der Mitte zwischen den Linien treffen werde. Mason –«

»Nein, Sir.«

»Eh?«

»Ich sagte, ›nein, Sir‹. Das ist ein Freiwilligen-Job, Capt'n, und ich bin kein Freiwilliger.«

»Ich sehe. Vielleicht ist das weise von dir. Okay, ich gehe alleine.«

»Ich glaube nicht, daß ich dir trotzdem erlauben sollte zu gehen«, sagte Drumold.

»Ich bezweifle, daß du mich aufhalten kannst«, sagte Rick. Er legte seine Hand auf die Pistolentasche mit der Mark IV .45. »Ich bezweifle nicht, daß du mich töten kannst, aber das scheint ein seltsamer Weg zu sein, mein Leben zu retten.«

Drumold trat zur Seite

»Das war's dann wohl«, sagte Rick. »Ich bin in einer Stunde zurück.«

Am vordersten Außenposten war alles ruhig. Rick starrte nach draußen in die Dunkelheit. Trans äußerer Mond gab sehr wenig Licht, und auf der Straße vor ihm konnte er nichts sehen. Er hörte Fußtritte hinter sich und drehte sich um, um Mason zu entdecken.

»Ich hätte mich besser gefühlt, wenn du mit mir gekommen wärst«, sagte Rick. »Aber du hast recht. Du wirst hier mehr gebraucht. Wenn ich nicht zurückkomme, übernimm die Ladung der Katapulte. Ein Dutzend abgefeuerte Granaten sollten eigentlich reichen, um Parsons Maschinengewehr außer Gefecht zu setzen.«

»Yeah. Vielleicht. Capt'n, mir wäre es viel lieber gewesen, wenn Sie das nicht tun würden, aber ich weiß, daß Sie es tun müssen. Ich glaube nicht, daß es Sinn hat, mit Parsons zu reden, aber ich hoffe, ich bin im Unrecht. Er hat ein paar sehr gute Männer bei sich. Elliot, McCleve, Campbell –«

»So sehe ich es auch«, sagte Rick. »Okay, ich gehe hier lang.«

Er wurde durch eine andere Stimme hinter ihm aufgeschreckt.

»Warte«, sagte Tylara. »Ich komme mit dir.«

Zur Hölle mit dir. Er hielt inne und drehte sich um. »Nein.«

»Ja. Du sagtest, daß keine Gefahr für dich besteht. Wenn es keine Gefahr für dich gibt, gibt es erst recht keine für mich.«

»Du könntest ja nicht einmal verstehen, worüber wir sprechen«, protestierte Rick. »Wir werden uns auf englisch unterhalten –«

»Und doch gehe ich mit«, sagte Tylara. »Glaubst du, ich will zum zweiten Mal Witwe werden, noch bevor ich zur Braut wurde?« Sie lächelte sanft. »Und ich gebe dir die gleiche Antwort, wie du sie meinem Vater gabst. Du kannst mich nicht aufhalten, ohne mich zu töten, und das ist eine seltsame Art, mein Leben zu beschützen.«

Oh, zur Hölle. Und sie meint auch noch, was sie sagt. »Okay. Laß uns gehen.«

Vor ihnen auf der Straße waren Schritte zu hören. Rick hielt an. »André?« rief er.

»Ja. Hallo, Rick.«

Diese spöttische Stimme war nicht zu verwechseln. »Wer ist bei dir?«

»Sergeant Elliot und Corporal Bisso«, sagte Parsons.

»Ich möchte sie hören.«

»Wir sind es, Capt'n!« rief Elliots Stimme aus der Dunkelheit. »Sonst niemand!«

»Und wer ist mit dir?« fragte Parsons.

»Tylara do Tamaerthon«, antwortete Tylara.

Woher lernte sie so viel Englisch, um zu wissen, wann sie antworten soll? wunderte sich Rick. Mason?

»Du hast eine Frau mitgebracht?« fragte Parsons.

»Sicher, André. Dies ist ein Waffenstillstands-Treffen. Ich dachte nicht, daß ich Leibwächter brauchen würde.«

Das tiefe Lachen kam zurück. »Immer noch naiv, mein junger Freund. Gut, dieses Mal bist du korrekt. Ich habe nicht mehr mitgebracht, als die, die du gehört hast. Bleiben wir nun stehen und schreien in die Dunkelheit?«

»Nein. Ungefähr hundert Yard links ist ein kleiner Hügel. Die Spitze ist kahl. Wir gehen dorthin und setzen uns. Ich habe eine Blendlaterne mitgebracht.«

»Ich auch. Gut, dann laßt uns dorthin gehen.«

Sie erreichten zusammen die Spitze des kleinen Hügels. Rick machte die Klappe seiner Laterne auf. Er konnte Parsons grinsen sehen, als er sich hinsetzte.

»Ich muß sagen, ich bin vollkommen überrascht«, sagte Parsons. »Ich denke, ich hätte schon etwas vermuten sollen, als ich hörte, daß die Bergstämme einen großen Sieg über die Römer errangen, aber ich tat es nicht.« Er nahm eine Flasche von seinem Gürtel. »Wein?«

»Später –«

Parsons Lachen hatte einen tiefen, höhnischen Klang. »Ah. Ich zuerst.« Er kippte die Flasche und trank. »Bist du sicher, daß du keinen mit mir trinken willst?«

»Ich habe meinen eigenen«, sagte Rick. »Ich wollte gerade dir welchen anbieten. Möchtest du probieren?«

»Vielleicht ist es besser, wenn jeder seinen eigenen behält«, sagte Parsons. »Auf diese Weise gibt es keinen Argwohn.« Seine Stimme wurde härter und bekam eine ernstere Note. »Warum wolltest du mich treffen? Möchtest du deine Armee übergeben?«

»Nein. Ich kam, um dir Dinge zu erzählen, die du nicht weißt. Erstens: hast du von den örtlichen Legenden gehört? Von Höhlen, und Feuer vom Himmel?«

»Nein.«

»Das dachte ich mir schon. Aber du weißt, daß es Höhlen gibt?«

»Ich weiß, daß es unter den meisten Schlössern welche gibt«, sagte Parsons. »Sie spielen in der örtlichen Religion eine große Rolle. Mein Freund Sarakos war sehr unglücklich, da er keinen Weg wußte, wie er die Höhlen unter seinem Schloß betreten konnte. Er hätte zu gern, daß ich ihm helfe, mit dem Ammoniak fertig zu werden, aber ich habe bessere Dinge zu tun.«

»Du würdest dich besser mit den Höhlen beschäftigen«, sagte Rick. »Das ist ein Grund, aus dem ich dich sprechen wollte, falls ich diese Schlacht morgen verlier –«

Parsons lachte.

»Ich sagte falls, und ich meine falls«, sagte Rick. »Wir

werden später noch darüber reden. Aber wenn du gewinnst, dann wirst du das Wissen über die Höhlen brauchen. Du wirst sie als Zuflucht für den Kriegsfall brauchen.«

»Ich fürchte, du redest Blödsinn.«

»Hör zu.« Rick erzählte ihm von seinen Schlußfolgerungen über das Schicksal der 1400er-Expedition und über Gwens Verdacht. Er achtete darauf, daß Elliot die Geschichte so gut wie Parsons hörte.

»Interessant. Ich danke dir«, sagte Parsons.

»Natürlich spielt das für dich keine Rolle«, sagte Rick. »Ich verstehe, daß du nicht in der Lage sein wirst, das *Surinomaz* für die Shalnuksis anzubauen.« Er lachte. »Du sagtest, ich habe nicht genug Erfahrung, um diese Mission auszuführen, aber ich scheine eine größere und bessere Armee als du zu haben. Und da, wo ich lebe, gibt es keinen Guerilla-Krieg. Wer ist also so verdammt wirkungsvoll?«

»Das ist rücksichtslos von dir«, sagte Parsons.

»Entschuldige. Aber du siehst, daß diese *Surinomaz*-Pflanze wichtiger ist, als du ahnst. Viel wichtiger.«

»Woher weißt du das?«

»Gwen. Erinnerst du dich an sie? Die Freundin des Piloten? Sie fand sehr viel über die Leute heraus, die uns hierherbrachten. Da oben geht viel vor.« Er zeigte auf die leuchtenden Sterne und ihre fremde Konstellation.

»Du hast mir nicht erzählt, warum dieses *Surinomaz* so wichtig ist.«

»Ich weiß nicht, ob ich dir so weit vertrauen kann«, sagte Rick. »Davon hängen viele Menschenleben ab. Einige von der Erde eingeschlossen. Aber nimm an, daß ich lüge. Es ist immer noch wichtig für *dich*. Ohne diese Pflanze bekommst du keine Handelsgüter von den Shalnuksis. Wirklich, André, was bringst du mit deiner überlegenen Geschicklichkeit und Erfahrung zustande?«

»Gibt es noch einen Punkt in dieser Unterhaltung?« fragte Parsons.

»Sicher. Ich hoffe, daß ich dich überzeugen kann, dich uns anzuschließen«, sagte Rick.

Parsons lachte.

»Warum nicht?« fragte Rick. »Zusammen können wir diese Pflanzen anbauen und mit den Shalnuksis handeln. Wir können vielleicht sogar ein Sternenschiff kapern und die Hölle von diesem Planeten fernhalten! Wenn wir zusammenarbeiten.

Oder wir können weiterkämpfen, und egal, wer gewinnt, wir verlieren beide. Du kannst diese Pflanze nicht anbauen. Sarakos kann nicht einmal seine Armee ernähren! Die Menschen hier werden nicht eher aufhören zu kämpfen, bis er weg ist. Aber du mußt wissen, daß wir als Befreier willkommen sind. Ich habe ein Bündnis mit dem legitimen König, und ich habe auch den größten Teil des Adels auf meiner Seite. Ich kann die Pflanzen anbauen und ernten. Du kannst es nicht.

Lauf auf unsere Seite über, und du hast einen ehrenvollen Platz. Reichtum und Einfluß, und du mußt nicht die ganze Zeit über kämpfen. Wir gewinnen beide. Bekämpfe mich, und wir verlieren beide.«

»So«, sagte Parsons. »Du bist überzeugend und zuversichtlich. Und das wundert mich. Ich habe darüber nachgedacht, seit ich deinen Brief erhielt, was ist es, was du tun kannst? Schießpulver? Musketen? Ich glaube, du hattest nicht genug Zeit. Handgranaten? Zweifellos, und Katapultbomben auch. Sag mir, welche Reichweite haben sie?«

»Genug. Und ich habe jede Menge davon«, sagte Rick. »André, um Gottes willen, laß uns diesen verdammten Krieg hier und jetzt beenden. Siehst du nicht, daß es besser ist, wenn wir zusammenarbeiten?«

»Ich sehe, daß du der Grund für meine Schwierigkeiten bist«, sagte Parsons. »Der Guerilla-Krieg –«

»Das war spontan«, sagte Rick.

»Ich glaube dir nicht. Ohne dich bricht der Widerstand zusammen, und morgen früh werden wir deine Barbaren-Armee zerstören.« Er lächelte dünn. »Wie kommst du darauf, daß ich die Macht mit dir und deinen Berg-Clans teilen will?«

»Du teilst mit Sarakos –«

»Im Moment. Ich brauche ihn.«

»André, du bist verrückt geworden«, sagte Rick. »Was willst du eigentlich?«

»Ich sagte, was ich will, bevor wir den Mond verließen«, sagte Parsons. »Ein König sein. Und ich glaube nicht, daß du das anzubieten hast. Rick, du bist ein Narr. Ohne dich bricht deine Sache zusammen. Ich will deine Armee genau wie meine haben.« Seine Hand stahl sich unter seine Jacke.

Für Rick schien sich alles in Zeitlupe zu bewegen. Parsons Hand erreichte seine Pistole, und Rick warf sich zur Seite, seine Hand grapschte nach seiner eigenen Waffe.

Dann war ein Schrei zu hören. »Nein! Verdammt, nein!« Elliots Schrei überraschte Parsons dermaßen, daß er seinen Zug verpaßte, aber Rick war immer noch zu langsam. Er hatte die 45er in der Hand, entsichert, aber bevor er sie herumschwenken konnte, um sie auf Parsons zu richten, zielte Andrés Waffe auf Ricks Kopf –

Es waren drei Schüsse kurz hintereinander. Ricks Ohren sangen unter dem Druck der Feuerwaffe. Er hörte Schreie, aber sie waren durch das Klingeln in seinen Ohren fast nicht zu hören. Dankbar realisierte er, daß er noch lebte und daß er keinen Schock oder Schmerzen verspürte.

André Parsons fiel schwer. Sein Gesicht hatte einen Ausdruck der totalen Überraschung. »Meine Ehrerbietung, junger Freund –« keuchte er. Was er sonst noch sagen wollte, kam nie heraus.

»Nehmt es leicht«, sagte Sergeant Elliot in dem Tran-Dialekt. »Wir ergeben uns.« Elliot hielt seine leeren Hände hoch, und einen Augenblick später tat Bisso das gleiche.

»Was ist passiert?« fragte Rick. »Wer –«

»Ich versuchte ihn aufzuhalten«, sagte Elliot. »Ich beging schon einen Fehler gegen Sie, Captain. Ich wollte Colonel Parsons nicht noch einen machen lassen. Aber er war zu schnell. Ich kam nicht einmal zum Ziehen. Es war eure Freundin hier.«

Er zeigte auf Tylara. Sie saß bewegungslos, immer noch Masons Pistole in beiden Händen. Einer der ausgebeulten Ärmel ihres Mantels war verkohlt, und da, wo sie durchgeschossen hatte, stiegen kleine Rauchfahnen auf.

Einen Augenblick später kam Mason den Hügel herauf. »Seid ihr okay?« fragte er.

»Ja –« In Ricks Ohren klingelte es immer noch. Tylara hatte nicht mehr als einen Fuß hinter ihm gestanden, als sie feuerte. Sein Kopf wurde klar, aber es schien eine Ewigkeit zu dauern. Tylara schien genauso benommen zu sein. Und nun war Mason hier. »Woher bist du gekommen?« fragte Rick.

»Von da draußen«, sagte Mason. »Ich habe mich ein bißchen umgesehen, für den Fall, daß Parsons einen Heckenschützen mitbrachte. Im Moment ist niemand draußen, aber nach diesen Schüssen werden sie kommen. Wir gehen besser. Wie geht's, Serge?«

»Was geht bloß vor?« fragte Rick.

»Zur Hölle, Capt'n, ich wollte euch nicht ganz alleine hier rausgehen lassen«, sagte Mason. »Ich dachte, ich könnte draußen, wo sie mich nicht sehen können, mehr nützen. Nur, Sie mußten einen Platz aussuchen, an den ich nicht nahe genug rankonnte! Gott sei Dank dachte Tylara daran, sich meine Pistole auszuborgen. Sie nimmt schon seit Wochen Stunden im Trocken-Schießen. Capt'n, wir gehen jetzt aber wirklich besser.«

»Okay.« Er stand auf und fühlte, wie er schwankte, bis ihn Elliot mit einer Hand auf seiner Schulter stützte. »Tylara –«

Sie stand langsam auf. Sie behielt die Pistole in der Hand, aber sie paßte auf, daß sie auf niemanden zielte. »Ich wußte nicht«, sagte sie sanft. »Ich wollte nicht – schießen –, aber auf einmal.«

»Sie werden es aber tun«, sagte Mason. »Kommt, ich höre aus beiden Richtungen Leute kommen. Ihr geht

voran – ich bleibe zurück, um unsere Besucher abzuschrecken.« Er nahm liebevoll die H & K in die Hand.

»Was nun, Elliot?« fragte Rick.

»Wir akzeptieren Ihr Angebot«, sagte Elliot. »Falls es immer noch gilt.«

»Es gilt noch«, sagte Rick. »Aber nicht mehr lange.« Er sah auf seine Uhr. »Ihr habt nicht mehr als zwei Stunden, um zurück zum Dorf zu gehen und alle Männer zu holen, die mitkommen wollen. Bisso wird bei mir bleiben.«

»Ja, Sir«, sagte Elliot. »Zwei Stunden.« Einen Moment stand er unbeholfen da, offensichtlich nach Worten suchend. »Ich bin nicht sehr für Entschuldigungen«, sagte er. »Ich dachte, ich tue das Richtige, als wir damals landeten. Nun –«

»Du brauchst dich nicht zu entschuldigen«, sagte Rick. »Komm nur mit den Männern zurück. Laßt die Ausrüstung liegen, wenn es nicht anders geht, aber bring die Männer und was ihr tragen könnt. Zwei Stunden.«

»Ja, Sir. Zwei Stunden.«

Vierzig Minuten nachdem Elliot ein Dutzend Männer und das leichte Maschinengewehr in Ricks Pavillon gebracht hatte, explodierte das Schießpulver.

EPILOG

Tylara sah mit Befriedigung von den Zinnen von Schloß Dravan hinunter. Die letzten Überreste von Sarakos' Belagerungsarbeiten waren beseitigt, dem Boden gleichgemacht. Sie waren, ohne Spuren zu hinterlassen, gegangen. Dravan war wieder stark.

Es würde stark sein müssen. Sarakos war tot – war es sein Körper in den seidenen Gewändern? Die Schießpulverbombe hatte sein Gesicht entstellt. Wer es auch war, Sarakos war tot, und ohne einen König oder die Sternenmänner, die sie führten, hatte sich seine Armee bei der Berührung mit Ricks Pikenmännern und Bogenschützen aufgelöst. Drantos war frei, aber es gab neue Kriegsgerüchte vom Norden, und mehr als Gerüchte von Invasionen verdrängter Stämme im Süden.

Der Dämonenstern stand leuchtend über dem Horizont, selbst am Nachmittag zu sehen. Sie dachte, sie könne bereits seine Wärme fühlen. Die ZEIT kam, und für den Eqeta und die Eqetassa von Chelm gab es noch Myriaden von Einzelheiten zu erledigen. Sie wendete sich von den Zinnen ab Rick und Gwen zu, und lächelte zaghaft. Rick schickte Gwen weg. Sie brauchte nicht länger Angst zu haben, was ihr Mann für diese Landfrau empfinden mochte.

»Sie können für nächstes Jahr keine Ernte mehr erwarten«, sagte Gwen. »Der Dämonenstern wird nicht hell genug sein. Bist du sicher, daß du mich hier nicht mehr brauchst?«

Rick schüttelte den Kopf. »Ich werde schon klarkommen. Tylara mag dich nicht immer um uns haben –«

»Ich habe es bemerkt.«

»Aber das wichtigste ist, die Universität so bald wie möglich zu eröffnen. Du wirst Warner und Campbell haben, und sobald McCleve mit seinen Arbeiten an den Tetanus-Impfungen fertig ist, werde ich ihn dir auch schicken.«

Der Sergeant hatte bereits ein Serum gegen Syphilis

entwickelt und lehrte einige von Yanulfs Leuten die Anatomie. Das Wissen würde sich bald so weit verbreiten, daß es selbst mit den Atombomben der Shalnuksis nicht mehr gelöscht werden konnte.

»Ich wünschte, du müßtest nicht hierbleiben«, sagte Gwen. »Nicht – Tylara braucht auf nichts eifersüchtig zu sein. Aber es gibt so viel zu tun dort.«

»Ich komme zu Besuchen vorbei«, sagte Rick. »Ich möchte Marselius im Auge behalten. Man kann nie wissen. Ich gebe zu, daß ich dich beneide. Ein ruhiges Universitätsleben ist sehr angenehm, im Vergleich zu dem, was wir hier zu tun haben.«

Mehr Details. Felder, die für das *Surinomaz* gepflügt werden mußten. Sorgfältiges Planen des Anbaugebietes, so daß die Bevölkerung schnell in den Höhlen Schutz suchen konnte. Die Höhlen mußten mit Vorräten gefüllt werden, und noch mehr Felder mußten mit den neu entworfenen Pflügen bearbeitet werden. Und immer die Bedrohung durch die Kriege –

Tylara kam zu ihnen. Rick nahm ihre Hand und trat neben sie. Mit ihr zu leben war wie ein Dutzend Frauen zu haben: In einem Augenblick konnte sie Armeen kommandieren, und im nächsten Augenblick war sie scheu und schien hilflos. Im Moment trug sie eine Rüstung und sah einem Ritter sehr ähnlich.

Sie waren seit zwei Monaten verheiratet, und er verstand sie jetzt weniger als damals, als sie sich zum ersten Mal trafen. Nur eines stand fest: Er konnte sich nicht vorstellen, ohne sie zu leben.

Gut, eine andere Sicherheit. Daß Gwen ging, konnte nicht schaden. Das chinesische Schriftzeichen für »Ärger« war ein Strich, der auf zwei Frauen unter einem Dach zeigte, und der letzte Monat hatte die Wahrheit dieses Schriftzeichens gezeigt.

»Bevor du gehst, gibt es noch etwas, das ich dich fragen wollte«, sagte Rick zu Gwen. »Du möchtest es mir vielleicht nicht sagen. Einmal hast du erwähnt, daß Les eine Nachricht für sein Kind hat. Ich möchte diese Botschaft gerne hören.«

»Okay«, sagte Gwen. »Sie ist nicht lang. Er sagte, er will, daß sein Kind folgendes wissen sollte: Daß sein Vater glaubte, daß die menschliche Rasse eine größere Bestimmung habe, als Sklavensoldaten einer sogenannten Zivilisation zu sein, die sich etwas darauf einbildet, daß sie sich seit fünftausend Jahren nicht geändert hat.« Sie sah hinauf zu dem Dämonenstern. »Ich hoffe, daß er recht hat.«

»Verdammt recht hat er«, sagte Rick. »Selbst wenn Les nicht mit seinen Textbüchern und einem Schiff zurückkommt. Alles, was wir brauchen, ist Zeit, und die haben wir. Wir werden sechshundert Jahre haben. Die Erde brauchte nicht halb solange von der Dampfmaschine bis zum Weltraumschiff. Wir können es in einer Generation schaffen, da wir mit mehr beginnen.«

Gwen nickte zustimmend. »Sehr viel mehr. Und wir wissen, daß Sternenschiffe möglich sind.«

»Ja, das hilft. Du gehst und startest deine Universität, und ich handle mit den Shalnuksis. Ob so oder so, dein Kind wird die Sterne erben.«

»Unsere Kinder«, sagte Tylara.

Band 23 090

Kirk Mitchell

Imperator

Deutsche Erstveröffentlichung

Kolumbus kam nie nach Amerika . . .
Die Neue Welt wurde von Römern entdeckt, Nachfahren jener antiken Macht, die vor beinahe zweitausend Jahren einen jüdischen Propheten namens Jesus begnadigte und bis heute die Welt beherrscht. Doch nun stellt sich den Erben Roms in der westlichen Hemisphäre ein ebenbürtiger Feind entgegen. Die Azteken, grausame, blutrünstige Krieger, die nicht vor Menschenopfern zurückschrecken, beginnen ihr Reich über den Kontinent auszudehnen.
Rom droht Gefahr. Zu allem entschlossen dampft Imperator Germanicus mit seinen gepanzerten Galeeren über den Atlantik, und an den Gestaden von Mexiko treffen sich zwei uralte Kulturen mit modernen Waffen zum Kampf.

BASTEI LÜBBE

Sie erhalten diesen Band im Buchhandel, bei Ihrem Zeitschriftenhändler sowie im Bahnhofsbuchhandel.